AURA《アウラ》
～魔竜院光牙最後の闘い～
著／田中ロミオ
イラスト／mebae
デザイン／仲童舎

魔女だって？　いるわけがない
【佐藤一郎】
カラオケ
ハヤリ
ケータイ
カノジョ
【男子たち】
ぶつぶつ

世界に不思議なことはあってもいいんだ
【久米】
ぶつぶつぶつ

【忌野】
【伊藤】
【高橋】
チャラチャラ
イケイケ
【山本】
【大島】
ふしぎなひと
【子鳩】
キモいだけ

なんだこいつ？
【佐藤良子】
……………じー

イセカイ
ギシキ《ジュジュツ》
イチロウ
期待してるよメンズ
【担任】

【養護教諭】
にゃはは、保健室登校するぅ?
魔女お断り!
【姉貴】
家族を裏切るな一郎

そして帰還の刻《とき》、来たる——

AURA【アウラ】
～魔竜院光牙
最後の闘い～
著／田中ロミオ
イラスト／mebae
デザイン／仲童舎

CHARACTER

佐《さ》藤《とう》一《いち》郎《ろう》……主人公。通称メンズ。

佐《さ》藤《とう》良《りょう》子《こ》……ヒロイン。異世界の魔女と名乗る。

担任教師……メンズに目をつける。通称どりせん。

養護教諭……とある重要アイテムを持つ。

大《おお》島《しま》ユミナ……クラス女子の女王。

子《こ》鳩《ばと》志《し》奈《な》子《こ》……天然なクラスメイト。

高《たか》橋《はし》裕《ゆう》太《た》……クラス男子のリーダー格。

姉貴……佐藤一郎の姉。

久《く》米《め》……アクセサリー職人。

席順

❶～⓲ 男子
①～⑯ 女子

窓側 ← → 廊下側

⑬芝	⓭鈴木	⑦織田	❼小堺	①五十嵐	❶安藤
⑭多田	⓮高橋	⑧加納	❽小林	②忌野	❷伊藤
⑮樋野	⓯中村	⑨子鳩	❾斉藤	③榎本	❸太田
⑯森	⓰山本	⑩小松	❿坂本	④大島	❹加藤
⓱吉沢	⑪佐藤良子	⓫佐々木	⑤荻野	❺川合	
⓲渡辺	⑫佐原	⓬佐藤一郎	⑥尾崎	❻木下	

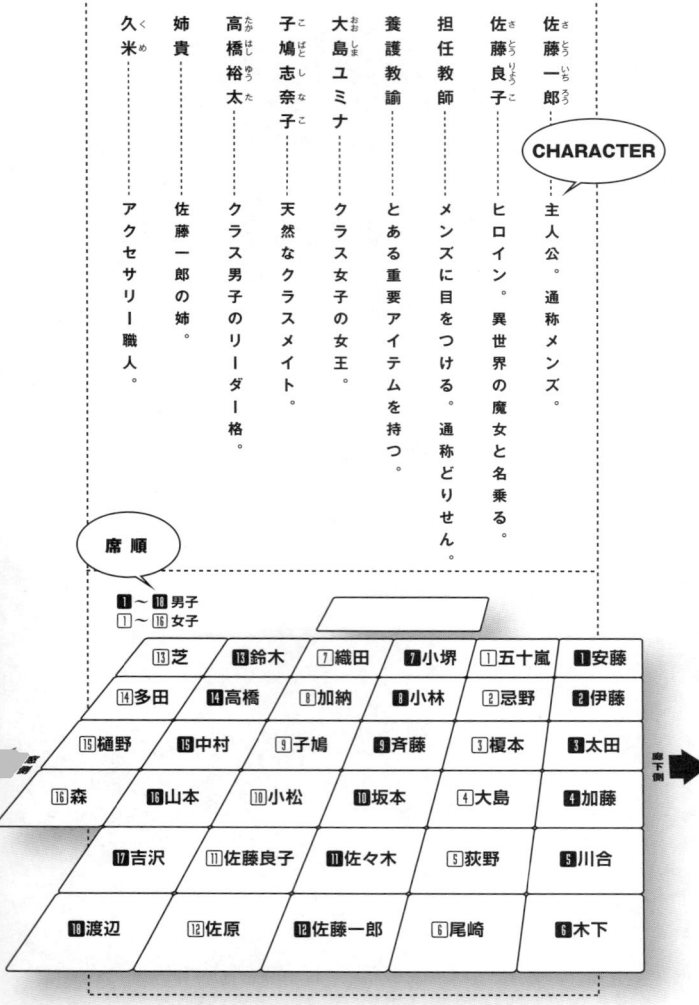

夕刻から続く雨で黒々と濡れるビルの屋上に、傘もささずに対峙《たいじ》するふたりの男がいた。

黒衣の男と、白衣の男。黒衣の方は長身で引き締まった若い男だ。黒い外套《がいとう》を素肌の上からじかに着こんでいる。年の頃は二十代の前半。腰まで伸びた長髪が艶《つや》やかに濡れ、広い肩幅《かたはば》から女性と見まがうことはないものの、独特な色気を発している。道を歩けばすれ違った誰もが振り返るだろう精悍《せいかん》な美貌《びぼう》が、今はおそろしいまでの鋭《するど》く冷たい殺意を帯びていた。

対する白衣は、巌《いわお》のような男だった。さほど長身でもないかわりに、鎧《よろい》ほどにも膨張《ぼうちょう》した筋肉が全身をくまなく覆《おお》っている。衣服を押し上げる隆々たる肉体は実戦によって鍛《きた》え抜かれたものであるのか、大型の肉食獣を連想させる獰猛《どうもう》な闘争心を宿していた。

両者は数メートルほどの距離を開けて、互いに微動だにしない。

かれこれもう数分も、こうして固まっているのだ。

ビルの下、夜の繁華街からは、チンピラたちのけちな怒声が響いてくる。相手を威圧するための脅《おど》し文句も、真の殺意が立ちこめる屋上で聞けば子供の口論にも及ばない。なにしろ両者は、それぞれに相手を殺傷《さっしょう》するための武器を手にしているからだ。目を惹《ひ》くとすれば、それが銃器ではないことだろう。もちろんナイフなどの日常的な刃物の類《たぐ》いでもない。

刀と、斧《おの》だ。

黒衣の男は身長よりも長いと思われる長刀を、白衣の男は分厚く頑丈《がんじょう》な斧《おの》を両手に構えている。どちらも相当な武芸者であることは、油断ない構えから容易《ようい》に想像できた。

中世の戦場から抜け出てきたかと思わせる時代錯誤《さくご》な得物《えもの》だが、だからといって殺傷《さつしょう》力まで笑い飛ばすことはできない。三つの武器はどれひとつとっても、常人《じょうじん》にはまともに持ち上げることさえできない代物《しろもの》だ。超重量武器から繰り出される破壊力は、人体など容易《たやす》く破壊してしまうはずだ。

「ヌゥ……！」長時間の睨《にら》み合いに、白衣が呻《うめ》く。髭《ひげ》で覆《おお》われた口が怨嗟《えんさ》を吐いた。「魔竜《まりゅう》院《いん》、貴公はここで討ち果たす……討ち果たさねばならんのだ！」

魔竜院と呼ばれた黒衣の男は、まったく答えようとしない。油断なく敵を睨み、微動だにしない。長刀の柄《つか》を両手で握り、肩の高さに構え切っ先を前方に水平に保《たも》っている。これだけの刀剣ともなれば、重さもかなりのものだ。それを水平に構えている事実だけでも、男が持つ並み外れた膂力《りょりょく》をうかがい知ることができる。だがこと筋力の面では、相手の白衣に軍配が揚《あ》がるかもしれない。

「聖竜神《せいりゅうしん》アスタロイに仕《つか》える聖騎士として！　いや……故郷《こきょう》を愛したひとりの志士《しし》として、貴様をここで……討滅《とうめつ》する！」答えなど期待もしていないのか、白衣は一方的に喋《しゃべ》る。

「………」

白衣の肉体が、一回りも膨《ふく》れあがった。力をたくわえているのだ。胸の前で十字に交差させた二振りの戦斧《せんぷ》がこすれ、鈍《にぶ》く軋《きし》む。

「裏切り者め！　受けよ、〝魔獣咆牙《まじゅうほうが》〟！」

叫ぶと同時に男の下半身がたわみ、たくわえた力を解放した。

白衣が踏みこむと、コンクリの床に亀裂《きれつ》が入る。それだけの脚力が、鈍重《どんじゅう》に見える肉体を弾丸のように加速させた。渾身《こんしん》の力で敵に突進し、十字に構えた斧をもって防御もろともに粉《ふん》砕《さい》する大技である。これほどの突進を真正面から止める手立ては、どんな武術においても存在しないだろう。回避《かいひ》するか、出させる前に叩くしかない。瀑布《ばくふ》のような必殺技である。だが敵が殺意の旋風《せんぷう》と化して向かってくる様を目の当《ま》たりにしてなお、魔竜院の顔にはなんら動揺は見られなかった。

「秘剣〝七式《ななしき》〟」つぶやき、腰を落とす。刀が軽やかに閃《ひらめ》いた。そして――

「……馬鹿な」唇だけの動きで、男は漏らした。

数秒後、倒れていたのは白衣の男だった。仰臥《ぎょうが》する形で倒れ、澱《よど》んだ雨雲に視界を覆われている。痛みはない。不思議なことに直前までの高ぶりや突進の勢いも、数年も昔の記憶であるかのように五感から遠のいている。仮に打ち破られたのだとしても、突進を凌駕《りょうが》する反撃を受ければ、衝撃がないということはありえない。

なぜだ、と仇敵《きゅうてき》の姿をさがす。首が動かない。感覚の一切が喪失《そうしつ》していた。目線だけを動かして、かたわらに立つ男を見やる。その足下に、白衣を着た肉体が転がっていた。

「そうか」

瞬間、すべてを理解した。感覚自体を、一刀のもとに切断されたのだ、と。つまり──

「首を、落とされたか」

もはや首だけになった男は思った。魔竜院《まりゅういん》の異様なまでの長刀は、突進を回避《かいひ》しつつ敵を断つためのもの。かつて同じ戦場を駆けたこともある剣士の特性を、今に至るまで忘れているとは。同時にさきほどまでの怒りさえも消えているのが滑稽《こっけい》だった。闘志や意欲は、頭ではなく四肢に宿っているのだろうか。驚くべきは魔竜院の技であった。頭部を切断されてなお思考ができるとは。頼もしい剣士だった。敵との戦いではいつも後塵《こうじん》を拝《はい》することになった。酒場では十《とお》も年下の小僧と笑って、しかし内心、深い敬意を向けていた。

「……そうだったな。貴公《きこう》の方が、強かった」笑っていた。負けたならば、もはや遺恨《いこん》はないとばかりに仇敵《きゅうてき》に優しい目線を向ける。「魔竜院よ、なぜ裏切った?」

そして男は、唐突《とうとつ》に事切れた。酸素が断たれ、脳が死んだのだ。

魔竜院と呼ばれた男は、無感情な瞳で骸《むくろ》を見下ろした。雨滴《うてき》が前髪を伝って、目尻から流れ落ちる。まるで滂沱《ぼうだ》たる涙のように。

「聖騎士バルザック……俺は詫《わ》びぬ。だがいずれ、すべきことを終えたなら、俺もそこに行く時が来るだろう」

屋上にはおびただしい血が流出していた。だが刀にまとわりついた血糊《ちのり》だけは、雨が濯《すす》いで

いる。血振りもせずに刀身を鞘《さや》に納め、魔竜院《まりゅういん》は黒い外套《がいとう》をひるがえした。

「聖竜神《せいりゅうしん》アスタロイを……弑《しい》する日が来たならば。古き戦友よ、それまではさらばだ」

勝者が去ると、残された骸《むくろ》は前触れもなく燃えはじめた。青い炎。煙を立てることもなく血肉を焼き尽くす。血の一滴さえも残さないように。魔炎《まえん》の誓い。死者が痕跡《こんせき》を残さぬよう、旅立つ騎士に義務づけられる〈鏡面界《きょうめんかい》〉の魔術的誓約《せいやく》であった。故《ゆえ》に現代日本という現実界のすぐ背後に、こうした過酷《かこく》な闘争が繰り広げられていることを、知る者はほとんどいない――

〈魔竜院伝承《でんしょう》 九乃巻より抜粋《ばっすい》〉

高校デビューに成功した。

決して短くはない卒業休みのほぼすべてを費《つい》やした代償《だいしょう》として、俺はそれを得た。努力は報《むく》われる。いつだってそうだとは思わないが、今回ばかりは教訓ど真ん中だったわけだ。

嬉《うれ》しかった。

冴《さ》えない自分よサヨウナラ。ようこそ新しい俺、ヌーベル俺。

必要以上に目立たず、かといって惨《みじ》めに埋《う》もれも孤立もしない、普通の男子生徒、そういうものを俺は目指した。佐藤一郎《さとういちろう》という、役所の書類記入例みたいな個性乏《とぼ》しい名前に見合うくらいの普通さを、遅ればせながらも手に入れたわけだ。

それにしても高校デビューとは面白い言葉だ。

流行に疎《うと》かった俺はこの単語を、インターネットで偶然見つけた。生き地獄の同義語だった中学生活から脱したばかりの身には、救いの啓示《けいじ》に等しい。


高校でやり直せる。

ただならぬ情熱に突き動かされ、休みのすべてを使い自己改革《かいかく》を断行した。

話す時に目が血走る悪癖《あくへき》は鏡と会話しながら直したし、会話となればまくしたてる習癖は無言の一呼吸を置くことを自身に義務づけて克服《こくふく》した。欠点ってやつはさがせばさがすだけ出てくるもんだ。おかげで心がけの類《たぐ》いは何十項目にも及んでしまった。背筋は伸ばすこと。奇声は慎《つつし》むこと。相手をしっかり見ながら話すこと。つばを飛ばさないこと。服はまともなものを着ること（ユニクロ様が助けてくれる）。口は半開きにしないこと。授業中の鼻歌禁止。ひとりごと全面禁止。携帯電話かけるフリ駄目ゼッタイ。ハイテンション生涯《しょうがい》禁止。オーバーリアクション陳列罪《ちんれつざい》。変顔終身刑。ついでにちゃんとした店に行き、髪型も変えてもらった。

卒業休みが残り一日となった時、改革《かいかく》はひとまずの完成を見た。

残った休みを使い、自室の掃除を徹底的にやった。これからの人生に不要になったものを選別して箱詰めして運び出すのに丸一日かかったが、部屋はだいぶスッキリした。

本棚は心の一部なんてよく言われる。その理屈なら新しい自分には、新しい心が収まるはずだ。これから時間をかけて、隙間を埋めていけばいいと考えた。

そうして寝て起きたら入学式の当日。新たな自分で高校生活に臨《のぞ》んだ。

「よっすイッさん」「おーす、ギリだな」

川合《かわい》と小林《こばやし》というこのふたりは、高校生活一週間目にして得た貴重な友人である。

友達ふたりくらいでデビュー成功なのか？　当然。以前はそれ以下だったわけだから。

「昨日テレビで」「マジかよ」「マンガとか何読んでる?」

　適当に雑談を続けながら、クラス内を見渡してみる。早くも部活に属し、さっそくの朝練にバテてるやつ。菓子パンを食らってるヤツ。ひとりで小説を読んでるやつ。いろいろだ。始業まで時間があるため、登校しているのは十人ちょい。入学後間もないということもあり、孤立している人間がほとんどだ。だが油断してはいけない。高校一年時のスタートダッシュは重要だ。どこのグループに属するか、あるいはひとりぼっちのままか、この時期の印象づけと振るまいで決まる。普通とはけっこう難しいことなのだ。

　いうまでもないことだが、クラス内には見えない格差というものがある。

　グループ化が進むと、各集団間の厳然たる力関係みたいなものが浮き出てくる。一度孤立したあとで力あるグループに加わることは難しい。孤立したやつは「孤立するキャラ」というレッテルを貼られてしまうからだ。こういった実体験こそ、学校でできる最高の勉強だろう。同時に実践《じっせん》でもあるため、失敗の痛みもリアルに存在するのが困りものだが。

　なもので俺は、入学した日から意識して話し相手を選ばせてもらった。なにしろ席替え前のことなので、出席番号順に机が並んでいる。男女交互に列になっているため、意識して動かないと同性の友達はできにくい。

　じきに席替えの話し合いがあるはずだ。

　さっさとつるんで、教室最後列窓際《まどぎわ》のベストポジションをゲットしたい。そのために今のうちからグループの力をアピールしておきたい。中学時代はいつも最前列教卓前だった。座る場所を選ぶ権利がなかったのだ。今はある。それが嬉《うれ》しい。

マイナスをゼロにして、高校デビュー計画は見事成功。あくまで普通が目的なので、クラス階層社会をホイホイ出世するようなプロットはもとより構想にないわけ。

それだけに、中堅《ちゆうけん》という今の位置だけは死守するつもりなんだが。

「そういやおまえら部活どーすんの？」

フリートークは学校の話に移行していた。

特に入りたいところはないと告げると、川合《かわい》・小林《こばやし》両名とも運動部に入りたいという。そこまではつるめない。うまく話を流したいところだった。

「部活やってると遊べなくない？」

「そうなんだよなぁ」「それはある」

苦しまぎれの発言が、思わぬ同意を呼ぶ。せっかく普通になれたんだから、この際、高校生らしい遊びってやつを覚えてみるのも悪くない。カラオケとかセレクトショップめぐりとかな。

……もしかしたら、すげえ楽しいかもしれないいんだから。

「なになに、遊ぶんか？」

さりげなく話しかけてきたのは斉藤《さいとう》という短髪男子。うちのクラスは、佐藤《さとう》とか斉藤とか平《へい》凡《ぼん》な姓のやつが多くて識別が大変だが、このあたりに出てくる連中はあとあとまで絡むことはないので頑張って憶《おぼ》えなくても平気だ。あとに出てくる高橋《たかはし》グループだけ記憶しといてくれ。

「斉藤、遊び詳しいんか？」と川合。

「いやー、俺厨房《チユーボー》（中学生）ん時けっこう遊んでたからさ」

人のよい笑みを浮かべる。見た感じはなかなか強そうな面構《つらがま》えだが、そんなに怖い系のキャラではないようだ。うまくつるめるなら、俺のノーマライズ計画の一助となるだろう。

などと勘定《かんじよう》していると、前の引き戸がドカーンと開いた。

ドヤドヤと教室に入ってきた集団の先頭、高タッパ高ルックスの男が、淀《よど》みのない美声を披《ひ》露《ろう》する。

「みんなおっはよー。今日の高橋をよろしくー」

軽い笑いが教室中で起こる。

「ちぃす、本日もよろしくー」

身長体重ルックスなどのスペックが高橋とほぼ同じで、ややカリスマに劣《おと》る副官的存在、山《やま》本《もと》が低めのテンションでクールに続く。早くもサッカー部で活躍しているとの噂《うわさ》。

全体挨拶《あいさつ》をしたふたりのあとに、線の細い美少年がひとり続き、さらにきれいどころの女子三人もセットで続いた。

男三人女三人のグループ。全員美男美女。

格下でも普通でもない、特別コースに属する連中。お貴族様。一軍選手。誰が見てもクラスのカリスマ集団だとわかる。華々《はなばな》しさが違う。オーラが違う。

……そう、明暗を分かつのはいつだってオーラだ。

それは誰にだって見える……などというとスピリチュアルカウンセラーめいてしまうが。人の雰囲気《ふんいき》を読む能力は、元来誰にでも備わっている。たとえばワルやオタク、遊び人のオーラなどはわかりやすい部類だ。

高橋《たかはし》組はひとりひとりが準芸能人クラス。男はかっこよくセンスよし、女は可愛《かわい》くてオシャレ。オーラだって桁《けた》違い。うちのクラスの幻影《げんえい》旅団は文句なくこいつらだ。

クラスにひとりかふたりならわかるが、うちは六人そろってしまった。そして一瞬でおつるみになられた。そう、グループはおおむね同格メンバーで構築される。事実、高橋らが入ってきた途端、クラス中の注目はそっちに吸い寄せられてしまった。

川合《かわい》と小林《こばやし》が、居心地《いごこち》悪そうに目線を逸《そ》らす。

気持ちはわかる。

今まで中心近くで話していたのが、一瞬で転落だものな。さらに、

「高橋君、おっはよーん」

今まで一緒に遊ぶ相談をしていた斉藤《さいとう》も、スイッチを切り替えたみたいに方向転換して高橋様にご挨拶《あいさつ》に向かうのだった。「おいおい」川合が小さくツッコミ。

「あっ、えーと……悪い、中村《なかむら》君だっけ?」

俺は吹き出しそうになった。中村君というのは出席番号一五番のフツメンだ。高橋が一四番、山本《やまもと》が一六番。つまり席順で高橋と山本の間に座っているやつだ。斉藤を記憶してないのはともかく、一週間サンドイッチしていた中村を忘れるとはさすがお貴族様といったところ。

……だけどまあ、階級差ってこんなものだ。

「ひでーな。俺、斉藤だよん」笑顔が引きつっていた。

「あー、ワリワリ！　うちのクラスってみんな名前よくある系でさ……マジごみん！」

似たようなことを考えていたらしい。少し共感。

陽のイケメンである高橋は、格下の相手にもちゃんと手を合わせて頭を下げることができるやつだった。つらいのは、他の貴族がまったく会話に参加してないことだろう。相手にしてないというか、あの空気の中で斉藤はよく平気で話せるものだと感心してしまう。

「いーけどさ、憶《おぼ》えてくれよー。かわりにいざって時はサポートすっからさー」

「マジ？　斉藤っち層が支援してくれたらありがてぇー。まじ最高だからーそれー」

一見対等、その実、格差絶大の会話を横目で見ながら、小林が小さく提案した。

「……つうか、三人で行かねぇ？　遊びんぐ」

「賛成多数に一票」と川合。

どっちでもよかった。斉藤の媚《こ》び媚《こ》びな態度も、川合と小林の不機嫌《ふきげん》も、それぞれ理解できる。ただまあ、今はふたりに合わせておくのが賢《かしこ》かろう。

「放課後様子見して。アレだったらソレで行こうぜ」

今の俺は玉虫大好きだから玉虫色の発言もためらわないのだ。

白けた俺たちの間にちょっとだけ沈黙が落ちてきて、そろそろトークも打ち切りかという時、ロイヤルファミリーから抜けてふらふら教室中をめぐっていたひとつの影が接近してきた。

「おはよん、川合《かわい》くん小林《こばやし》くん佐藤《さとう》くん」

「……おはよう、子鳩《こばと》さん」

即レスできたのは予測していた俺だけだ。川合と小林は少し遅れて「あ、ああ」「おは」と呻《うめ》くみたいに反応していた。

「川合くんたちって三人だよね～」

ふよよ～と甘く揺れるイントネーションが、周囲を癒《いや》し波動で満たす。波動はフローラルの香りがした。

「トリオ結成したから」

「うわ～、そーなんだね～。おめでと～」ぱちぱちぱち、祝福の拍手《はくしゅ》。

子鳩志奈子《しなこ》。彼女は貴族女子三人組のひとりだ。

萌え系だけど地味めというのが第一印象だったが、実際はかなり天然。その片鱗《へんりん》は、こうして朝居合わせたクラスメイト全員に個別の挨拶《あいさつ》回りをしていることからもうかがえる。

「そっちもセクステット結成じゃんか」

そう返すと、子鳩さんは笑顔のままぴたりと静止してしまった。

社交性ある子鳩さんが、自《みず》ら会話のキャッチボールを絶つのは珍しい。というか、絶句しているように見えた。静止画像と化した笑顔が、みるみるうちに赤くなっていく。

朱に染まった顔が、こころもち傾《かし》いだ。

「せ……く……す……？」マシンボイスみたいな声で漏らす。

あっ、と俺は叫びかけた。子鳩さんが硬直した理由がわかってしまった。

なんてこった。どうやら子鳩さん、かなり純な人らしい。

クラス先発メンバーだからそりゃもう手慣れたものだろうと思いこんでいたが、年齢相応の少女らしさをお持ちのご様子。

狼狽《ろうばい》した俺の弁解のターンがはじまった。

「あ、いや！　そういう意味違う。勘違い勘違い、誤解誤解」

「せく……せく……性……行為？」

「違うって！」やはりそういった勘違いをされていた。「六重奏って意味だよ。トリオ、カルテット、クインテット、セクステットっていうだろ？」

「そ、そうなんだ。最後のだけ知らなかったんだな……うわー、びっくりしちゃった」頭を抱える仕草をする。「変な意味で考えちゃってた。いけない子だ～」

「どんまいだ、子鳩さん」

「うん、どんとまいんだー。がんばる～。ありがと～」

胸の前で小さく手を振って他の生徒の方に向かう子鳩《こばと》さんを、鏡映しの同じ動作で見送りながら、超可愛《かわい》い子と普通に会話しちゃってる俺すげーとどこか他人事《ひとごと》のように考えていた。

グイグイ癒《いや》されてる。

貴族層では、高橋《たかはし》と子鳩さんが二大好反応キャラだな。さっそく話を膨《ふく》らませてみる。

「子鳩さんいいよな」

「……まあ可愛いけど」「ちょっと地味だな」

俺の率直な感想に、川合《かわい》様と小林《こばやし》様が何様発言をかぶせてきた。

「そうかあ？　ケバくないのが逆にいいんじゃん」

「ケバいのはイヤだけどもうちょっと華やかでもいいな」「そう、やっぱクイーンでしょ」

両名との好みの差をまざまざと見せつけられる思いだった。

クイーンというのは例のお貴族様集団の、女子三人組のリーダー格だ。大島《おおしま》ユミナという。なんちゅう名前だとまず思った。ただ名前負けはしていない。少なくとも女子三人の中じゃ、一番目立つタイプの美人であるのは間違いない。ただ残念なことに性格の方も名前負けしておらず、とても女王的な振るまいが目立つ。要するに高飛車《たかびしゃ》。俺は苦手。

本人は好んでカタカナ表記をしているらしいが、漢字では弓菜と書く。なんだよこの字並びは。山菜《さんさい》の一種か。もちろん本人にはいえない。

「……チャレンジャーだなー、おまえら」

そうこうしているうちに、生徒らは次々と登校してきた。始業時間ちょうどのタイミングで担任が教室に来た時には、ほぼ全員が着席していた。

「おはようございます、皆さん」担任の長身&眼鏡《めがね》の男性教師がにこやかに挨拶《あいさつ》。「……日直さん……はまだ決めてないんでしたね。ええと、じゃ出席番号一五番の人、お願いします」

「男女どっちですか?」と学級貴族の高橋。

「あ、うーん。じゃ女子でお願いします」

一五番。樋野《ひの》という名前の女子が、すっくと立ち上がった。すぐ床にへたりこむ。

「樋野さん、どうしました?」

「……血が……足りない……それに……日中だから……」

苦しげに喘《あえ》ぎながら、机に額《ひたい》をつけて全身を震えさせた。担任が近づく。

「保健室に行きますか?」

「ウウッ…………さえあれば……平気なのに……」

樋野がつぶやく。○さえあれば、と聞こえた。○に入る文字は、おそらく——

俺は頭を振る。無関係だ。他人だ。友達ではないし、口を利《き》いたこともない。

「保健室に行きましょう。うちの保健室には養護の女神がいますから」

わけのわからないことをいって、担任はぶつぶつとつぶやき続ける樋野を連れ出した。

おかげで授業まで妙に時間が空《あ》いてしまったので、ぼんやりと教室中を観察した。机の並びは六×六、俺が出席番号一二番なので、男子二列目最後尾なのだ。特等席。

まず目がいくのは、女子列をまたいで左手前方。学級貴族ふたりがフツメン中村《なかむら》をオセロしているゾーンだ。高橋《たかはし》と副官山本《やまもと》は、中村ごしに平然と会話をはじめていた。

中村はふたりとは会話してないようなので、落ち着かない様子だった。いささか同情しないでもないが、お貴族様のなさることだ。諦《あきら》めるしかないだろう。

高橋裕太《ゆうた》。強キャラのやつが陽気な性格だったことは、嬉《うれ》しい誤算だ。

相棒の山本が微ワルのオーラを出していることは誰でもわかる。気合いの入った髪型、日替わりアクセサリー、モサくなりがちな制服もピタリと着こなす。ソリッド感満点、高橋とは対照的な陰の存在だ。もしふたりとも陰だったらクラスではイジメが起こったはずだ。高橋が二軍男子以下にも友好的に振るまっているから、山本もおとなしくせざるをえないわけだ。

女子三人の方はというと、クイーン大島《おおしま》ユミナがもろにイジメっ子属性。サイドふたりが平和そうだが、女子の方はどう転ぶかわからない。俺としては子鳩《こばと》さんの癒《いや》し効果が世界人類を覆《おお》ってくれればと願うばかりだ。

しかし貴族とか二軍とか最下層民とか、卑屈《ひくつ》に聞こえるし嫌《いや》な表現だよな。けど実際そういう見えない分類は存在しているわけで、当事者としては受け入れるしかない。

ちなみに子鳩さんは、俺の左隣《ひだりどなり》の列の前から三番目に座っている。

鞄《かばん》から文庫本を取り出して読んでいた。彼女はどんな本を読むのだろう。胸の高鳴りを覚えながら、表紙にちらりと目線を留めてみる。

のけぞった。

表紙を埋《う》めていたのは、オリジナル擬態語《ぎたいご》で表現するなら〝あにめっ〟とした美少女イラスト。タイトルは『灼眼《しやくがん》の——』

突っ伏《つっぷ》した。

心に渦巻《うずま》く複雑な感情を、うまく整頓《せいとん》できそうにない。今の俺は、その手のコンテンツを正視することができない。精神的に打ちひしがれるのだ。

首をよじって子鳩さんから目線を外し、ふたつ後ろの座席を眺めた。

空席。一週間、ずっと誰も座らない席だ。

今はどんな疑問だってありがたい。とはいってもずっと不在の女生徒に対し、抱ける疑問なんてそうはない。たったひとつの疑問を、じっくり心に満たした。

彼女はいったい、いつになったら登校してくるんだろう?

授業が終わって仲間と遊びにでも行く相談をしていると、態度チェンジマンの異名《いみよう》を取る(俺の内部で)斉藤《さいとう》がのこのこやってきて(川合《かわい》は嫌な顔をした)こんな提案をした。

「アクセサリーを見に行こうぜ」

その手のことに疎《うと》いので他のふたりの出方をうかがったが、両名とも返答に困っているようだった。三人とも経験値はさほど高くなさそうだ。斉藤《さいとう》が上から目線でつけ足す。

「わかんないなら教えてやるからさ。俺詳しいんで」

好きな言い方ではなかったが、こんなことで腹を立てるのは建設的じゃない。大事な高校初年の一学期。ここは流れに乗るべきだ。

「いいよ。教えてくれよ」

そう答えると、斉藤は満足そうにうなずいた。

「でも男だけってのもムサいよな。女子にも声かけねぇ？」

「まだ知り合いとかいないんだけど」むっとした口調で川合《かわい》がいう。それがスイッチだったかのように、斉藤は教室全体に呼びかけた。

「俺らこれからアクセサリーとか見に行くんだけど、誰か女子で興味ある人ー！」

帰り支度をしていた女子たちが、一斉《いっせい》に斉藤を見た。

よくやる、というのが正直な感想だった。俺が同じことをしても、ぎこちなく浮いてしまいそうだ。だとしても今後は耐性をつけていかねばならない。貴重な人材かもしれない。

さて、女子の反応はというと。

「……あ、あら？　いねーの？」

愛想《あいそ》良く名乗りを挙げるノリのいい女子は、ひとりもいなかった。

入学以来思っていたことだが、このクラスはヘンな連中が多い。どのクラスにも、友人も作らず人と会話もせず孤立するやつはいるものだが、うちのクラスには男女合わせて十五人はいる。どう考えても異質な配置だ。このタイプの生徒は各クラスに分散させるべきなのに、学校側はまるでわかっていないのだ。

「再度募集ー！　なんと特別に、ファミレスでドリンクバー奢《おご》ります！」

斉藤のだめ押し。女子ノーリアクション。斉藤は女子たちの反応が、単なる冷淡さとは異質なものであることにさえ気づいていない。

「……寒い」このスカしはきつい。これじゃ道化《どうけ》グループだ。逃げたくなる。孤立女子たちの視線は、Ｊホラーに出てくる女の怨霊《おんりょう》のそれと似ていた。

窓際《まどぎわ》で、女王蜂《じょおうばち》の大島《おおしま》ユミナがきゃはきゃは笑っていた。子鳩《こばと》さんともうひとりもいる。どう考えても俺たちが笑われていた。恥ずかしい。

「……ナシか。どーすっかなー」

「じゃあさ、俺が誘ってみるよ。せっかくだから高嶺《たかね》の花狙《ねら》いで」

南極大陸なみの寒波の中、なぜか高揚《こうよう》気味の川合。斉藤の英雄的行動にあてられたと見た。

窓際に向かって歩いていく。こいつまさか……？

脊髄《せきずい》を悪《あ》しき予感が貫《つらぬ》く。川合はすでに〝あの女〟の前に立っていた。

「大島《おおしま》ユミナさん、これから俺らと一緒に遊びましょう！　っす！　よろしくっす！」

ハイテンションと空回りが悪夢のコラボレーションを果たした。同級生女子に対し、握手を求めてのお辞儀《じぎ》。おまえはいつの時代の人間だ。川合《かわい》修《しゅう》太郎《たろう》十六歳ここに炸裂《さくれつ》。この光景が絵画だったらそんなタイトルがつくに違いない。

大島が盛大に吹いた。

「はい、ダウト」予想通りだった。普通に生きることは難しい。かくも難しきことなのだ。少し調子に乗っただけでダウトになるのだ。

「あんたらと遊びに行く？　冗談でしょ？　ちゃんと毎朝鏡見てる？」

笑い終わった大島の、脳天を貫《つらぬ》く氷柱のような拒絶コメントを聞きながら、四人組の誰よりも早く放心のフェイズに入る俺。

恥《はじ》の多い生涯《しょうがい》を送ってまいりました。今も送ってます。


「あーあ、結局ヤロー四人だけとはなー」

「もとはといえば、おめーのせいだろ」

斉藤《さいとう》の嘆きに、負《ふ》のオーラをまといし川合が容赦《ようしゃ》なく突っこんでいた。

「んだよ。そっちだってアウェーだっただろ、クイーンに特攻《トッコー》とかありえねーし」

結局、メンズ四人で遊びに出た。敗戦ムードいまだ晴れず。当たって砕けよ、なんて言葉を作ったやつ、ちょっと出てきてくれ。現代的見地から駄目出ししたいから。

「ま、いっかー。次だろ次」

またあんなことを繰り返されてもたまらない。俺は釘《くぎ》を刺しておくことにした。

「うちのクラスじゃ難しいと思うけどな。可愛《かわい》い子はもうグループ決まってるし」

「そりゃ高橋《たかはし》君の女たちだけだろ?」すげえ言い方するなこいつ。

「じゃあナンパでもするか?　できるか?」

誰ともないため息が重なった。

電車で一駅行けば、それなりの繁華街に出る。目的地は斉藤だけが知っているアクセサリーの店だ。威厳は崩れても公約だけは生きている。アクセサリーといわれてもぴんとこない。ジュエリー・マキみたいな本格的な宝石店に入られたらどうしようと、不安になる。

「ついたぜ、ここ」

立ち止まったのは露店《ろてん》の前だった。

腰の高さの台、小さく輝く銀色の細工が星空みたいに並んでいる。ネックレス、ブレスレット、リング。多少だが革細工もある。店主らしき長身痩軀《そうく》の男が、脇のパイプ椅子《いす》に座って雑誌を読んでいる。和柄刺繡《ししゅう》のロンTと細身のジーンズに、妙にフォーマルっぽい黒い帽子《ぼうし》が不思議なくらいキマっていた。へえ、アクセサリーって帽子につけてもいいんだ。

「久米《くめ》さーん」斉藤《さいとう》が呼びかけると、店主は顔を上げた。

「いらっしゃい、えーと……君は……？」

斉藤はまた忘れられていた。

「ひでーっすよ。俺、斉藤っすよ」笑顔が引きつっていた。

「ああ、斉藤君ね。斉藤君……。ごめんごめん」

「こいつらクラスメイトで、久米さんのアクセ見たいってんで連れてきたっす」

まとめてそう紹介される。

「いらっしゃい。ゆっくり……ってほどの店構えでもないけど、見ていってください」

はにかみながら久米さんは軽く頭を下げた。二十歳ちょいくらいだろうか。絶世の美男子というわけでもないが愛嬌《あいきょう》があって、人好きのする顔だと思った。いいオーラを持ってる。

俺たちは無言で身をかがめ、台の上に視線を注いだ。髑髏《スカル》リングとか十字架や天使羽ネックレスばかりかと思っていたけど、そうした派手なのは一部だけだった。シンプルで、それでいて味のある作品ばかりだ。値段もメチャ高いというほどじゃない。うまく身につける自信などないにも拘《かか》わらず、見惚《みほ》れてしまった。

「これ、久米さんが加工してるんですか？」俺は訊《き》いた。

「うん、そうだよ。あ、でもこっちのやつは知り合いの委託《いたく》だけど」

と髑髏リングや血まみれの十字架ネックレスのある一角を示した。

「ああ、やっぱり。なんか雰囲気が違うって思ってました━」

「あははっ。そうなんだよね。作風が違う」

「こういうのって、したことなくて……わかんないんですけど」

「んー。学校だとあまり出番はないよね。でもこれとかは」ストラップ類を指さす。「ありかな。携帯用。あとこっちは腕時計。時計部分は安物だけど」

そのふたつには、琴線《きんせん》に触れるものがあった。特に時計がいい。リストバンドと融合したような細めの時計で、一発で気に入ってしまった。値札を見ると買えない値段じゃない。

結局、俺だけがその時計を買って、露店《ろてん》を離れることになった。さんざんな一日として終わるかと思いきや、予想外のいい買い物に気分も復調を果たした。お安い俺。

「そういやさー」ファミレスのソファに、溶けた雪だるまみたいに寄っかかりながら、斉藤が話題を変えた。「女子の話だけど、ひとり、まだ見てないのがいるんだよなぁ」

「ああ、佐藤《さとう》だろ」

「はい、ここにいます」軽く受けた。隣《となり》の川合《かわい》が俺の肩を親しげに叩く。

「ちげーって。おまえの左斜め前の佐藤だよ。レディス佐藤」

女子の佐藤は、まだ一度も学校に来たことがない。誰も姿を知らない。

「すっげぇ美少女である可能性が」と斉藤。

「ねぇよタコ」「死ね」一斉《いっせい》に叩き潰《つぶ》されていた。

どっちみち一週間も学校に来てないなら、もう来ることはない。ひっそり退学していくか、別の学校に移るか。そんなところか。珍しいことじゃない。理由なんて考えるだけ無駄だ。十代の心にはどんな変化だって起こりうる。

……俺からしてそうなんだから。


自宅に戻ると、すぐに母親が出迎えてくれた。

「ただいま」

「お、おかえりなさい、学校はどうだった？」

「問題なかったよ。友達と遊びに行って、安い腕時計買った」

母親はほっとした顔をした。

「そう。良かったわ、良かったのよ、それ。いいことよ」

「うん。ごめん」

「いいわよ。いいの。お金足りてる？」財布を取り出す。

「平気。月の小遣い以外、いらないから。決まりだから」

俺は手を振る。ここのところ、めっきり金も使わなくなっていた。残金十分。

「困ったことがあったら相談してね」

「わかってるよ」

振り切るように二階の自室に向かう。今度は奥の部屋から姉貴《あねき》が顔を出す。

「……おかえりなさい」

「た、ただいま」

姉貴との会話は、いまだに緊張する。

「……学校」

「え？」

「……どうだった？」

「ん、まあ、うまくやれてんじゃないかと思います。たぶん……」

「……そう、うん、それなら……いい」

姉貴の顔は出来の悪い紙芝居アニメみたいに、するすると引っこんでいった。ぎこちない家族。ぜんぶ俺のせいなんだから文句はいえない。

自室に入って、ようやくリラックスできる。

部屋着に着替え、買ってきたものを検分する。特製の布袋を開くと、ぴんとしたビニール袋に包まれた時計とメッセージカードがわりの名刺が入っていた。

嬉《うれ》しさがこみあげてくる。包装も名刺も捨てたくなかった。

時計をつけてみた。束ねたレザーバンドの合間に、小さな時計盤が絡まっている。今まではしなかった種類の買い物だ。こうやって一歩一歩、気持ちを切り替えていけばいい。家族とのことも、自分とのことも。

夕食のあと、九時くらいまで勉強をした。

経験上、一番楽な勉強法は授業を超集中して受けることが八割だ。残り二割はその日のうちにおさらいをすること。これをやれば試験前に焦《あせ》る必要はなくなる。逆に授業がスルー気味だと、試験勉強でとんでもない負債《ふさい》にのしかかられることになる。ツケってやつだ。

各教科を終え、最後の数学にとりかかろうとした時、俺のテンションは断ち切られた。

「げ、最悪」

教科書を学校に忘れてしまった。

しかも数学は明日提出の課題もある。今日中に必要だ。取りに行くしかないが、この時間に学校が開いているとは思えない。けど一週間目で課題すっぽかしは避けたい。悩んだ末、行くだけ行ってみることに決めた。ダメなら引き返せばいいのだ。

「……やってみるか」

いい買い物のおかげで、高揚《こうよう》していたせいもあるのかもしれない。

高校が自転車で行ける範囲で助かった。

十時くらいだろうか。もはや職員室や事務室からも明かりは消えていて、夜の学校はシンと静まり返っている。それでも警備員はいるはずだから、油断はできない。

敷地の外、遠めの場所に自転車を駐《と》め、徒歩で校舎に向かう。目撃者を気にしながら、背の低いフェンスを乗り越えるところまでは順調だった。突如《とつじょ》として恐怖が湧き起こってくる。もしかしたらコレ、犯罪なんじゃなかろうか？　冷静に考えるともろに犯罪臭い。

退学……はないとしても、見つかったら停学くらいにはなってしまうんじゃ？

いや、と自分を奮《ふる》い立たせる。ここまで来て収穫《しゅうかく》なしでは帰れない。それに校舎に潜入するルートにはあてがある。一階の男子便所の外窓が、サッシがだいぶ傷んでいて窓ごと持ち上げればすぐに外れるのだ。便所掃除をしていてすぐに気づいた。

目標ポイントまで移動すると、窓はすでに外れていた。

「なんだ?」

今日の掃除中に外したまま放置されたのか、窓ガラスは足下に立てかけてあった。

「まあいいか……よし」

男子便所から校内に忍びこむと、いよいよ犯罪色も濃厚になってきた。廊下《ろうか》にそっと顔を出した途端、寒々しさに打たれる。夜の無人建造物だけが見せる素顔を、俺ははじめて見た。昼間とは異なる、別世界のような空間が広がっていた。

「人がいないだけで、こうも違うのか……」

暗い。窓から星明かりがさしこんでいるが、向こう側まではとても視線は通らない。とはいえライトを点けて歩いていたらすぐ見つかってしまいそうだ。壁に手をつきながら教室に向かう。一年生の教室は三階にある。二年生が二階、三年生が一階。普通に歩いているだけなのに足音はことさら大きく感じられた。自然とこそ泥みたいな足運びになる。

階段の踊り場で折り返して二階に、またすぐ三階への階段に爪先《つまさき》をかける。

小心者の心臓は、これだけの冒険でもうドキドキと早送りをしていた。

緊張しすぎてミスるのも馬鹿らしいし、早回しが過ぎて寿命《じゅみょう》が縮《ちぢ》んだりしたらことだ。立ち止まって、深呼吸を何度かした。夜の冷たい空気は、昼とは異なった味がする。

「……よし」

鼓動《こどう》も一・五倍速くらいには落ち着いた。再び歩き出す。顔を上げて、三階踊り場をぐっと見上げた。俺の心臓は——停止した。

踊り場の高い位置にある窓から、冷たい月の光がさしこんでいる。

窓が月に面しているせいだが、ここまでまっすぐ逆光になるのは時刻と角度のかねあいも必要だ。いうなれば偶然の一瞬を俺はとらえたわけだが、問題はそれだけじゃあない。

夜の暗がり、異なる相を見せる学校、特別な時間帯と角度、三階踊り場の神秘性、古来よりその魔力を信じられてきた月の光。このような神秘的偶然の集《つど》う瞬間には、人知を超えるものの存在が許されているのかもしれない。

踊り場に、青の魔女が立っていた——

打たれたように立ち尽くす。

言葉がない。月光のスポットライトが斜めに照らす踊り場、その幻惑《げんわく》のステージを俺は数段低い位置から呆然《ぼうぜん》と眺めていた。眺めるしかなかった。指一本動かせない。

対して魔女の方は、こちらを見てはいない。フードからのぞく顔は、斜め上方、つまり校舎三階の闇《やみ》をじっと見据《みす》えていた。

美しい。

キレイでもカワイイでもなく、美しいが正しい。

足下までを隠す青いローブ、その深海に染めたような濃い青の布間で、端整《たんせい》に透《す》ける顔がさし色となって映《は》えている。視線を下げると、胸元にも銀細工めいた輝く結び目が見える。機械仕掛けでやたら背の高い杖《つえ》を胸元に縛りつけているのは、ちょこんと突き出た指なのだ。

月光を結晶化したからだを、夜の青みが覆《おお》っている。霧《きり》深い幻想の王国から抜け出てきたかのような存在だ。

古傷がじくりと痛む。嘘《うそ》っぱちだ、と叫ぶ。だが目の前に立つ圧倒的なディテールが、すべてをねじ伏せた。

それほどの相手と出くわして、どう対処すべきなのかわからない。

逆に、向こうが俺に気づいたらどんな反応をするんだろう？

①攻撃してくる↓逃げる俺↓のちに誤解と判明、和解し共闘するようになる、恋もする
②「逃げて！」襲ってきた怪物と戦う↓かばわれる俺↓俺の機転で怪物を撃退、のちに恋
③キスされる↓キスが翻訳《ほんやく》魔術だ↓魔女は俺の家に住む、バトルもある、のちに恋
④倒れる↓家に連れ帰り介抱《かいほう》↓魔女は俺の家に住む、バトルもある、のちに恋

ふん、4番のプロットは3番と似たり寄ったりだな。パターンとしてはいっそ殺されるところまで行ってから超魔術で蘇生《そせい》させられるんだけど代償《だいしょう》が必要で、という方が今風で……いやいや今はそんな場合じゃないだろう。

とにかく。ごくりとつばを飲む。言葉をさがしながら口を開いた。

「あ、あの……？」

少女の目線がゆっくりと下がり、俺を見つけた。

予想していた通り、魔女は冷たい瞳をしていた。透徹《とうてつ》した視線は、放射線みたいに俺を透過していく。俺自身ではなく、肉体の情報を解析《かいせき》しているに過ぎないといった眼差《まなざ》しだ。

「こんなところで、何してんの？」

カラカラに乾いた舌を動かして、なんとかそう質問できた。

少女は応えない。じっと俺を注視している。

いよいよ緊張が限界まで張り詰めた時、突如《とつじょ》、杖《つえ》が電子音のようなものを発した。鈍器《どんき》にもなりそうなごつごつした先端部に、ダイオード光みたいなものが一瞬だけ明滅《めいめつ》する。よくわからないけど、凄《すご》い。

少女が視線を再び三階に戻した。

「…………来た」

「えっ？　何が？」

戸惑いながらも、俺のうちにはかつてない高揚《こうよう》が生じていた。

そうか、来たのか。パターン2か。で俺はどうすればいい？

気後《きおく》れしてしまって踊り場に上がれない俺は、首だけをめぐらせて三階を、魔女の視線の先を追った。ぼんやりとした白っぽいものが不規則に揺れている。

「……なんだ？」

モヤのようなものに見えるが、よくわからない。ただ獲物《えもの》をさがすみたいに自《みずか》らの意志で蠢《うごめ》いている。エクトプラズム？　まさか。心臓がまたドキドキしてきた。

『リサーチャー、確認完了。照合結果、一致99・8パーセント。現象界の影響により奇化が見られるが、情報体であると認められる。以後、当該《とうがい》情報を総和型情報体Σ《シグマ》C114578 2-227-4567897と記録』

第三者の声が低く響く。俺はびくりとした。魔女のものとは異なる、年配男性の声だ。

「……今の誰？　どこ？」

魔女と俺以外には誰もいない。声だけが続く。

『物理干渉《かんしょう》レベル3。全権保持者はリサーチャーに対し即時対応を要請《ようせい》』

「……了解《りようかい》。即時対応に入る」

魔女が機械杖《きかいじょう》を持ち上げた。

「対応ってなんだ？　どうするんだ？　戦うのか？　バトルか？　バトルなんだな？」

「…………」

無視された。

「君の……魔術は……その、どういう？」

何が訊《き》きたいんだ俺。変なスイッチが入ってしまって我《われ》ながら意味不明。

「フェルラ。シャーマニックフィールドドライバ、スタンバイ」

機械杖が応じるようにランプを明滅させる。この杖が、フェルラ？

わけわからん。わけわからんが、なんとなくわかった。だからといって何をすべきか理解できたというわけでもないので、足は階段半ばに縫いつけられたまま傍観《ぼうかん》する。

対して魔女は素早く動いた。

踊り場からさらに階段を数段駆け上がり、三階廊下《ろうか》を蠢《うごめ》く霊体（謎の声は情報体と呼んでいた）に向かって杖《つえ》を突きつける。

「そうか！」たちどころに理解した。

杖の先端からは途轍《とてつ》もない魔法弾を放出する気だ。そんなポーズだ。魔砲少女だ。

慌《あわ》てて俺は踊り場まで飛び上がり、魔女に告げた。そうしないといけない気がした。

「お、おい！　ここでそんなものをぶっ放したら！」

学校がぶっ壊れてしまう、けど——どこかで非日常にわくわくしている自分がいた。

「なあ、魔女さん！」

「……命が惜しければ下がれ、現象界人」

それははじめて、魔女が俺に対して放った言葉だった。

「現象界人？」

「情報体は対象の論理法則をクラックすることで物理的に干渉《かんしょう》する。プロテクトを持たない現象界人には防ぐことはできない」

「何いってんだかわかんねーよ」

実はだいたい理解できていた。でも理解が早すぎてもアレなんで戸惑うフリをしていた。

「呪《じゅ》的攻撃は相偏差の浸透《しんとう》効果を利用し、熱量を情報変換して行う。物理的影響は皆無《かいむ》」

機械杖《きかいじょう》からピピッと電子音。充電完了《かんりょう》の合図だろうか。

杖の角度を調整し、漂《ただよ》うモヤの中心に据《す》えた。

「攻撃開始――」

とっさに両腕で顔を守る。予想した衝撃は襲ってはこなかった。炎が生じたり、衝撃波が射ち出されたり、あるいは光ったりくらいはするかと思っていた。

物理的影響はない。言葉の通り、目に見える出来事はなにひとつ起こらなかった。

モヤも相変わらず元気にジグザグ揺れていた。

「おい……終わったのか？　なんか、まだいるんだけど……情報体とかいうやつ」

「作戦失敗」こともなげにいった。

「なんだと？」

『リサーチャー、総和型情報体Σ《シグマ》0114578２-227-456789７の状態にイレギュラーが認められる。呪的攻撃と同時に物理干渉レベルが7に増幅《ぞうふく》。全権保持者は即時撤退《てったい》を推奨』

例のやたら渋い声が、やたら物騒《ぶっそう》なことを抜かしていた。

「お、おい、撤退とかいってるぞ？　やばいのか？」

魔女は俺を真正面から見た。

「そこの現象界人、ともに来てもらう」

「来るったって俺は用事が……仕方ないな、わかった」

「……こっちだ」

魔女は俺の腕をつかんで、階段の下に引っ張る。二階に戻り、さらに一階へ――

「止まれ現象界人」

「俺には佐藤一郎《さとういちろう》という名前が、」

すぐに口をつぐんだ。一階の側から、別のモヤ――情報体が迫ってきていた。

「ならこっち」

魔女は俺を引いて二階廊下《ろうか》に逃げる。階段は校舎の両端にある。向こう側から脱出することはできるのだ。しばらくふたりで走った。例のモヤが追ってくる気配はない。魔女は足を止めた。全速力で走り抜けるには廊下はちと長い。魔女は杖《つえ》に体重を預けて呼吸を整えていた。頬にはかすかな赤味がさしていて、印象をいくぶん幼く見せている。

「そろそろ移動する。そばを離れないよう」

今度は歩きで移動する。

「なあ……もし情報体とかいうのに捕まったら、どうなるんだ?」

「もとの形と性質を失う」

「そ、それって」

もろに命に別状あるってことじゃないか。そーとーにヤバかったな。

「とんでもないことに巻きこんでくれたな！　と怒るところなんだろうな、コレ」

「リサーチャーが関与したことではない。そちらの危機対処能力、運命の予想が甘かった」

「夜の学校に魔女がいるなんて誰が予想できるか。だいたい何者だあんたは」

「…………」だんまりをキメた。

「普通はな、夜の学校にいるのは警備員くらいなんだよ」

という思考で、気がついたことが一点。

「なあ。ところで学校の防犯センサーとかって平気なのかな？」

機械警備が仕掛けられていてもおかしくはない。こんな非日常がもし一般人に露見《ろけん》してしまったら……一気にクライマックスに……じゃなくて大騒ぎになってしまう。

「正面玄関ならびに一階外窓のすべてにセンサーが設置されていた。その他、一部の重要区画にもセンサー類が確認された」

「一階……？　俺、一階男子便所から入ったぞ？」

現実的な危機に肝《きも》が冷える。

「安心すべき」魔女がしれっという。「リサーチャーも」

「おまえか、窓抜いたやつ！」

「だから警備システムは作動しなかった」

「どういう意味？」

「この建物の電子警備システムは掌握《しょうあく》している。だからこそ、現象界人の存在がセンサーに引っかからずに済んでいる」

「掌握って、どうやって」

機械杖《きかいじょう》を軽く掲《かか》げる。

「呪術《じゅじゅつ》で」

機械＋呪術のコラボレーションってわけだ。

「純粋機械の原始的なセンサーは、掌握も容易《たやす》かった」

「……納得できるけど……それ他の人間にいっても通じないからな」

ほかならぬ俺だから受け止められているのであって。

「他の現象界人に露見《ろけん》するようなことはない。そもそもマナコンバーターはおろか魔力自体が存在しないこの現象界では、誰もリサーチャーの姿を視認することはできない」

「俺、見てるけど、あんたのこと」

魔女が顔を寄せてきた。

ガラス細工みたいに綺麗《きれい》な顔は、あまりにできすぎている感じがして、無表情で接近されると迫力満点だ。

「な、なんだよ」

「その目」

「俺の目？　目がなんだよ。魔眼《まがん》だとでもいうのか？」

「………」魔女は二秒ほど静止した。「魔眼のことをなぜ知っている？」

「いや、適当にいっただけだけど……魔眼なんてのは伝承《でんしょう》であるじゃん」

「納得した。現象界にもかつては魔術があったと聞く。リサーチャーは現象界人Aを魔眼保持者と見なすことにする」

見なされた。人とは違う選ばれた人間だといわれたみたいで、嬉《うれ》しかった。

「そりゃいいけど……俺には佐藤一郎《さとういちろう》って名前があるんだ。その現象界人ってのはよせよ。むずむずする」

「了解《りょうかい》しといた。現象界人Aは佐藤一郎と呼称《こしょう》する」

「……佐藤とか一郎だけでいいけど」

「一郎」

「う、うん」

いきなりの一郎呼ばわりにどぎまぎしてしまう。女に名前呼ばれるのって……イイ……。

「一郎よ、階段を降りて一階の男子便所から脱出する。いいか？」

「いいけど……あ、でも俺、教科書取りに来たんだけど」

「キョウカショと命と、大事な方を選択してもよい」

「……いや、そりゃ命だけどもさ」

「ならついてこい」

魔女はすたすたと階段を降りていった。

しかしいったいこいつは何者なんだ？

杖《つえ》や衣服の本物っぽさを見ても、酔狂《すいきょう》じゃないのはわかる。こんな手のこんだイタズラをするやつはいない。ニセモノではない。本物ということはつまり――

「なあ……あんたってマジで異世界の人なんだよな？」

「答えられない」

そりゃそうか。隠密《おんみつ》行動してたんだもんな。

「じゃあさ、さっきのって俺を助けてくれたんだよな？」

「……現象界人の被害は可能な範囲で防ぐことが義務づけられているためだ」

「そうか。どっちみちありがたい。礼をいっとく」

「構わない。結果的に魔眼保持者と遭遇できたことは有益な事象だ。助力を得られれば、竜《りゅう》端子《たんし》の捜索《そうさく》も容易となる」

「またご大層《たいそう》な専門用語が出てきたな。それはいったい？」

『リサーチャー。全権保持者から警告。現象界人に対する情報の開示《かいじ》は処罰《しょばつ》対象』

姿なきナイスミドルの声。

「わっ、またこの声！」

「全権保持者に釈明《しゃくめい》。当該《とうがい》現象界人は重要因子である可能性が高い。本件を調査、確定するため特例調査を申請《しんせい》する」

『認められない。探索はリサーチャー単独で遂行《すいこう》可能』

「さきほどの情報体がこちらの攻撃を無効化した理由が定まるまで、状況に変化があると考えるのが妥当《だとう》。各種イレギュラーへの対応を考慮すれば、魔眼保持者の協力を得ることで作戦成功率の安定が見こめる」

長い沈黙があった。

『…………全権保持者は一時的な措置《そち》として、リサーチャーの現象界への干渉《かんしょう》を認める。ただし干渉レベルは3までとする』

「了解《りょうかい》した」謎の会話は終わる。

「今の、どこから聞こえてきたのかと思ったら、それか？」

魔女の胸元を見やる。

ローブの内側、やはり独創的に過ぎるインナーの首元からかけられている、大きな銀のメダル型ペンダント。声はそのあたりから聞こえてきたのだ。

「これは〈全権保持者クレディター〉。単独で任務を遂行するため、〈中央集積機関〉から作戦遂行に関するすべての権限を与えられている擬似《ぎじ》知性にして複写機関」

「ふーん、機械知性のボスみたいなもんか」

そうこうするうち、男子便所に着いた。

「リサーチャーから一郎《いちろう》に停止要請《ようせい》」魔女は厳しい顔で指さす。「窓が戻されている」

自分でも便所を覗《のぞ》きこむ。しっかりはめられていた。

「俺が入った時ははめられてなかったけど?」

つまり警備員が直していった?

と思ったら、男子便所の個室からベルトを締めながら警備員ひとりが出てきた。

「ん? だ、誰だ! 賊か!?」

懐中電灯を向けてくる。

魔女の行動は迅速《じんそく》だった。懐《ふところ》に手を突っこんで小さな球形の物体を出すと、部屋の中に放った。球体は大量の煙を噴き出す。煙玉だ。

「なんだ! くそ!」

またたくまに室内が煙で埋《う》まる。密室だから効果抜群だ。便所の扉《とびら》を閉めると、魔女は俺の腕を引いて走りだした。火災報知器がけたたましく鳴り響く。いよいよもって大騒ぎ。

「やべえ、警備員だアレ!」

「一階は危険。二階から脱出を提案したい」

「なんで二階!?」

「二階には一切の機械警備は存在しない。脱出は容易《たやす》い」

そうなのか？ まあ魔女がいうならそうなんだろう。

気になるのは、警備員とさっきの化け物がかちあって悲惨《ひさん》なことになったりしないかという点。魔女に問いただすと「ケービインと命と、大切な方を選択してもよい」ときた。

そりゃ俺だって人間だもの。

ごめん警備員。


二階からの脱出計画は、すぐに潰《つい》えた。

「そうだ、教室ってカギかけんだ……ウチ」

教室には入れなかった。どの教室もしっかり鍵《かぎ》がかけられていた。二階便所も見てみたが、なぜか窓まわりの仕様が一階とは異なり、人が通れるサイズではない。

「安全対策されてやがる……！」

多感な十代がつい便所窓から飛び降りたりしないための配慮。どうせ死ぬなら屋上か教室かで、死後伝説になりそうな便所窓は避けたいのが十代だと思うのだが、こういうとこは本当にお役所的な発想だ。

「どうする、魔女？」

時間はないはずだ。一階便所の警備員だってすぐに追ってくる。三階に逃げるか、二階廊下《ろうか》を向こう側まで移動するか。だけど例の化け物だっている。

「おい！　おまえたちか賊というのは！」

二階廊下を移動する選択は消えた。遠い位置にある教室から、さっき煙玉を食らわせたのとは別の警備員が飛び出てきたからだ。エンカウント率が高すぎる。

「別の警備員だぞ！　なんかさっきのよりレベル高そう！」

「化け物だっているってのに！」

「……カギが開いた」魔女は冷静だ。

「は？」

警備員の出てきた教室を指さす。

「あの教室なら入れる。脱出も可能だろう」

そりゃできるだろうけど……停学が形をなしたような警備員という存在が今まさにその方向から来てるんだが。

「リサーチャーは佐藤一郎《さとういちろう》に支援を要請《ようせい》する」

魔女は両手を扇《おうぎ》みたいにして開いた。指の間には例の煙玉が、手品みたいに八つも挟まっていた。片手分、四つ受け取る。手伝えってことだな。ライターも渡され、「点火」と命じられるままに導火線に火を点けた。で、ふたり同時に駆けてくる警備員に向かって投げた。

八つ分の煙が爆発的に廊下を埋め尽くす。

赤や青や黄色といった原色系の煙がまざりあって、視界は完全に遮断《しゃだん》されていた。煙に巻かれた警備員の姿も見えなくなる。

機械杖《きかいじょう》がピッと電子音を発する。

「対象のケービインの無力化を確認。移動開始」

「わ、わかった」

俺たちはダッシュで警備員のいる方……つまり煙の中に突っこんだ。

こんなのは正気の沙汰《さた》じゃない。だけど報知器の絶叫と毒々しい原色雲と情報の化け物とケービインと青の魔女とで、俺の理性は完全にどうかしちまってた。俺たちが煙を抜けても、警備員が追ってくる気配はない。横をすり抜けたことにも気づいていないようだった。

教室に入ると、魔女はすぐ窓を開けた。

「脱出経路確保。総員、速《すみ》やかに降下準備せよ」

総員と申しましても俺ひとりですけどね。

「なあ、この高さからは無理じゃないか？」

魔女は平然とロープの奥から縄ばしごを引っ張り出した。俺は感心していった。

「四次元ローブだな、それ。なんでも出てくる」

魔女はフードを目深《まぶか》にかぶりながら、小さくうなずいた。

「……う、うん」

まず俺が最初に降りた。縄ばしごなんてはじめて使ったし、かなり揺れて怖かったが、なんとか地面に降りることができた。魔女は慣れているのか危なげない様子で降りてきた。

「撤収《てっしゅう》するぞ」

「はしごは？」

「それはこの世界での調達品であるので、遺棄《いき》していく」

まあ、すでに警備員に見つかってるしな。

ふたりで敷地外に出て、人通りの少ない通りを選んで足早に離れる。

「一郎《いちろう》、こちらだ」

暗がりに引っ張られ、工事途中と思われるテナントビルの敷地内、無造作に積んである資材の陰に、無理やり二人分の体を押し詰めた。

「ケービインが撤退するまで、ここで潜伏《せんぷく》する」

「あ、ああ……」

狭い場所だった。立っていると見つかるので膝《ひざ》を折りたたんだのだが、もろに密着してしまった。魔女の両脚の間に俺の膝が入り、逆にこちらの膝を割って向こうの脚が深々とさしこまれている。互いの足の付け根にすねを押しつける形だ。

気まずい。

魔女の体温が、薄手のインナーごしにすねに伝わってくる。当たっている場所についてはとてもまともに考えられない。

「わ、悪いな」

「謝罪《しゃざい》の対象が不明瞭《ふめいりょう》だが」

「いや……」

沈黙が降りてきた。一分が一時間にも感じられる。押しつけられる柔《やわ》らかく熱い輪郭《りんかく》。髪から漂《ただよ》ってくる甘い香りもどうなんだってくらい異性だ。異性がいる。異性と密着している。密着。異性。異性。密着。自分の経験値の少なさを思い知る。

学校の様子は今の場所からは見えない。物音から推移をはかるしかないようだ。静寂《せいじゃく》の今、意識はどうしても魔女に向く。

「そういやさ」基本的なことを確認していなかった。「あんた、名前は?」

「リサーチャー」

「それ、名前か? コードネームっぽいんだが」

「正確には〈リサーチャー〉というクラスに属する個体だ。炭素型活動体であり、〈中央集積機関〉に接続している」

「炭素型って……人間ってことだろ?」

「構造が同じなだけでリサーチャーはこの世界の人間ではない。識別のためナンバリングされており、それが個体名ということになるが、機密につき呈示不可である」

「異世界の人間か」

　もう俺はワクワクのドキドキだった。

「リサーチャーは〈竜端子《りゅうたんし》〉を回収するため、この世界に送りこまれた」

「竜端子！」俺のうちにいまだに巣食う厨房《チューボー》センサーがびーんと反応した。「ドラゴン？」

「かつてこの世界にも竜は存在したと記録にはある。ただし現在においては、その存在は死滅しているものと見られている」

「恐竜のことか？」

「いわゆる爬虫類《はちゅうるい》とは異なり、知性を持つ高度な次元的存在全般を示す。次元を渡り歩きどのような環境にも適応するが、まれになんらかの理由で耐性化した場合は存在が萎縮《いしゅく》し物質として固着する。物質化した竜は無限に近いエネルギーと高度に圧縮《あっしゅく》された論理情報を内在し、特定の入力に対し安定した結果を出力する高度に圧縮された多機能デバイスとして機能する」

「つまりとんでもないパーツってわけだ」

「はなはだ単純な理解だが、非論理的存在である現象界人の理解としては妥当《だとう》だ」

「その竜の死骸《しがい》をさがしているんだな」

「死骸という理解は適切ではない。耐性化するという機能は炭素型活動体にとってそう珍しいものではない。現象界においても一部の生命は、過酷《かこく》な環境に長期間耐えるための機能や形態を持ち、環境が改善されたのちに蘇生《そせい》することができる。よってこの場合、活動レベルが極度に低下していると表現すべきであり――」

「ああ、わかった、わかったから。表現が不完全なのは勘弁《かんべん》してくれ」

「現象界人の思考が非論理的傾向に支配されることはすでに承知《しょうち》している。リサーチャーが一郎《いちろう》の不適切な理解に対し異議申し立てをしたという事実はないが、いかなる理由によって容認の要求の必要性を感じたのか説明を願う」

「あ、いや、大丈夫だから。気にしないでくれ。言葉のあやだ」

球形に近い大きな瞳を向けられ、俺はどぎまぎするばかりだった。

「要点だけを抜き出して現象界人に合わせた曖昧《あいまい》な表現で話そうぜ」

「了解《りょうかい》した。以後、議題の主旨《しゅし》を抽出《ちゅうしゅつ》し、現象界人に最適化した言語で会話を試《こころ》みる」

「そりゃどーも」

まったくなんて女と知り合いになってしまったんだろうな。

「じゃああんたのこと、なんて呼ぶかな。ニックネームでもあればいいんだが」

「〈中央集積機関〉に接続した炭素型活動体は愛称を必要としない」

「俺は必要なんだよ。なんかないか?」

魔女は俺を凝視《ぎょうし》した。

「……何もない。リサーチャーは抽象化能力が欠如《けつじょ》しており、愛称の自己供給《きょうきゅう》は不可能だ」

「なら俺がつけてやる」

そうだな。青の魔女だから……〈蒼魔《そうま》〉とかどうだろう。ソーマとかけている。ソーマというのはインド神話なんかで有名な霊薬で――

「って、厨房《チユーボー》くせぇぇぇ！」

「どうした一郎？　思考機能不全か？」

「いや、あまりにも自分という存在が厨房臭かったんでな……」

魔女は俺の首筋に鼻をつけて、すんと鳴らした。

「一郎はにおわないと判断できるが？」

「……」

三秒ほど硬直してしまった。

「じ、実際ににおうわけじゃなくて、精神的に自己嫌悪《けんお》してたんだ……」

「極度の曖昧《あいまい》表現はリサーチャーには理解できない」

俺には密着する異性のにおいを嗅《か》ぐ行為の方が理解できないよ。

「愛称だけど、単純にリサでどうだ？　リサーチャーのリサ」

深く考えるとドツボになりそうだったので、手近なところでまとめることにした。

「構わない。愛称を使用するのは一郎だけだ」

「そういわれると寂しいもんがあるな……けどまあ、リサってことで」

「了解《りようかい》。リサを簡易《かんい》識別名として登録した」

それからしばらく無言の時間が過ぎた。いい加減、ケツが痛くなってきた頃、不意に魔女が立ち上がろうとした。

「……やん！」

やたら可愛《かわい》らしい悲鳴をあげて、俺に覆《おお》いかぶさってきた。何かが衣服のはじにでも引っかかったようだ。

「大丈夫か？　俺の肩に手を置いていいから」

「……提案を受け入れる方向で」

両手が肩に置かれた。リサの重みが肩にかかる。それだけのことでちょっとだけ嬉《うれ》しい気分に浸《ひた》れる。単純な男、俺。

「そろそろ移動すべきだ。一郎《いちろう》はサスペンドモードを解除」

「俺サスペンドとかしないから……」

あたりはひっそりとしている。学校方面からも特に喧噪《けんそう》は届いてこない。侵入者を発見して煙玉までぶちかましたんだ。かなりの騒動になってるはずだ。なのに不気味なくらい静まり返っている。

ふたりして適当な道路に出る。通行人はいない。

「これからどうするんだ？」

「ここで別れる」

「え？　でも俺……なんとか保持者なんじゃないのか？」

「全権保持者の介入《かいにゅう》により作戦行動の能率が下がることを回避すべく、佐藤《さとう》一郎の身柄《みがら》を一時的に管轄《かんかつ》下に置いたに過ぎない」

「そうなのか」

「その必要もなくなった。一郎は現象界の営為《えいい》に戻れる」

「……そうなのか」

落胆しなかったといえば嘘《うそ》になる。気分を強制的に冷却されるのは、つらい。

リサは別れも告げずに背中を向けた。小さな背中を見た瞬間、守らないと、と思った。

「あ、手伝う、俺」

去りゆく足が止まる。

「俺もなんかの能力があるってんだろ？　だったら手伝えるってことだし」

「竜端子探索《りゅうたんしたんさく》が危険をともなうことは見たはず。その判断は極めて軽率《けいそつ》だ」

「それはわかってる……けど俺は」封じたはずの気持ちが、鎌首《かまくび》をもたげた。「俺、あんたのいう現象界の営為ってやつに、納得できてないんだ」

「生命活動に、納得が必要という事実はないが」

「現実っていい換えてもいい」

「現実。虚構と対《つい》になった単語。一郎《いちろう》は虚構や空想を切望する？」

言葉のナイフが胸に刺さった。向こうにその気はないはずだが。

「そ、そういうんじゃないけどな。俺が思うのは、現実ってのはもっと自由でいいだろってことだよ。だからあんたみたいのを見てもそんな動じないでいられた。受け入れられた」

「受け入れた。一郎はリサーチャーを受け入れたのか？」

「そうだよ。拒絶してないだろ？　助けてもらったし、俺には力があるっていうし、あと、あとは……」

理由はいくらだって挙げたかった。けど積み上げるほどには出てこない。一番情けない理由を口にするしかなくなる。

「……不思議なことがあるんなら、見てみたい。わくわくするような非日常があるんなら……俺、見てみたいんだ」

魔女は感情の映らない表情で思案する。

「駄目か？」

リサは無言で反転し、裾《すそ》をひるがえして走り去ってしまった。

俺は……追うこともできなかった。その場に釘付《くぎづ》けになったまま、視界から青い人影が消えるのを見送ると、やがて大きな虚脱《きょだつ》に襲われる一方となった。力を尽くさずに手遅れになってしまったような……自分への情けなさがしこりとなって残った。

「……ちぇ」

ジャケットのポケットに両手を突っこむ。左手が、固いものに触れた。引っ張り出してみると、リサがつけていたメダルだ。鎖《くさり》は切れている。たしか、資材置き場で、立とうとしたリサは何かに引っかかって倒れた。見ると、俺のジャケットのボタンがほつれて取れかけていた。ボタンに、チェーンが引っかかったのだ。その時入ったのか？

てのひらのメダルを凝視《ぎょうし》する。

幾重《いくえ》もの同心円の内側に、質感の異なる薔薇《ばら》のつぼみが象眼《ぞうがん》されていた。なんといっていたか。そう、確か全権保持者。

魔女に必要なもの。失ってはいけないアイテム。取り戻さねばならない貴重品。呆《あき》れたことに俺の心は小躍《こおど》り状態。

世界はつまらなくなんかない。カラオケやイカした服やクラスの上下関係がすべてじゃない。大人たちが知らず、ガキどもが忘れかけていた奇跡は、確かに存在する。どんなに否定しようとも、メダルは無言で裁定《さいてい》を下す。そうさ、ネッシーはチャチな仕掛けなんかじゃない。スカイフィッシュは残像バエなんかじゃない。モンゴリアンデスワーム（今旬《しゅん》のＵＭＡ）はゴビ砂漠で今日もバッキバキ。そしてなにより——魔女は実在する。

メダルを握り締めて、俺は必死で自《みずか》らの歓喜を嚙《か》み殺した。

朝の教室はいつも通り気怠《けだる》げな空気に支配されていた。

安堵《あんど》する。警備員相手に立ち回った挙《あ》げ句《く》、物証まで残したことが不安材料だったのだが、それは解消された。

「おはよう斉藤《さいとう》くん！」

俺の机に座り、右列の女子と会話していた斉藤の背中を、後ろから「別に座ってもいいが机の持ち主が来たらとっとと退《ど》けよ」という親愛の気持ちをこめて思いっきりはたいた。

「いってー。佐藤《さとう》……ワリ」

背中を丸めて机から降りる斉藤。隣《となり》の女子（確か尾崎《おざき》とかいう名前）が小さく笑った。

「なに盛り上がってたんだ？」

「いや、昨日買い物して楽しかったって話……」

「おまえ失意で溶けた雪だるまみたいになってなかった？」

「いや、尾崎さんも興味あるってーから、連れてこっかーって」

人の机ケツに敷いてナンパとは恐れ入る。

「いいけど女の子連れてくんならもっと段取っとけよ。昨日は店の人、おまえのこと半忘れだったじゃねーか。恥ずかしかったぞ俺たち」

尾崎さんがまた笑う。

かたや斉藤はむっとした顔をした。

「いや、ちげーって。知り合いはマジだったろ」

「おまえさっきから『いや』ばっかりだな」

尾崎さんがけらけら笑い、斉藤が言葉を失う。

自席でぼんやりしていた川合《かわい》と小林《こばやし》に目線を送り、挨拶《あいさつ》にかえる。川合は斉藤に見えないよう両手をサムズアップにして俺に向けた。斉藤いじり推奨。理由、お調子者すぎるので。哀《あわ》れなる斉藤。俺は少し同情する。

「……佐藤っち、ひでーなぁ」

昨日まではなかった敬称がつきやがった。押しに弱いやつ。

斉藤はしばらくもじもじとしていたが、やがて別のグループの方に移動していった。

「佐藤くん、何か買ったの？」

尾崎さんがそう訊《き》いてきた。「これ」と時計を見せる。

「あー、ステキだね。いくら？」

値段を告げる。

「安ーい。いいかも」

「店員さんもいい人だったよ」

「へー。いきたーい」

などと会話が弾《はず》んできたところ。

「お、時計買ったんだ、佐藤《さとう》くん」

恒例《こうれい》の挨拶《あいさつ》めぐりをしていた子鳩《こばと》さんが、ちょうど飛び入りしてきた。

「おはよう。昨日行った露店《ろてん》で買ったんだけど、どうこれ？」

「オハヨー。いい、いい。すっごくいいと思う。かじゅある。ねー、尾崎《おざき》さん？」

「うん。あたしもそう思うんだー。値段も安かったって」

「うわー、良心的だ～。佐藤くんこれ装備してたら絶対ルックス2ポイントアップだよ～」

「び、微妙な数値ね」笑いながら返す。

「そんなことないよ～。2ポイントは大きいと思うよ。この春のますとあいてむってやつだね～」

「マストアイテムねぇ」

本当のマストアイテムは実は別にある。

もちろん子鳩さんには話せないが、持参している。例のメダルを。

俺の気持ちを上向きにしてくれる、レア装備品。身にはつけないけど、内ポケットに忍ばせてあるのだった。子鳩さん風にいえば精神ポイント5アップというところ。

これを持っていれば、いつかあの魔女と再会できて、非日常の世界に飛びこむことができるんじゃないかという願望ももちろんあった。

ちなみに俺が拾ってからのメダルは、まったく喋《しゃべ》る気配はなかった。

「ねえそれって久米《くめ》さんの店のやつ？」

ロイヤル高橋《たかはし》が話しかけてきた。レアイベント発生。

「ああ、昨日ちょっと斉藤《さいとう》たちと行ったんだ」

「へー、斉藤くんはさっそく仲間に紹介したんだね」

「なんだ、そっちがネタ元だったのか」

「ああ、久米さんってうちの美術部ＯＢだよ。俺もたまたま露店で知り合ったんだ。へえ、いいねそれ。前にはなかった商品だな」

「いいよねー、センスよさげで」子鳩さんがうんうんとうなずいている。

「その久米さんって人のオススメだった」

「うん、佐藤くんいい買い物したね。いいな、久米さんわりと一品もの多いから」

「でも一品ものじゃないとかえって高橋はツラいんじゃないか？　流行《はや》りでもしたら」

「確かに。ワカってるね」高橋が相好《そうごう》を崩す。

「はて、なんだろう？」

「男心。カブりたくないっていう」

「んー？」

子鳩さんが首を傾《かし》げると、頭頂から癒《いや》し成分が教室にこぼれたので俺は幸せな気分になった。

ラックのパラメーター5ポイントアップ。

「というか、女子にもあるんじゃないか?」

「うん、あると思うんだけど」

「うーん、わかりませーん!」

子鳩《こばと》さんがぷんすかやりだしたので、苦笑しながら答える。

「同じものをみんなでつけてると、気まずくないかって話」

「ああ、ネタカブりだね~。うんうん、確かにそうだね~」

ネタカブりというのとはちょっと違うと思うんだが……。

「でもユニフォームと思って、みんなで同じもの着るのはいいよね。私、中学は文芸部だったからそういうの経験なくて、ちょっと憧《あこが》れてるんだ~」

と、このあたりで俺も気づくべきだったのだけど。

「ごめん。あたしちょっと席外すね」

輪に入りにくい空気を察したのか、尾崎《おざき》さんが席を立って教室を出て行ってしまった。

俺から話を振るべきだったろうか。悪いことをした。高橋《たかはし》は愛想《あいそ》良く返事をしていたが、罪《ざい》悪感《あく》はないようだった。ついでにいうと子鳩さんも同様に、ほにゃららと手を振っただけ。

人間関係に恵まれた者は、いたたまれない気分というものを理解できないのだ。ああ、実にロイヤル。

「佐藤《さとう》くんさ、今日俺たち駅前に買い物に行くんだけど、一緒に行く？」

「え？」

さすがに驚いた。誰にでも愛想が良い反面、遊ぶとなれば身内だけで行動してきた高橋が声をかけるというのは、いずれグループに誘うということでもあるわけで。

なんてこった、ヘッドハンティングだ。

「あー……行っていいのかな？」

「いいよ、全然ＯＫ」

「じゃあ、参加ってことで」

「いらっしゃーい佐藤くん。遊ぶのはじめてだね～」

「そ、そうだな」

なんなんだろう、昨日今日のツキ具合ときたら。急に人生が楽しくなってきた気がする。

「そろそろ先生来るか。あとでケータイ番号教えてよ」「またね～」

高橋と子鳩さんが席に戻っていく。始業数分前だが、まだ新入生気分の抜けないうちのクラスは全員着席待機がデフォルトだ。左斜め前のレディス佐藤だけが空席のまま。

担任も来ていないのに静まり返る教室。こんな雰囲気《ふんいき》も、一か月経たないうちに崩れていくんだろうな。そして崩れた頃には、教室の人間相関図はほぼ完成してしまっているはずだ。入学一週間ちょいで一軍抜擢《ばってき》というチャンスを得た俺は幸運だ。会話して思ったのは、高橋はどうも俺を目端《めはし》の利《き》く人間と見ているらしい。ことによると俺は、斉藤《さいとう》を押しのけて補欠枠《ほけつわく》に入ったのかもしれない。

達成感はある。だけどそこに自然体の俺はいない。子鳩《こばと》さんと遊べるのは素敵だが、先々への不安は望んで政治に走った報《むく》いとなって重くのしかかる。一軍に関わるなら、いろいろ見劣《みおと》りする俺は常に気を配ることになる。川合《かわい》や小林《こばやし》との関係も気をつけないと。楽じゃない。

ああ、顔さえよけりゃな。いや、もっと大事なのはカリスマだな。人を惹《ひ》きつけるオーラさえあれば、打算《ださん》なんてなくたって楽しく過ごせるだろうに。

ちなみにオーラってのはアウラとも読む。人体から放射される霊気のことだ。もちろん実在するものじゃない。一般的にカリスマや雰囲気《ふんいき》の代用語として使われている。目には見えないが、これほど万民《ばんみん》に影響を与えるものはない。

クラスのリーダーになるようなやつは、強いオーラを放っている。高橋《たかはし》がそうだ。けど俺が見た中で一番といったら——ポケットにあるメダルを握る——昨夜の魔女がダントツだ。あれは別格だった。

また会ってみたかった。そう遠くないうちに願いは叶《かな》うかも、という淡い予感がした。

静まり返った教室の前方ドアが開き、青いローブの魔女がずかずかと入ってきた。もし今ミルクを飲んでいたら、確実に水平噴射していたことだろう。

まさか念じた一秒後に叶うとは思わなかった。

朝の教室にまさかの魔女乱入。

皆の反応は、絶句の一色だった。

誇張《こちょう》なく、すべての視線が魔女に集まった。魔女は自分に向けられる目線をものともせず、室内をギロギロと見渡す。目線は俺にぴたりと照準《しょうじゅん》された。

「ちょっと待ってくれ……」

会いたいと願った。メダルだって記念に持ってきた。だけど今、俺の意識を占めているのは危険信号だけだ。

「佐藤一郎《さとういちろう》。データ通り、この小隊に所属していたか」

今度は俺が注目された。本名プレイの幕開けだ。心臓が爆音を立てて跳ねた。

「いや、俺は……佐藤……だけど……今は……ちょっと……わからないんで」

その場で起立し弁明を試《こころ》みたが、出てくるのは言葉にならない呻《うめ》き声ばかり。

魔女が寄ってくる。逃げたかった。動けなかった。目の前で立ち止まる。間違いなく青の魔女だ。頭がグラグラと煮えてきた。思考が整然としない。腕が奇妙に揺れ動く。挙動不審業界（ねぇよ）に燦然《さんぜん》と輝くようなぎこちない、滑稽《こっけい》な動作を反復《はんぷく》しているのがわかる。顔の輪郭《りんかく》もぐにゃぐにゃになっていそうだ。なにせ唇がわなわなと震えるのを自力でコントロールできないんだから。今の俺は作画崩壊したアニメそのもの。作画崩壊アニメの化身《けしん》でしかない。

「どうなってんのこれ」「なにあの格好」「誰？」「佐藤の知り合い？」「彼女とか？」「うわ〜、すご〜〜い！　かっこいい〜」「ありえねー」「コスプレ」「ギャグ？」

……乱れ飛ぶ憶測《おくそく》に、子鳩《こばと》さんの無邪気《むじゃき》な声がまじっていたような。

だけど大方、クラスメイトは引いている。ドン引きというやつだ。

なぜ？　どうして？　俺が何をした？

脳の一部がメダルだと小声で囁《ささや》く。魔女はこいつを取り戻しに来た。なら返却すれば平和は戻る。さっそく実行する。メダルを魔女に突き返した。

「こ、これだろ！」

しかし魔女はメダルを一瞥《いちべつ》すると、

「……全権保持者、佐藤一郎《さとういちろう》の走査結果は？」

教室にあの謎ボイスが響き渡った。

『走査の結果、佐藤一郎は適合者として十分な資質を持つことが判明』

教室はまたも静まり返り「……なに今の？」という冷めた反応をひとつだけ出力した。

危険信号はすでにＭＡＸに達している。このままでは俺の普通生活は瓦解《がかい》してしまう。よりによってなぜ昼の学校なんだ。なぜふたりきりになれる時間を見計らってくれないんだ。

夜の校舎ではあれほど魅力的だった姿も、昼の学校ではあまりにも痛ましい。不思議な認識の逆転。クラスメイトたちはリサをコスプレ女と見なしている。そして俺はコスプレ女の知り合い。こんな事件に巻きこまれたら、もう噂《うわさ》と無縁じゃいられなくなる。

ひとつだけ、生還の道が残されていることに俺は気づいた。

そう、魔女が〝本物〟であると証明できたなら。全権保持者とやらが異世界の機械知性であると立証できたなら。情報体という化け物の存在を実証できたなら。

マイナスはプラスに転じるはず。

「えっと、皆これを見てくれ！」教室中に見えるよう掲《かか》げた。「実は――」

メダルを強く挟んだ指が、ボタンらしきものを押しこんでいた。

「うわっ」

いきなり手の中で変形しはじめたメダルを、落としそうになった。鎖《くさり》だけキャッチすると、メダルは空中でゆっくりと回転した。

このタイミングで、メダルは喋《しゃべ》りはじめる。

『メイクミラクル、ドレースアー――ップ！』

渋いアダルト声とは似ても似つかない、とんでもないアニメ声の絶叫。

象眼《ぞうがん》された薔薇《ばら》が大きく花開き、内側からピカピカ光るドーム部分がせり出してくる。

ピロリロピロリロ♪

気の抜けたチープサウンドが垂《た》れ流された。

『ドレスチェ――――ンジ、イブニングスタ――――イル！』

掛け声とともに、ピロピロロと花心《かしん》は七色に光る。地獄への葬送曲《レクイエム》があるとすればそれは重厚《じゅうこう》なクラシックだと信じて疑わなかった俺の考えは、木っ端微塵《こっぱみじん》に打ち砕かれた。我《わ》が魂《たましい》は今アニメ全開のピロピロ音とともに地獄に引きずりこまれつつある。

大騒ぎはしばらくすると収まり、メダルはもとの形状に戻る。裏側にはこのメダルを制作・販売してくだすったメーカーのロゴが『ＢＡＮＤＡＩ《バンダイ》』と記されていた。

「バンダイじゃねーかよ!!」

いわずと知れた超弩級《どきゅう》のリアル玩具《がんぐ》メーカーだ。俺の死神がバンダイだったとは驚きだ。

「……アレ日曜八時半から放送してた女の子向けアニメ、『ドレスあいどるユナ』に出てきた魔法のメダリオンだ……あたし子供の頃に見てたわ……佐藤《さとう》ってアニオタ？」

どこかの誰かがいらん説明をしてくれた。しかも超詳しく。

つまり。玩具ということはつまり――

嘘《うそ》、ということになるのでは？

どこからどこまでが嘘なのか？

メダルだけが嘘だと考えるほど、俺は楽観主義者じゃない。

おそらくすべて。魔女も異世界も化け物も、すべてが嘘なのだ。

「終わった」

俺の学校生活。俺の高校デビュー。俺の平穏《へいおん》。すべてが粉砕《ふんさい》された。俺の学校生活予想図はクロスカットのシュレッダーにかけられて第一級ストーカーでも盗み読みできないほどズタズタにされちまったわけだ。

「個体名佐藤一郎《いちろう》を、竜端子捜索任務《りゅうたんしそうさくにんむ》におけるスレイブに設定。ネットワークの意思はすべての活動体に通じ、すべての活動体の意思は一《いつ》なるネットワークに拡散する。汝《なんじ》よきツールであらんことを」

海をかち割るモーゼみたいに杖《つえ》を持ち上げ、魔女は高らかに告げた。もう俺はなんの反応もできなかった。魂はもうとっくに暗やみの中に沈んでいた。

あとに聞いた話では、立ったまま気絶していたそうだ。

「アハハ、待てよ魔女さん！」「一郎、こっちこっち～」

俺と青の魔女は、夜の学校（なぜか廊下《ろうか》が花畑になっている）で手を繋《つな》いでケービインから逃げている最中だ。絵画めいた美しい出会い、ワクワクするような冒険、劇的な脱出……そして翌朝の教室でコスプレ魔女に日常を破壊されるあの素晴らしき思い出！

「ひぃぃっ！」

恐怖の再演に耐えきれず、俺は痙攣《けいれん》しながら目を覚ました。安堵《あんど》も束《つか》の間《ま》、すぐに悲しみに襲われる。

「……うう……ちくしょう……ちくしょうっ」

枕《まくら》に顔を埋《うず》めて、俺は恥ずかしさにさめざめと泣く。情けない、恥ずかしい。

独特のにおいから、そこが自宅ではなく保健室であると気づくまでしばらく泣き続けた。

「保健室……そうか……すべて夢なのか?」

「ううん、現実」

ベッドのはじに載ったふたつの巨乳がそういった。

「シュールな現実だな」

いや違った。いったのは乳の持ち主だ。

白衣を着た女性。二十代半ばくらいと思われた。ふんわりとしたショートパーマを、きれいな金髪に染めている。知的アイテムの眼鏡《めがね》が、なぜか悪戯《いたずら》っぽい印象を与えている。

「何、してんすか?」

「様子診《み》てたの。あたし養護だから」

膝立《ひざだ》ちになって、自分の胸を乗せるようにベッドに身を預けている。

組んだ腕が作る下半分だけの額縁《がくぶち》から、バストが溢《あふ》れている。まるでレリーフだ。このお胸様が九〇以下ということはまずないと断言する。間近で見るインパクトたるや、ほとんど暴力に近い。シルエットで見る限り、ブラジャーの気配もない。キャミソールか何かを身に着けているようだが、抑圧《よくあつ》から解放されている勢いが胸元に強く出ていて困った。

「見てた？　ずっと？」

「ええ。暇《ひま》だったの。ヨダレも拭《ふ》いてあげたし」

慌《あわ》てて口元をぬぐう。

「仕事してください」

「だから、してる。気絶した生徒ちゃんの様子を診てたんだから」

「気絶……したのか、俺」

まあ、夢なんかじゃないことは俺だってなんとなく理解していたさ。

「教室で気絶したって聞いたよ。で運ばれてきて、今五時限目くらいかな。どこも打ってないっていうし安静《あんせい》にしといたけど。ご両親に連絡する？」

「いや、どこも痛くないんで……五時限目？」気絶しすぎだ。

「ゆうべ徹夜でもしたんじゃない」

「あ、そうか……」

昨夜は気分が高揚《こうよう》してなかなか寝つけなかったんだ。

「起きられるなら、ちょっとこっちに来てくれる」

養護教諭《きょうゆ》はスチール机に俺を呼んだ。

運びこまれた生徒については、書き物をする必要があるようだった。

名前やクラス、状況などを簡単に説明した。

魔女については誤魔化《ごまか》そうとしたが、食いつかれた。

「……知り合いの女の子ちゃんが訪ねてきて、それでショックを受けたってくだりがわからないなあ。確かに朝の教室に他校生ちゃんが来るのは事件だけど、どうして気絶するの？」

俺が本気で目端《めはし》の利《き》く人間だったなら会話をうまく誘導できるんだろうが、所詮《しょせん》は付け焼き刃。うまいでまかせも思いつかず、昨夜のことだけ伏せて正直に話した。

「はあ。つまり、コスプレのまま来ちゃったわけだ」

「はい。そういう子と知り合いって皆にバレたら……同類ちゃんって思われるっていうか」

伝染しちまった。

「わかるわかる。大事な時期だもんね。うかつな行動は避けたいね」

「はい、そうなんです」

「うーん、わかりましたぁ。こっちの方はあまり大事《おおごと》にならないように処理しておくから、戻っていいよ。もしまた調子が悪くなったら授業中でもいいから相談に来て」

礼を告げて保健室を退去しようとした時、制服の裾《すそ》を卓上のハンコケースに引っかけて落としてしまった。フタが開いて中身が転がる。

「すみません、拾います」

「おねがいね」

机の下に潜ると横目にスカートの中が見えてしまった。座って変形したうちも肉が淫靡《いんび》に寄り添う秘密の隙間《すきま》。ハ●ー・ポッ●ーと秘密の隙間（訴えられんぞ）。なんで生足なの？　なんで生足なの？　この気持ちは恋だろうか。……んなわけがあるか性欲だ。どうやら俺の神経、だいぶまいってるみたい。

煩悩《ぼんのう》を断ち切ってさがしものに専念する。

「見つかりました。なんですこれ？」

「あげないよ」

「……も、ぜんっぜん欲しくないですから」

ひとことで説明すると金属棒だ。人差し指サイズ。

細工が施《ほどこ》されているが、経年の摩耗《まもう》で彫りが甘くなっていて、よくわからない。

「おまじないに使うの。有名なんだよ。女の子用。保健室登校してる子からもらったの」

「ふーん」

おまじないも呪《じゅ》であるから、そう考えると一種の祭器ってわけだ。本格的。

「じゃ俺、戻ります。六限くらいは出ないと」

六限開始のチャイムが鳴った。

「にゃはは、残念だったね」

他人事《ひとごと》のイントネーション。俺も戻る気を失った。

帰還のタイミングは放課後になった。保健室で養護教諭《きようゆ》のお弁当の残りをもらったりなどして時間を潰《つぶ》した。すでにＨＲ《ホームルーム》も終わり放課後タイムだ。

教室に近づくにつれ、不安が増してくる。

俺はあのクラスでどういう評価を下されているんだろうか。コスプレ女と衝撃のドラマを繰り広げてしまったことが、話題になってないはずはない。

覚悟を決めて教室に入ってみる。居残っていた生徒が一斉《いっせい》に俺を見た。

話したこともない女子がふたりと、あとは男子が六人ほど。川合《かわい》と小林《こばやし》もいて、サンドイッチ中村《なかむら》と会話していた。俺を見る目はどれも何かいいたげだったが、実際に話しかけてくるやつはいない。クラス唯一《ゆいいつ》のヤンキーがひとり無関心を決めて『マガジン』を読んでいた。

高橋《たかはし》たちの姿はなかった。状況を考えれば当然か。

とりあえずあのあとの展開が知りたい。川合たちの方に向かうと、やつらは気まずそうに俺から目線を外した。空々しい態度で会話を再開する。ん、今、バリア張られなかったか？

「いや中村は座ってる場所が悪いよな」「そうそう、たまに笑っちゃうもん。今度の席替えでうまく」「おまえらはいいよな。俺なんか頭ごしにさあ」

俺がそばにいるにも拘《かか》わらず、いないかのようにトークが続く。背筋から全身に広がった悪《お》寒《かん》で、指先までじんと痺《しび》れた。

間違いない。三人は「話しかけるなよ」というオーラを発している。

なぜだ？　悩むまでもない。理由なんてひとつしかないじゃないか。けどその張本人の姿がないのはどういうことなんだ？

ためらった結果、ダメ元で川合たちに話しかけてみることにした。

「なあ、朝の女って、どこ行ったか――」

「佐藤《さとう》、戻ったら担任が生徒相談室に来いとさ」

ぴしゃり、と表現できる小林の対応だった。とっさの言葉を継げなくなる。

「なんで冷たいんだ、友達だろ」と問いただすべきか？

答えはＮＯ。絶対にしちゃいけない。

和睦《わぼく》の可能性がないことは今のやりとりで十分わかる。足下がぐらつくのは絶望的だが、それでも食い下がればかえって決定的な言葉をやつらに吐かせることになる。

決定的な言葉ってのは、たいてい言霊《ことだま》になる。学校ってのはそういう空間だ。だから曖昧《あいまい》にできることはなんだって曖昧にしておく。空気を読む力が必須《ひっす》になるわけだ。

「わかった、サンキュー」

速《すみ》やかに撤退《てったい》。かろうじて「前より疎遠《そえん》になっちゃったけど少しくらいは話すよ」戦線の維持には成功。泣きたくなる。

帰り支度を済ませて教室を出たところで、クラスメイトのひとりにぶつかった。

よく手入れされたストレートのロンゲ、背も高く、なかなかの美男子だ。だがこいつはなぜかひとりだけ白い学生服を着ているというキツい男で、徹底して会話は避けてきた。

「悪い」

さっさと詫《わ》びて行ってしまおうとしたが、やつが珍しく話しかけてきた。

「佐藤一郎《さとういちろう》よ」

「は?」

「嵐が来るぞ」

「……雨でも降るのか?」

「フフフ、いずれわかる時が来る。おまえにも。フハハハハ!」

高笑いをしながら教室に入る。演技ぶった態度。古傷がじくりと痛んだ。


生徒相談室というのは、カウンセリングとか秘密の相談をする時に使う部屋らしい。スクールカウンセラーが常勤しているというのがうちの学校のウリのひとつではあるが、俺は利用したことはなかった。

「佐藤です。出頭《しゅっとう》しました」

「どりせんです。どうぞ」

どりせん。うちの担任のあだ名。俺たちの世代ではなく、一個上の先輩たちにつけられたものらしい。もともと重度の愛妻家《あいさいか》ぶりからおしどり夫婦と揶揄《やゆ》されていたそうだが、やがておしどり先生を経《へ》て「どりせん」という形に略されて定着したそうな。

しかし生徒につけられたあだ名を自分で使うやつがいるかね？

「失礼します」

取り調べ室みたいなものを想像しながら、おそるおそる入室した。

冷たい感じはなかった。高そうなカーペットに緑色のカーテン。背の低いテーブルとソファセット。テレビとＡＶ機器、コーヒーメーカーまである。校内とは思えない空間だ。

テーブルを挟んだ向こう側、三人がけのソファにどりせんがどんと座っていた。

「まあ座って。あまり堅くならなくていいから」

「はあ」促《うなが》されるままに座る。

「気絶してたそうだけど大丈夫かい？」と、コーヒーをカップに注ぎながらどりせん。

「特に問題ないです。俺のこと運んでくれたそうで、どうもすんません」

「愛だよ、佐藤」

「は？」

「教育者としての僕の愛だ。気にしなくてもいいよ。一緒に青春、駆け抜けたいね」

「…………ッス」

どりせんというのはドリーム先生という意味も含むんじゃないかと俺は思いはじめた。

「それでだね。この呼び出しなんだけどね、佐藤《さとう》はもう察してるかな？」

「今朝の気絶の件だけじゃなくて？」

「それともちょっと絡むんだけどね」

考えてみるが、心当たりはない。「わかりません」

「よし、じゃあ男らしくズバッといっちゃおう。でもこれだけは憶《おぼ》えておいてくれ。僕はどんなことがあっても佐藤の味方だってことを。僕と佐藤はだから教育の絆《きずな》で繋《つな》がってる！」

「…………ッス」

会話をレシーブできない時の唯一無二《ゆいいつむに》の相づち「ッス」を、この短時間で立て続けに使わせた相手は生まれてはじめてだ。こ、この男できる！　……みたいな。

「ゆうべ学校に侵入者があったんだけどさ、それ佐藤だったよ〜、いやーアハハ」

俺は飲みかけのコーヒーを水平噴射した。

「バレすぎだろ俺！」

「だってカメラに映ってたし」

カメラがあったのか……。

「違うんです、俺、教科書取りに戻ろうとして……それで学校に忍びこんだだけで」

「そんな理由だろうとは思ったよ。で、もうひとりの侵入者についてなんだけど」

「コスプレ女のことですよね？」

「そう彼女。あの子ね、うちの生徒。ついでにうちのクラスで、君と同じ佐藤という名前なんだ。ずっと欠席している生徒がいただろう？」

「な、なんすかそれ？」

佐藤？　空席のレディス佐藤？　あのコスプレ女が？

「佐藤同士、もとから知り合いだったのかな？」

「違います！　校内に入った時に出会っただけです！」

「花火を使ったり警備員さんとトラブルを起こしたりしたそうだけど、双方うちのクラスの生徒ということで僕が預かったんだよ」

「すいませんでした」素直に頭を下げた。

「うん。ということで今回は不問《ふもん》です。佐藤の誠意は過《あやま》ちを繰り返さないと信じて。ただ、そのかわりとして、ひとつ頼みがあるんだ」

「頼みですか」不問の代償《だいしょう》なら引き受けないわけにはいかない。

「君の共犯、もうひとりの佐藤さんについてなんだけど」

「そういえばあいつ、どこに行ったんですか？　ブタ箱でしょうか？」

「ふらりと消えてしまったようだよ。彼女、いつもそうなんだ。家庭訪問に行ってもちょっと目を離した隙《すき》に消えてしまうし、ちょっとした異能力の域だね」

「犯罪に便利そうな技能ですね。それで頼みってのは？」

どりせんの最高の笑顔を俺は見た。

「彼女――佐藤《さとう》良子《りょうこ》さんの、友達になってあげてほしいんだ」

「断る。停学処分は明日からですか？」

「ええっ？　どうして!?」

「司法取引、不成立でフィニッシュです」

「取引じゃないよ。お願いだよ佐藤。メンズ佐藤とレディス佐藤、相性バッチリ」

「やめてくださいよ！　あいつがどういう女だかわかっていってるんですか！」

「多少コスプレが過ぎるが……友達ができれば学校にも来ると思う。実際来たし」

「でもあいつと友達になったら、俺、他に友達できないと思いますよ」

ひどい考えだとは思うが現実だ。

「……うーむ。じゃこうしよう」どりせんが輝かんばかりの笑顔を浮かべた。「このどりせんが佐藤の友達になってあげよう」

「マジでドリーム先生っすね！」

「教師だから生徒五人分くらいの友情パワーはあると思う」

「そんな理解できない計算されても！」

「これは得難い教育チャンスなんだ。佐藤良子は頑《がん》として登校しなかった。それが佐藤一郎《いちろう》に会うためならあっさり学校に来た。導《みちび》き出される結論、それはつまり」

「つまり？」

「佐藤の紋章《もんしょう》が呼びあってるんじゃないかと」

「わけがわからないですよ！」

「……そういうの好きな年頃だろうと思ってさ」

「なんなんすか佐藤の紋章って。とにかくあんな女はごめんです」

「ううむ」

「お願いが駄目なら命令もできるぞ。メンズ佐藤をレディス佐藤の係に任ずるとか」

「そこまでしますか……」

「ダメかな」

「ダメです。イヤです。イタイです。俺、ああいうなりきりコスプレとか大嫌いなんで」

「どうして？　中学時代に同じことをしていたとか？」

ガツーンと頭をモーニングスターで殴られた気持ちになった。

「ち、ち、ちちがひまふっ！　ち、ちがっ、ちがっ！」挙動不審遺伝子がフルに発揮されてしまった。「中学時代になりきりコスプレしてイジめられてなんかいませんっ！」

「そうだろうね。佐藤がそんなことするだなんて僕も思っていないよ。でもそんな佐藤だからこそ、彼女の気持ちはわかってあげてほしいんだ」

言い方が気になったが、下手《へた》につつきたくなかった。

「それは、しないです。そもそも近寄りたくないんですから」

「暴力はもちろんだけど、態度でも拒絶しないでくれるかな？」

「いや、来られたら俺、ガンガン拒絶すると思います」

「ふーん」どりせんは書類をテーブルにぱさりと投げた。「あ、ごめん、落としちゃった」

ぬけぬけというので見てみると、書類の表紙にはでかでかと『調査書別紙／佐藤一郎《さとういちろう》』とあった。俺は目をむく。内申書だ。それも詳細を別項目としてまとめた特別レポート。

「あー、この書類の内容は生徒たちには絶対教えられないなあ。もしそんなことになったら僕のかわいい生徒がイジメられちゃうだろうし」

もろに脅迫《きょうはく》でした。ここまで堂々とされるともはや罵《のの》る気力もなくなる。

「引き受けてくれるよね？」

拒否できるはずもなかった。


ため息の蛇口《じゃぐち》が壊れて流れっぱなしになる。みっともないことはわかるが、今だけは自分の気持ちに嘘《うそ》をつくことはできなかった。

「はは……」

乾いた自嘲《じちょう》。今日は喜びデー転じて、踏んだり蹴ったりデー。

教室は無人になっていた。自分の席に座り、突っ伏《つぶ》す。すぐに帰る気力もなかったし、遊びの予定も流れた。ついでに高校生活の希望もドンブラコッコドンブラコッコと流れていった。考えてみると、どりせんの脅迫はあまり意味はないのだ。すでに俺の命運は決まっている。あのニセ魔女と出会ってしまったことで、俺はまたどん底に落ちるのだ、たぶん。

帰宅するための微々たる気力を絞り出すのに、三十分を要した。

「……帰るか」

風が吹きこんで、カーテンが大きく室内に広がる。春のさわやかな風に、甘い髪の香りがまじっていた。はっとして俺は目をやる。窓枠《まどわく》に青の魔女が座っていた。

「お、おまえ！」

椅子《いす》を蹴立てる。仇討《あだう》ちの旅に出て三年、やっとで宿敵を見つけた時の気持ち。

「竜波動を検出した」いけしゃあしゃあとやつはぬかす。「やはり端子《たんし》のひとつはこの建物にあるようだ」

「嘘っぱちはやめろ。もうネタは割れてる」

「竜《りゅう》端子の実在は数秘《すうひ》予測で間違いなく観測されているが？」

「そういうのはもういいんだよ。だいたいおまえ、今までどこにいた？」

「単独で探索《たんさく》をしていた」

「ありもしないものをさがしていたわけだな」俺はせせら笑った。

「……一郎《いちろう》の素行《そこう》に著《いちじる》しい劣化《れっか》が確認されるが？」

「おまえのせいだろ！」

佐藤良子《さとうりようこ》は相変わらずの格好だった。ローブに杖《つえ》。よく誰にも見つからず行動できるもんだ。いやいや、絶対見つかってる。誰も突っこめないんだ、怖くて。

「はっきりいうぞ。おまえは異世界の魔女なんかじゃない。ただの高校生、どこにでもいるつまらない庶民《しょみん》、佐藤良子その人だろ！」

良子（呼び捨てで十分）に指を向けたまま、やつの精神崩壊を待つ。

「……一郎は、波長変換を受けたようだ」

「出たね専門用語。それらしい単語を並べれば人が騙《だま》せると思うのは大間違いだぞ」

「波長変換とはこちらの言葉に直せば洗脳ということになる。炭素型活動体の脳波に干渉《かんしょう》し、その思考パターンに影響を与える技術は」

「あーあー、もういいからそういうの」

「リサーチャーが一郎の波長を再変換することで、問題は解決されるだろう」

「へえ？　じゃそれで解決しなかったら自分が妄想《もうそう》女だって認めるんだな？」

「それはない。〈中央集積機関〉は実在し、リサーチャーがそこに属することは真実だ」

こいつ、まさかポーズではなく、本気で妄想に没入《ぼつにゅう》してるんじゃないだろうな？

「施術《せじゅつ》を。この椅子《いす》に座り目を閉じるがいい」

最後尾の椅子を引っ張り、壁につける。

「いいよ。意味ないし。つうか帰るし」

「……処置後、考えが変わらないようであれば一郎の言い分を認めてもいい」

「いったな。認めるってことは、そのふざけたコスプレもやめるってことだぞ」

「構わない」

「俺になんの変化もないのに、妙な屁理屈《へりくつ》で誤魔化《ごまか》そうとしないな？」

「しない」

「わかった」俺は椅子に座り目を閉じた。「やってみな。その再変換ってやつ」

絶対の自信どころじゃない。魔女が佐藤良子であるという事実。その一点だけでもう趨勢《すうせい》は決している。すでに俺は戦後処理を考えている。コスプレをやめさせたあと、良子をどう処すべきか。どりせんの意向もあるし、制服を着せて学校に通わせるのがいいだろう。たとえ制服を着ても今からこいつに友人ができることはありえないが。そう、デビューは一度失敗したらおしまいだ。俺もおしまい。でも加害者が道連れなら、多少の慰めにはなるはずだ。

「動くな」

良子の手が、俺の顔を挟んで固定した。つい軽くのけぞったせいで後頭部が壁に当たる。不安になる。しかしながら時すでに遅し。儀式《ぎしき》は実行されちまった。

「……っ!?」

あいつの息遣いをすぐそばに感じたと思ったら、次の瞬間にはもうされていたのだ。

何をって。そりゃ、キスをさ。

「んん――――!」

俺、キスされてる。佐藤良子《さとうりようこ》にキスされてる。どういうことだ。なぜキスされている。さっきまでしていた会話はなんだった。洗脳がどうこうだ。対立軸《じく》の解消は実証性の有無《うむ》で決められることになり、その解がキス。意味不明。

「んまっ、む……」

逃《のが》れる道は最初から封鎖《ふうさ》されていた。顔を挟む両手。そして後頭部の壁。今日のトリビア。後頭部を壁につけて額《ひたい》を指で押さえられると、人間は立てない。

離れ際《ぎわ》にやたら色っぽい吐息《といき》を残し、良子は俺から離れた。

「…………」

しばし呆然《ぼうぜん》としてしまった。

見くびられてたまるか、と立ち上がる。心中、威風堂々《いふうどうどう》たる武田信玄《たけだしんげん》の姿を自分に重ねながら、手厳しくいってやる。

「ざんにゃにょにゃにょにゃにゃ!」

こんな続けざまに噛《か》んだのは生まれてはじめてだ。

ちなみに「残念だったな。俺は少しも変わっちゃいないぞ」の予定だった。原文これっぽっちも残ってねぇ。セルフ原文レイプだ。しなびた活け花みたいになって椅子《いす》に崩れる。今の俺は、温麺《オンメン》に乗せられてしおれた春菊《しゅんぎく》以下の存在でしかない。

「再変換による一時的な言語機能の混乱だと思われる。施術《せじゅつ》が成功したことの証明と考えるがよい」

「……くっ」

『へへ旦那《だんな》ァ、あんたのハート出力じゃこのドキドキは処理できねーぜ』とばかりに心臓が高鳴っていた。小心者だからすぐドキドキしてしまう。顔がばかみたいに熱い。

対して良子は赤面ひとつしていない。完全なポーカーフェイス。

「……汚ねぇ」

女の武器を使いやがった。なりふり構わないにもほどがある。

「竜端子探索《りゅうたんしたんさく》においては、リサーチャーをマスターとし、一郎《いちろう》はスレイブの関係になる。宣誓《せんせい》を終えた以上、一郎はリサーチャーの命令を聞く義務がある」

「……めいれい」

「安心すべき。リサーチャーは一郎の命を軽視しない。任務が達成された暁《あかつき》には、一郎の身柄《みがら》は速《すみ》やかに解放することを保証する。また機関は一郎に対し、現地通貨にて報酬《ほうしゅう》を支払う意思がある」

　金を払うといっているのか、コイツは？

「ガキみたいなごっこ遊びで、人に金まで払うのか？」

　まったく問題の次元が違ってくる。俺の怒りも、別次元のものになった。

「一郎《いちろう》を含めた、現象界人が個としての活動を重視していることを考慮した結果、報酬提示は妥当《だとう》と判断できるが」

「バカか。バカなのか」

　普通の人間が大事にしてるものを、どうしてそう簡単に投げつけるんだ。

「その罵倒《ばとう》にはなんら論理的正当性が存在しない。リサーチャーの行動指針が〈中央集積機関〉によって決定され、個体ごとの内的差が極小に調整されている以上、馬鹿という罵倒語は竜端子探索《りゅうたんしたんさく》任務で現地協力者を得る判断に対してかかることになるが、そもそも一郎は機関が竜端子を必要とする事情に通じていないため、総括《そうかつ》的判断を下せないはずだ」

「下せるだろ。金なんかちらつかせたら、それだけのことになるんだぞ？」

「〝それ〟という指示代名詞が示す範囲をリサーチャーは特定できない。現象界人の複雑な心情表現はフェルラの出力では解析《かいせき》できない。〝それ〟の範囲を指定されたし」

「ふざけんなよ……そんな軽々しく……金とかキスとか……」

　愚《おろ》かさの報《むく》いはいつも後払いなのだ。こいつはそれを知らなすぎた。

その姿を見ていると、古傷がじくじくと痛む。痛々しすぎて見ていられない。

「おまえ、破滅するぞ。そんなことしてたら」

「所属する活動体が使命に殉《じゅん》じることはよくあることだ。そしてそれは一郎も同様だ」

「なんで俺がおまえのファッキン妄想《もうそう》のために命をかけてやらないといけないんだよ」

「一郎は知りすぎた。こちらの保護下に入らなければ、機関が一郎を抹消《まっしょう》する可能性が」

「ねーから、機関自体が、どこにも。エリミネーター来ねーから」

「全権保持者がリサーチャーに対しその命令を下すこともある」

「なんだと？　ずっとつきまとわれるってことか？」

「そうなる」

どりせんの脅迫《きょうはく》。良子《りょうこ》のストーカー宣言。そして今朝のことはまだ致命傷《ちめいしょう》じゃないと信じたい、俺の甘い認識。まざりあって、ひとつの解を生む。

「ひとまず……竜端子とやらを発見したら、俺の任務は終わるわけだよな？」

どうせ孤立。どうせハブられる。

「その通り。終わる」

「竜端子ね。実在しないなんてオチは勘弁《かんべん》なんだけど。妄想《もうそう》するにしても、コアになってるネタがあんだろ。竜端子とやらに該当《がいとう》する何か、ちゃんとあるんだろうな？」

「竜端子のことを現象界人がどう呼称《こしょう》するのかリサーチャーは知らない。だが実物のサンプルなら今度持参しよう」

持参するとまでいうのなら、対象は存在することになる。終わりはある。

応じてもいい理由と拒《こば》む理由を天秤《てんびん》にかけ、勝ったのは後者ではあったが……屋台骨《やたいぼね》が揺らいでいる今、所詮《しょせん》は小数点以下の些細《ささい》な損得だ。

「わかった。手伝ってやる」

「では報酬《ほうしゅう》を受け取るがよかろう」

良子《りょうこ》が機械杖《きかいじょう》をいじる。柄《え》の部分に、ワンコインショップでよく売ってるコインケースが内蔵されていた。セットされていた百円玉は、良子のてのひらで山となる。

そいつを、俺に差し出してくる。

「入金」

ガキみたいなごっこ遊びに相応《ふさわ》しい金額だった。なんというか、怒って損した気持ち。

「……いらねーよそんな小銭《こぜに》」


午後六時、帰宅。

自宅に戻ってベッドに沈むと、意識まで落ちていきそうになった。

「……つれえ」

さっそく放課後の校内を良子に引っ張り回された。地獄のような時間だった。

盲点以前の問題だが、放課後でも部活中の生徒は大勢いたんだ。コスプレ女に随伴《ずいはん》する俺の姿は、大勢の生徒に目撃された。最悪のひとことだ。すぐに自分の決断を呪《のろ》った。

もちろん竜端子《りゅうたんし》とやらは見つからなかった。常に白い視線を投げかけられていては、とてもモノをさがす気にはなれない。白眼視《はくがんし》の怖さを熟知《じゅくち》している俺にとって、拷問《ごうもん》にも等しい時間といえた。

なぜ好んで奇行に走る良子より、巻きこまれた俺の方が恥ずかしい思いをするんだ。絶対にこの世の中は間違ってる。竜端子とやらはすんなり見つかるだろうか。不安だ。見つからなかったら、当分恥《はじ》のかき通しになりそうだ。

「一郎《いちろう》ー、電話ー」階下からの呼び声。

「電話？」

一階に降りて、母親から受話器を受け取る。携帯は持ちはじめたばっかりで、川合《かわい》や小林《こばやし》くらいしか番号を知らせていない。どっちももう友達ではないらしい。やべえ、友達ゼロ。

「もしもし？」

『オレオレ、今からいう口座に容赦《ようしゃ》ない大金を振りこんでほしいんだけど』

こんなことをいう友人はひとりしかいない。

「切るぞ清水」

『冗談じゃん。いけないねぇ一郎《いちろう》クン、日常会話では絶対にマジギレするなって教えたろ』

「……は、してねーけど、今日はタイミング悪いよおまえ」

暗黒の中学時代、唯一《ゆいいつ》の友人がいるとすればこの清水《しみず》だ。

他のクラスの生徒で、俺がイジメられているのを知った上でまともに口を利《き》いてくれた唯一の人間だ。公然と助けてくれるようなことはなかったが（助けて自分もイジメられるのは勘弁《かんべん》と隠しもせずに口にしていた）、陰ながらまともな人づきあいをしてくれた。

それだけのことが、俺には嬉《うれ》しかった。

あの充足感《じゆうそく》がなければ、高校デビューなんて考えなかったかもしれないんだ。影響は大きいどころの騒ぎじゃない。

『忙しいのかね？』

「いや、もうドロドロに死にかけ。いろいろダイナシ」

『面白そう。話してみい』

清水の声が弾《はず》む。楽しんでいる。人の不幸を主燃料とするタイプの快楽主義者なのだ。

かいつまんで事情を話した。聞き終えた清水が満足げにいった。

『……あれま、強烈そうな電波ちゃんだなぁそれ』

「すげえオーラだったよ。念能力者だった」

『念には念で対抗するほかないな、フヒッ』

自分のギャグに自分で笑っている。コノヤロ。

「ピンチどころかもう終わってる。クラスメイツにゃ同類って思われたみたいだし」

『入学して間もないもんな。微妙な均衡《きんこう》は崩れやすい』

「分をわきまえないで一軍入りしようとしたから、罰《ばち》が当たったみたいだ」

『まあそうヘコむな。いよし、ここはひとつ偉大なるオレオレ様が、いと哀《あわ》れなる一郎にアドバイスを授けてやろう』

清水のアドバイスには中学の時にもよく助けられた。

「いや、今回ばかりはおまえでもどうにもならんと思うけどな」

『まあいいからさ、クラスの様子あたりからちょっと話してみい』

話すだけでも楽になるかもな。電話の置いてある廊下《ろうか》にじか座りして、言葉をさがす。

「まず貴族グループがひとつあってだな……」


朝の教室は、別世界に変わり果てていた。

俺が入った途端、室内の雑談がすっと収まる。引いているという気配ではない。冷笑だ。

「昨日」「キモい」「コスプレ」「キモすぎ」「佐藤《さとう》同士」「隠れキモ」「ガン引き」「キモ系」断片的に拾った囁《ささや》き声の数々だ。おおよそ中堅《ちゅうけん》どころ連中からの砲撃が大半だが、大島《おおしま》ユミナはもう少し小声で話せというか同じ意味の言葉を連打するのを自重《じちょう》してほしかった。

針《はり》の河を渡る気持ちで、席につく。

佐藤良子《さとうりょうこ》の空席を確認して、まずはほっとする。やつと行動することは、多大なストレスをともなう。欠席してくれるにこしたことはない。

しかし右隣《みぎどなり》の女子、尾崎《おざき》さんの机が、昨日より十センチ向こうにスライドしていることには愕然《がくぜん》としてしまった。女子は一度嫌うと露骨《ろこつ》だ。

全員に叩かれているわけじゃないのに、クラス全体が敵になった気分になる。

息苦しい。恥ずかしい。情けない。

こんな時、俺は無意識に手の甲を押さえたくなる。必死で我慢する。俺はもう二度と、手の甲を押さえることをやめたんだ。HR《ホームルーム》まであと五分もある。はよこいどりせん。

目の前に、影が立った。

正直、ビビッた。高橋《たかはし》か大島《おおしま》か山本《やまもと》か斉藤《さいとう》あたりが、早々に処刑に出てきたか。

「佐藤くーん」

「こ、子鳩《こばと》さん！」

マジか、と呻《うめ》きかけた。世界平和を象徴《しょうちょう》する存在である彼女が、引導《いんどう》を渡しに来るとは。

いつもの笑顔で「佐藤くんは死んじゃった方が楽だよね～」などといわれたら、俺担当の心臓技師も「悪《わり》ぃが旦那《だんな》とのつきあいもここまでだ。あばよ」と逃げ出してしまいそうだ。

ああ、子鳩さんの小さなつくりの唇が、カタストロフの予感とともに開いていく。

「おはよ～、今日はしょうしょう重役出勤ですね～」弾《はず》むイントネーション。

おや？

「あ、ああ。うん」

「昨日はごめんね。ＨＲ終わってから五分くらい待ってたんだけど、戻ってこなかったから先に出ちゃったんだ」

「あ、ああ。うん」

「なもんで、また今度だね～」

「あ、ああ。うん」

コピー＆ペーストでセリフを量産しつつも、俺はきっちり感動していたんだ。

子鳩さんは悪意の輪の外にいる。良子のことについても触れないでいてくれたし、嫌悪《けんお》する様子もなかった。人格者だ。ここまで徳《とく》が高いと、護国《ごこく》の力もありそうだ。国は子鳩さんに年金を満額で支払わないと駄目だろう。

決めた。心の中に子鳩の社を建立《こんりゅう》しよう。信仰に救いを見いだすんだ。

「……む」

大島ユミナと目が合う。苦々《にがにが》しい顔。子鳩さんが俺みたいのと平気で会話するのが気に食わないんだろう。俺は知っているぞ。数日前、子鳩さんが大島にメイクの方法を尋《たず》ねた時、「子鳩はああいうの合わないよ」と猛スルーしていたことを。子鳩《こばと》さんの可愛《かわい》さがアップすることをやつは恐れている。女王蜂《じょおうばち》などといわれていても、セコいもんだよな。だが残念ながら、子鳩さんは現状ですでにマキシマムめんこい。ざまあみろ。

癒《いや》しパワーを全身にみなぎらせていると、別の影が俺の真横に立った。男子だ。

「ついに見つけたぞ」そいつは重々しい作り声でいうのだ。「飛霊《ヒューレイ》」

俺はびくりと震えあがった。

おそるおそる見上げた先に、そいつは立っていた。

出席番号十三番。小柄で固太り気味のスポーツ刈り男子。確か名は鈴木《すずき》おさむ。

「……なんだよ」

「俺のことがわからないのか、飛霊《ヒューレイ》」

「飛霊《ヒューレイ》って誰だよ」触れたくなかったが、他にツッコミどころがない。

「貴様《きさま》のことだ。他に誰がいる」

「いや俺、佐藤《さとう》だけど。人違いだろ？　おまえと会話したことねーし」

速攻で会話を終わらせにかかる。

「ふん。誤魔化《ごまか》せんぞ」鈴木は自信にみちみちた態度だ。教室に響き渡る声で、ここぞとばかりに専門用語を繰り出す。「このオッドアイが持つ〈万里眼《ばんりがん》〉の魔力はな！」

オッドアイ。左右の目の色が違うことをいう。

「両目とも黒目全開だぞ、おまえ」

「ふんっ　これは仮の姿なのでな。わからぬのも無理はない」

「わからんでいいから、席につけよ。HR《ホームルーム》はじまるぞ」

「今、〈多元異世界ゼウスヘイム〉は大きな危機に陥《おちい》っている！　あの忌《い》まわしき邪神《じゃしん》の降臨《こうりん》によって我々十二騎士は各世界に転移させられてしまった」

鳥肌が立ってきた。

「せ、席につけって……な？」

「我《われ》らは失われた騎士たちをさがし出し、ゼウスヘイムに帰還《きかん》しなければならない。そして〈邪神《じゃしん》エフェソスメア〉を打倒するのだ」

鳥肌が立ちすぎて鳥になりそうだ。

「どうやら記憶を失っているらしい。待て。我《わ》が〈サイコダイヴ〉をもって貴様の意識に潜り、原因を突き止めてやる」

こいつ、自分のことを我とかいってるのか？

鈴木が俺に手をかざす。払いのける間もなく、身をくの字にへし折った。展開はえぇ。

「ぐおぉっ！　なんと強い〈魔障壁《ましょうへき》〉！　我のサイコダイヴが弾《はじ》き飛ばされるとは！」

俺は人を踏みにじる「キモい」という言葉が大嫌いだ。

「鈴木キモい」

でも使ってみるとなかなか心地よい罵倒語《ばとうご》じゃないか。気に入った。

「ふん。貴様《きさま》はどうやら何者かによって呪縛《じゅばく》されているらしい。今回の件、長引きそうだ。だが忘れるな、貴様は我《われ》と同じ誇り高き〈邪聖《じゃせい》剣士ツヴァイ・バンダー〉なのだ」

「忘れるどころか聞いたこともねぇよ！」

「待ってもらおうか鈴木《すずき》おさむ！」

乱入してきた第三者は、クラスでひとりだけ白い学生服を着ていた。

「貴様は白ランの木下《きのした》！」退《ひ》こうとしていた鈴木が食いついた。

「我《わ》が輩《はい》がなぜこの白学生服を着ているかわかるか、佐藤《さとう》……いいや飛霊《ヒューレイ》！」

「佐藤の方だっ！」

俺の経験則からくる帰納《きのう》的推理によると、自分のことを〝我が輩〟と称する高校生はかなり危険な存在だ。

「フハハ！　そんなに知りたくば教えてやろう」

待てや。

「この白ランは英知を宿した賢者《けんじゃ》の証《あかし》なのだ。そしてそれは、各国シャドウガバメント（影の政府）の統括《とうかつ》上位機関たる〈世界議会〉と深く関係があるとだけいっておこう」

「なに、貴様があの噂《うわさ》の！」鈴木がわざとらしく叫ぶ。

「我が輩の意識領域にある〈アカシャ断章《だんしょう》〉には過去から未来に至るあらゆる歴史の断片が

記されているのだ。そうこの木下、いずれ世界を征する男だ、フハハハ！」

笑い声なんかもきっちり口で「フハハ」と喋《しゃべ》ってるからな、こいつ。俺が受けてるキモさやキツさ、あんたも想像してしっかと感じてくれよ。

「むぅ！　アカシャ断章、聞いたことがある！　確か過去から未来に至るあらゆる歴史の断片が記されているのだったな！」

「さっきの説明まんまじゃねぇかよ！」

会話になっているようで、まるで嚙《か》みあってない。

自己中なりきり同士の壮絶な大寒波合戦のおそろしさだ。

「飛霊《ヒューレイ》、おまえの力、いずれこの木下が借り受けるぞ」

「待て賢者よ。その者はゼウスヘイム〈天界院《てんかいいん》〉直属の騎士だ。地球のことに関わっている暇《ひま》はない。そう、一刻の猶予《ゆうよ》もないのだ！」

「どうして高校に来てんだよ。自室で十分だろ、おまえの人生」

「待ちな、おふたりさん」

悲鳴をあげそうになる。こじれているのに、三人目の追加だ。

「……安藤《あんどう》たつおか。一般人には関係なき話よ。退《ど》いていろ！」鈴木がオーバーアクションで腕を薙《な》ぐ。寒い。寒々しい。

「フ、一般人だと？　笑止《しょうし》！　これを見ろ！」

安藤《あんどう》たつおは、ボタンを弾《はじ》き飛ばしながら学ランを脱ぐ。ボタンが弾けるのはかっこいいと錯覚《さっかく》しての奇行だろうが、はたから見るとあまりの痛々しさに唖然《あぜん》とする。安藤が演出してまで強調したかったものは、下に着こんでいた特撮ヒーロー的なショート丈《たけ》ブルゾンだ。

視界が暗くなる。

こいつもだ。こいつも、同じオーラの持ち主だ。

「安藤たつおは、世を忍ぶ仮の姿に過ぎん」片腕をキレの良い動作で掲《かか》げる。Gショックを七倍安っぽくしたようなリストウォッチが袖《そで》からのぞいた。「俺の正体は……おっと！　うかつにも話してしまうところだったぜ。いかんいかん！」

「はいはい、どうせメタルヒーロー系の妄想《もうそう》なんだろ。ギラギラアーマー着て怪人と戦うんだろ。玩具《がんぐ》腕時計も特撮番組の市販グッズで、対象年齢が三～五歳くらいのものなんだろ。ベースは改造人間か？　それとも宇宙人刑事か？　平成ライダー系か？」

「な、なにをいう佐藤《さとう》！　断じて俺はそのような存在ではない！　ただ俺は一般人などではないと主張したかっただけだ！　この〈ブレイズコア〉だって、ただの時計だ！」

わざとらしくうろたえる安藤に、俺はMPを５００くらい使用してブリザードより冷たい視線を浴びせかけたが、まるでダメージを与えられなかった。ブリザードアイは、ギャグを滑らせた一般人にしか効果がないことを忘れていた。

「俺は人々に正しさを教えるためにここにいる。嫌《いや》がる佐藤を無理やり陰謀《いんぼう》に巻きこもうというなら、この俺が許さん！」

「気遣いはありがたいが、とりあえずおまえはボタン拾ってろよ」

「安藤たつおよ。我が輩《わがはい》の予言からは何者も逃《のが》れられん。〈アカシャ断章《だんしょう》〉よ、ビジョンを与えよ！　アクセス！」

「声でけーよ。ビックリマークなしで話せないのか！」

お隣《となり》の尾崎《おざき》さんなんかあまりのイタさに耳を塞《ふさ》いでるぞ。

「むむ……ぐっ……こ、これはッ！」

木下《きのした》が髪を振り乱して悶《もだ》える。これみよがしの絶叫が、俺の背筋に冷気を吹き入れた。

「安藤……たつお……わずかだが、見えたぞ……貴様《きさま》は……貴様は！」

「フフ、バレてしまっては仕方ない。おまえたちだけに話そう。俺は地上界の者ではない。地底国家〈アンダークエイク〉から来た……〈闘装騎震《とうそうきしん》イグナイト〉だ！」

胸の前でウォッチを誇示《こじ》するように拳《こぶし》をぐっと握る。決めポーズらしく多用している。

「地底からか……どうりでな……フフフ」

もう我慢の限界だった。

「やめろよ！」声に怒気をこめると、三人の寸劇《すんげき》がぴたりと停止した。「なんで今日に限って俺のそばで妄想炸裂《もうそうさくれつ》させてんだよ。いい加減キレるぞ」

「なんでだと？　決まっている」「貴兄《きけい》はかの青き魔女と接点を持つ希有《けう》な存在」「うむ。俺の

〈ブレイズコア〉も、あの女の持つ高い魔力エネルギーを検出している」

鈴木《すずき》、木下《きのした》、安藤《あんどう》が言葉を継いだ。

「魔女……佐藤《さとう》 良子《りようこ》か」

人生の崩壊《ほうかい》は、えてして小さなくるいからもたらされるものだ。俺の場合、それは良子との出会いだったのかもしれない。あいつが（やたら出来の良い）コスプレ姿で学校にやってきたことで、同種のオーラを持つこいつらも刺激を受けてしまったに違いなかった。

「ん、ということは？」

慄然《りつぜん》として、教室を眺め渡す。

うちのクラスに妄想《もうそう》たくましい〝連中〟がどれだけいるのか、具体的に説明してなかったな。

驚け、ざっと半数だ。

三十五人の半分が正常さを欠いているという事実。

いったいなぜ一年A組という小世界に大勢の同類が集まってしまったのか、俺にはわからない。確かなのはA組では通常の学校で起こっている一般的人間模様が、半分のスケールに縮小されてしまうということだ。

そして〈邪聖《じやせい》剣士ツヴァイ・バンダー〉〈世界議長〉〈闘装騎震《とうそうきしん》イグナイト〉のような連中を、なんと呼ぶか。諸説あるだろうが、俺はこう名づけている。

この連中こそ——〈妄想戦士《ドリームソルジャー》〉。

アニメやゲームや小説の世界にどっぷり浸《つ》かりすぎて、自分のかっこいい裏設定を作ってしまった者たちの総称だ。

古くは戦士《せんし》症候群《しょうこうぐん》とも呼ばれていた。

『トワイライトゾーン』や『ムー』（どっちもオカルト系雑誌だ）の読者投稿欄《とうこうらん》が、彼らの活躍の場だったという。今でいうインターネット交流掲示板みたいなものか。その多くは、ペンフレンドの募集という形で投稿された。調べによると、たとえばこんなものだ。

闇《やみ》の波動が迫りつつあります。光の戦士の皆さん、力を貸してください。十四歳・女

前世での戦友をさがしています。アルスエル、リフィター、ナスターシャという名前に心当たりがあれば連絡ください。敵が迫っています。どうかお願いします。二十一歳・女

沙宮夜《さくや》、どこにいる？　俺は前世で亜羅侘《あらた》だった者だ。菩堤樹《ぼだいじゅ》の根本で待つ。十七歳・男

聖霊王が目覚めようとしている。プラナという言葉に霊感を受ける贖罪《しょくざい》の天使たちよ、今こそ覚醒の時！　返信用封筒で以下までご連絡を！　十五歳・男

前世にて天竜七星の紋章《もんしょう》を持たれる方、連絡下さい。十二歳・女

第三太陽系の生まれの方、いますか？　または月光戦争の記憶をお持ちの方、連絡待ってます！　十九歳・男

キーワードは「前世」「転生」「戦士」あたりか。

自分のことを選ばれた戦士だと思いこみ、そして仲間をさがす。今の人生はニセモノ、前世こそが本物だと信じて疑わない。空想癖《くうそうへき》が強すぎるどころの話じゃない。

その証拠《しょうこ》に、前世ブームの時期には女子中高生の集団自殺未遂《みすい》事件まで起きたそうだ。その理由が前世に帰るためだとか、仲間の魂《たましい》と出合うためってんだからおそろしい。

これがだいたい一九九〇年前後の話。

当時とはいささか状況は違っているが、妄想戦士《ドリームソルジャー》たちは今でも存在しているわけだ。

なんでそんなに詳しいかって？　聡明なあんたのことだから、もうだいたい気づいてるんじゃないか？

まあ気づいても触れないでおいてくれよ。過去の蒸《む》し返しはごめんだ。

で、うちのクラスの連中についてなんだが。案《あん》の定《じょう》というか、約半数ほどの生徒が俺の言動に目を光らせているようだった。清水《しみず》のアドバイスを思い出す。

「妄想戦士《ドリームソルジャー》たちを味方にするしかないぞ」やつはそういった。

冗談じゃない。第一とてもじゃないが、こいつらと会話を合わせることは不可能だ。

「鈴木《すずき》、木下《きのした》、安藤《あんどう》。散れ。HR《ホームルーム》の時間だ。着席しろ」

「そうはいかん。我《われ》らに時間はない！」「世界の選択は絶対に近い。だが我《わ》が輩《はい》たちが手を組めば立ち向かうことができる！」「俺はただ人々の平和を守りたいだけさ！」

「散れっての」

こんな時に良子《りょうこ》がやってきたらとんでもないことになる。

「一郎《いちろう》」

良子が背後三センチの位置で囁《ささや》いた。

「ひゃう！」女みたいな悲鳴をあげてしまう。「い、いつ来た！」

「午前七時四十二分、つまり生徒らが来るより早くここにいたことになるが」

「嘘《うそ》つくなよ……」

さすがにクラスの皆も良子だけは無視できないようだ。ざわついている。

視線を一身に集め、なお平然としている良子の姿は聖者のようでもあった。

「……なんで来た」

「その発言には矛盾《むじゅん》がある。リサーチャーと一郎はともに竜端子探索《りゅうたんしたんさく》の任務に就いている。時間は有用かつ効率的に運用すべきだ。そもそも、昨日リサーチャーに対し授業に出ることを要請《ようせい》したのは一郎《いちろう》である」

「おまえその格好で授業に出られると思ってるのか？」

「リサーチャーの正式装備は活動中脱いではいけない規約だ」

「問題になるだろ！」

「安心しろ」とうてい不可能なことを良子《りょうこ》はいった。「リサーチャーの姿は光学的に隠蔽《いんぺい》されているため、一般生徒には見ることはできない」

「いや、見られてる。死ぬほど見られてるから。無茶すぎるだろ、その設定」

「一郎のような特殊な眼力《がんりき》を持たない者の前では、リサーチャーの姿は透明になる」

「だから人前に平気で出てくることができるのか」

なんつう無理のある設定なんだ。

「制服を着てくれ！　今から一度帰ってもいいから！」

「リサーチャーは一郎の要請を拒否する」

「空気読めっていってんのよ！」

「空気を読むという行為の意味が理解できない。現象界人の日常生活ではなんらかの精密観測手段によって大気中の成分を解析《かいせき》することが不可欠なのか？」

「あー、もー！」

良子はどこまでもマジだ。

妄想戦士《ドリームソルジャー》にも本気派と見栄《みえ》派の二系統があると思う。前者は自分が本気で異世界出身だと信じこんでいるやつ。件《くだん》の転生戦士なんかはそのクチだ。後者、たとえば鈴木《すずき》・木下《きのした》・安藤《あんどう》などは、たぶん自分がただの高校生であることを自覚しているはずだ。やつらに共通する演技臭さは、多分に人に見られたいという自己顕示欲《じこけんじ》から出ている。

良子はどうも前者臭い。厄介《やっかい》なのはそっちなのだ。

「おはようございます、皆さん」

最悪のタイミングでどりせんが来た。鈴木ら妄想戦士《ドリームソルジャー》たちが席に戻る。こういう時だけおとなしく目立たない存在になる。やつらのトランスは一時的だ。

白ラン木下に至っては、授業中は通常の学生服に着替えるのだからしみったれている。

「おや佐藤《さとう》さん。とうとう学校に来てくれましたね」

「…………」

「佐藤さん？」

「一郎、成人男性が呼んでいるぞ」

「おまえを呼んでるんだよ！」

「リサーチャーは佐藤などという名前ではない」

俺は救いを求めるようにどりせんを見た。

「うん、まあ今日は来てくれただけでよしとしましょう。幸《さいわ》い授業も、今日の一限は僕の受け持ちなんだし行ける行ける」

「え、コスプレで授業受けさせるんですか？」

「大丈夫！」自信に満ちた顔つき。「学びたいって気持ちこそ生徒であることなんだ！」

案《あん》の定《じょう》、精神論だったぞ。

「まあ、先生がいいなら俺はいいですけど……」

他のみんなは、それで納得してくれるのか？

「一郎《いちろう》、探索《たんさく》に行くぞ。原始的な教育を受けている暇《ひま》はない」

「断る。授業が終わるまで俺動かないから」

「む……」良子《りょうこ》がはじめてたじろいだ。

「佐藤《さとう》さん、じゃ席についてもらえる？　教科書もないよね？　そうだな……ひとつ後ろの佐原《さはら》さん、今日だけ場所を交換してくれるかな？」

左隣《ひだりどなり》に座っていた痩《や》せた女、佐原が無言で立ち上がり荷物をまとめた。

佐原の席——俺の隣——が明け渡されると、良子は素直にそこに腰を下ろした。

「じゃ佐藤、佐藤さんに教科書とか見せてあげて。佐藤同士仲良く頼むよ」

……最後尾でよかった。最前列で後ろから見られていたら、俺はとても惨《みじ》めな気持ちになったろうから。

「机」しぶしぶ声をかける。

「現象界人が用いる家具の一種。広い用途で使用されており、ナイズもまちまち。材質は木材から金属まで用途に応じて決められ、一部には高級調度品としての側面もある」

「誰が意味を教えろといった。机寄せて隣に来いっての。教科書見せるから」

良子は無言で机を寄せてきた。

「授業中はフード取れ」

「防御力が低下するので脱げない」

逆に目深《まぶか》にしやがったので、強引に脱がせた。

濡れたように艶《つや》めく黒髪があらわになる。こもっていた少女の芳香《ほうこう》があたりに散り、俺はたじろいだ。昨日の教室でのことを思い出す。あのにおいだ。電車の中で香水の瓶《びん》を割ってしまったような気まずさもあったが、こちらは気に留めている者もいないようだった。

「……授業中はそのままでいてくれよ」

「やむをえないので一郎の要請《ようせい》を受け入れる」

たまにいうことを聞くんだよな。基準がわからん。

机の間に教科書を置く。良子が教科書上空五センチに顔を接近させた。近眼かこいつは。

「何してる」

「……読んでいるが？」

「俺が見えない。もう少し間合いを取って読め。キモいんだよ」

良子《りょうこ》はうなずいた。

「……戦闘でも間合いは大切だ」くそ、イラック。

「じゃあさっそく佐藤《さとう》さん、教科書を読んでくれますか？」

淡い希望をどりせんが打ち砕く。

「…………」予想通り無視を決めこむ良子。

「佐藤さん、お願いします」

「…………」

「うーん、メンズ佐藤からも頼んでみて。あとページ数も教えてあげて」

あらゆる状況が俺のもっとも痛いところを突いてくる。セカイそのものが俺をイジメにかかっているのだろうか。セカイのやつが不公平だってのは知っていたが、これはひどい。

「……良子」

「なにか」

「教科書を読めよ。ここからだ」

良子は機械杖《きかいじょう》を持ち出した。

「文面の読解などマルチパーパスデバイス〈フェルラ〉の支援機能を使えば一瞬で——」

マルチパーパスデバイス〈フェルラ〉を奪い、床にそっと置いた。

「返却を、返却を、返却を」

「やかましい。授業が終わったらだ。加えてここを読んだらだ。ちゃんと起立してな」

「一郎《いちろう》の要求は不合理かつ非論理的なものだが、今は従うほかない」

人質《ひとじち》が効いたのか、良子は教科書を手に立ち上がった。教壇に対して真横……つまり俺の方を向いて、朗読《ろうどく》をはじめる。

「……俺ひとりに朗読するんじゃないんだよ。前向けよ」

万事《ばんじ》こんな調子。胃《い》のねじれそうな気分で授業を受けることになった。

右隣《みぎどなり》の尾崎《おざき》さんなんか、ずっと耳を塞《ふさ》ぎ続けていた。ひどい態度だと思うか？　だけど俺には彼女の気持ちが手に取るように理解できた。

こっちなんて目も塞ぎたかったよ。


一限がなんとか終わると、さっそくどりせんに廊下《ろうか》に呼び出された。

二限目以降、良子をどうするかの廊下ミーティングだ。

「各教科の先生には僕から話しておくから」

「……制服着用拒否は処分なしですか」

「佐藤のいいたいことはわかる。けど僕は若いし担任を持って二年目の若造《わかぞう》だけど、なぜか職員室では発言権があるんだよ。校長だってそう簡単には僕に逆らえないぞ」

いったい何をいっているんだこの男は？

「だから、大丈V」とVサイン。

「先生から制服着るようにって命令しといてくださいよ」

同行を強《し》いられる身として、まずはそこからだった。

「彼女、前からそうだったんだけど、僕の呼びかけに応えないんだよね。いないものとして扱われているというか」

「光学迷彩っぽいので周囲から隠蔽《いんぺい》されてるって設定なんで」

「おお、なるほどそうだったのか。話しかけても無視するわけだ」

「納得するのもいかがなものかと思いますが」

「でも佐藤《さとう》の声だけは聞く」

言葉に詰まる。

「……なりゆきでそうなっただけです」

「にしては、メンズ佐藤にご執心《しゅうしん》のようだね、彼女」

「なんてことといわれても、別に嬉《うれ》しかないですよ、俺」

「どうしてだい佐藤。僕のように美人の奥さんとイチャイチャしたくないのかい？」

「平穏《へいおん》無事な学校生活が終わってから考えたいです」

どりせんは「ふむ」と眼鏡《めがね》を曇らせた。

「あと先生」

「ん？」

「……特別扱いってよくないです。あまり」

「だから教師側のことは大丈Vだっていったじゃないか佐藤」

「違います」担任にしては肝心《かんじん》なところが抜けているんだよな。「生徒の方」

「うん？」

理解してもらえてない様子だ。

補足しようとしたところで「一郎《いちろう》」とお声がかかってしまった。教室の後部ドアから、どことなく恨《うら》めしそうなオーラの良子《りようこ》が、顔半分ほどせり出していた。

「……探索《たんさく》に行く約定《やくじよう》を忘れたか。規約違反か」

「次、次の休み時間にしてくれ。あとその格好で廊下《ろうか》出ないでくれ」

猫を追い払うみたいにシッシと手を振った。

「おや、ひっこんだ。やはり佐藤のいうことは聞くらしい」

「ぐ……」しまった。

「僕の人選にミスはなかったようだ。佐藤、ひとまず今日一日だけでもシク・ヨロ」

すちゃっとこめかみあたりで二本指を切り、どりせんは去っていった。

直後、二限開始のチャイムが高らかに鳴る。

あれ、このタイミングで二限の先生に話す時間あんのか？


予感は的中して、大騒ぎになった。

二限の担当教師は「生徒とは人間である前に一匹の未成年です」という考え方をした数学教師だった。当然、生徒のコスプレなど認めるわけもない。

「なんだその格好は！　佐藤《さとう》、おい佐藤！」

「は、はいぃ！」

「おまえじゃない、女の方だ！」

「…………」

「無視をするな！　なんだその態度は！　この私を、ひいては数学を舐《な》めているのか！」

「せ、先生、これには深い事情が！」

「佐藤は黙っていろ！　先生は佐藤に話があるんだ！」

「あの、うちの担任の意向でして……！」

「な、なに？　どりせん君の？」

あいつ教師仲間にもどりせんって呼ばせてる。

「……そうか……じゃあ授業を続けよう。えーどこまで説明したかね」

凄《すさ》まじいご威光《いこう》だ！

どりせんって何者なんだよいったい。

理由はわからないものの、無事授業をクリアすることができた。

良子《りょうこ》はまた不自然なほどの猫背で、食い入るように教科書を眺めていただけだが（おかげで俺は教科書を読めなかった）。どうしてやることなすこと挙動不審なんだこいつは。顔面を教科書に思いっきり押しつけてやりたい衝動が走ったのは、一度や二度じゃない。俺の寛容《かんよう》さに感謝してほしいもんだ。

我慢の対価というわけでもないが、良子にはいいたいことをいうことにした。

休み時間。他のクラスの連中が出てくる前に、いち早く良子を連れて廊下《ろうか》に出た。三階からは屋上に向かうだけの階段、その踊り場には滅多《めった》に人も来ない。連行したね。

「他の人に見えないって設定の演技やめて」

「演技ではなく事実なのであり」

「わかった、クラスメイトはいい。どうせ向こうも相手にしてくれん。ただ教師だけは対応してくれ。頼む！」手を合わせて頼む。

「隠蔽式《いんぺいしき》を解くと校内に残留《ざんりゅう》する陽性情報体を不要に活性化することになる。情報体は同じ魔力波長を持つリサーチャーの気配に敏感であり」

「ＯＫご立派な設定イエス！　そこを曲げて教師だけ対応してくれ、頼む！」

「竜端子探索《りゅうたんしたんさく》の障害となるような行動をリサーチャーは採ることができない」

「おまえの機能として、特定の対象を魔術対象から外すことはできないのか?」

「それは可能だ」

「じゃ、それやってくんなかったら俺探索に協力しない! ってのは交渉《こうしょう》になるか?」

「……了解《りょうかい》した。教師だけは式の対象から外しておく」

「いいか、対応はソフトにだぞ? 制服のことで何かくどくどいわれたらすいません間違えましたとだけ答えておけ。あとは俺がフォローする。それと、そうだな、あとは……」

良子《りょうこ》がもじもじしはじめた。

「どうした」

「…………」

「……変なやつ。なあ、それで外出する時のことなんだが、その格好で人目につく場所は避けたい。見えない設定だってのはわかるが、変装とかさ、やっぱもうちょい考えてほしいっつーか。考えたんだけど、探索ってふたりで別行動ってのもあんのかなとか……」

きょときょとしたり、足の甲を軸足《じくあし》のふくらはぎにこすりつけるなど、良子はまるで落ち着きがない。

「……こんなところか。じゃそろそろ教室にリターンだ」

休み時間もあと一分ほど。廊下《ろうか》で生徒らが雑談していた気配も消え、白い眼で見られることなく教室に帰れるだろう。

階段を降りると、良子は別方向の廊下（教室棟に実習室などを集めた短い棟《むね》がドッキングしてL字型校舎になっている）に突き進んでいく。

「こらこら、どこ行く」

手首をつかんで止める。

「……探索」

「駄目だ。授業はまだ終わっちゃいないぞ」

教室に引っ張っていこうとするが、今度はなぜか抵抗が激しい。

「ジタバタするなよ！」

「う、うう……んぐっ、がっ」

いつも機械的キャラの良子が、野獣っぽくなった。

「なんだよ、追加設定のつもりか？　追加設定はもっとも恥ずべき行いだぞ？」

「がじ」

指を噛《か》まれた。

「いってぇ！」

自由になった良子は早足でつかつかと女子トイレに飛びこむ。

……そういうことだったか。

チャイムが鳴ってしばし。良子《りようこ》がトイレから悠然《ゆうぜん》とした歩みで出てきた。

「探索《たんさく》の結果、女子便所に竜端子《りゆうたんし》はなかった」

「そこは突っこまないでおいてやるわ。つか、したかったら口に出していえ」

「リサーチャーはいつも一郎《いちろう》に調査探索の要請《ようせい》をしている。今回は強い反応を検知したので例外的措置《そち》として単独で調べた」

「はいはい、わかったから手を洗ってこい」

トイレに押し戻す。

ローブで手をふきふきしながら出てきた。コスに対する愛はないのか。

「ハンカチくらい装備しとけよ、そのマルチパーパスなんとかあたりによ」

「教室に戻る予定だったと記憶しているが、良いのか？」

「……戻るさ」

良子が手を持ち上げた。

「おてて引いてけって？　おまえが逃げなければ別にもともと手なんか……」

冷たく濡れた手——

この精緻《せいち》なつくりに、目が奪われる。病的とも思える幽《かす》かさだ。

「誰がおまえの手なんか引いてやるか」と突っぱねてもおかしくない局面のはずが、反対の行動を選択したくなった。

「……おまえ、手ちっさいなぁ……スケール間違ってるみたいだぞ」

背も低いし、顔も小さい。全体的につくりが小型なんだ。

「なんか1/100スケールのガンプラの中で、おまえだけ1/144スケールみたいだな。大丈夫なのか。食ってるのか？」

「小柄な方が調査活動には有利なのだ」

それで瞳だけが人並みに大きいから、やたら目を惹《ひ》く顔立ちになるわけだ。人目を惹く美形の条件って、意外とアンバランスなことなのかもな。

「しなでも作って微笑《ほほえ》んでれば、コスらないでもいくらだって目立てるだろ、おまえ」

「謝罪する。今の発言を聞き取れなかった」

「……いんにゃ。なんでもね。遅刻だけど教室、戻ろうぜ」

目立ちたいのが理由じゃないんだ、こいつは。クラスの連中とは違う。

そこだけは、まあ評価してやってもいい。


「評価取り消しとさせていただく」

「一郎の思考過程が理解できない。現象界人特有の発想の飛躍が見受けられる」

「見直した途端に評価を叩き落とすおまえの方がもっと飛躍的だ」

俺と良子《りょうこ》は、無人の廊下《ろうか》に立っている。

放課後？　いいや違う。授業中だ。他の生徒はみんな勉強をしている。俺と良子だけが廊下に目的もなく突っ立ってる。

「どうしてこんなことになったんだ？」

事態を受け入れられない俺に、やつは平気で追い打ちをかけてきた。

「歴然だ。四時限目の授業にて、リサーチャーと担当教師が悶着《もんちゃく》を引き起こしたため」

「そうだ。先生はやる気がないなら出てけとおまえに告げたんだ」

三時限目をどりせんの威光《いこう》で乗り切ったものの、四限の担当には通用しなかった。「どりせん君のクラスだけ例外を認めるわけにはいかん！」とその教師は不機嫌《ふきげん》をあらわにし、授業をコスプレで受けることを断固として認めなかった。ま、当然の反応だわな。

「やる気に該当《がいとう》する感情はリサーチャーには存在しないため、勧告に応じて教室を出た」良子の声には罪悪感というものがない。「問題はない」

「大ありだぜ、良子さんよ」俺は敵意を満載したチンピラフェイスで告げた。「追い出されたのはおまえなのに、どうして俺までご同行させられてんだよ！」

やつは怪訝《けげん》な顔をした。

「リサーチャーと一郎《いちろう》が竜端子《りゅうたんし》を探索《たんさく》するのに、この状況は適している。生徒らが教室にとどまっているなら、行動の自由がより弾力的に確保されることだろう」

「俺は授業を受けたいんだ！」

「しかし教師に対して隠蔽《いんぺい》処理の例外化を求めたのは一郎。その結果発生した出来事なのだから予想はできていたはず」

「待て待て。俺は出て行けとはいわれてないんだ。おまえが出て行く時に人を引っ張ってきたから、こんなことになったんだろ」

「…………？」

心底、わからないという顔で首を傾《かし》げる。

「……もういい。見直そうとした俺が馬鹿だった。この時間は、探索につきあってやる」

なんだか悪いサイクルにハマってるような気がしてならない。

「おう、ここか」

そうして良子に案内されたのは、三階踊り場からさらに半階段を昇った場所。屋上へ出るための階段室だ。ペントハウスともいう。一応四階ということになるが、屋上に出なければ狭い小屋のような場所で、ホコリをかぶったカラーコーンが重ねて置いてあるだけだ。

多くの学校がそうであるように、うちも屋上は無断立入禁止だから、人が来ることはほとんどない場所である。なんでも長い学校の歴史で出た処分に金のかかるゴミが、屋上にどーんと放置されているそうだ。机とか椅子《いす》とか、そういうのが数百個単位で。

「扉《とびら》にカギがかけられていて開かない」

「立入禁止だからな。自殺防止で」

「いいや、その情報には誤りがある」

「何かあるってのか?」

「この向こう側は極めて高濃度の〈ゲニウス・ロキ〉が検出されている。それはつまり神殿《しんでん》の構築に適しているということでもある」

「まったわけわかんねー単語を……神殿って、あの神を崇《あが》める神殿か?」

「〈中央集積機関〉は信仰の概念《がいねん》を持たない。しかし呪術《じゅじゅつ》を行使《こうし》する上では特定高次知性の力を借りるため、便宜《べんぎ》上必要とされるのが神殿だ」

無駄に細かく作りこまれた設定だな。あまり作ると矛盾《むじゅん》取り大変だぞ。

「屋上がそうだってのか?」

良子《りょうこ》はしごく真面目《まじめ》な顔（こいつはいつもそうだが）でうなずく。

「でも立入禁止だからさ、どうにもならんよ。我慢するか、別の設定を考えるんだな」

「通常任務では必要がないので支障は出ない。が、任務を終え向こうの世界に帰還するためには必要になってくるだろう」

そのうち絶対に行きたい場所ってことか。

「……でもな、勝手に出たら先生に怒られるんだよ。カギだってないし」

「問題ない」

良子が機械杖《きかいじょう》を操作すると、先端からシャコンと耳かきみたいな金属板が飛び出した。

「それは？」

「マジカルキーピック」

「おい！」

犯罪の香りがした。いや、犯罪の香りしかしない。

「シリンダー内部にこのピックとテンションで魔力を流すことで鍵《かぎ》を突破可能」

「これっぽっちも魔力使ってねぇ！　犯罪テクニックだろ！　ダメダメ、没収《ぼっしゅう》！」

すべて回収する。

「特に住宅街での必要装備だが……」

「わあ、そんなところでキーピックしたら洒落《しゃれ》になんねー！　わかってんのか？　それ遊びでも見つかったら破滅だかんな？　俺らニュースイン（報道入り）だからな！」

「一般人はリサーチャーの姿を見ることはできないからその前提は意味がない。返却要求」

「これは俺が当分預かる」

「…………」

ポーカーフェイスなりに不満そうなオーラを放つ。

「おまえにルパンされると俺まで困るんだよ……わかってくれ」

確かに子供の頃って、自転車とかにいろいろ装備つけたりするのに憧《あこが》れる。けど、こいつは度を越えているってもんだ。

改めて思う。佐藤良子《さとうりようこ》はどうかしてる。


昼休みともなれば、さすがの魔女も空腹を覚えるようだ。

腹をころころ鳴らしながら頬も赤らめず「魔力をエネルギー変換するので問題ない」とのたまう良子を見て、俺は悩んだ。

テーマは目撃されないこと、だった。

良子の格好は、学校ではとにかく浮く。となれば一緒にいる俺もとばっちりで恥ずかしい思いをする。人が少ないからこそ同行できるのであって、昼休みというのはもっとも生徒が自由に構内を闊歩《かつぽ》する時間帯なのだから、俺としては可能な限り教室で待機していたいのだ。

学食はもちろん危険地帯だ。

だが時計を見ると昼休みの十分前なので、急いで食って戻ることに決めた。

広大な学食にはまだひとりの生徒もいない。チャンスだ。

「たぬきそばふたつ」

学食おばちゃんの怪訝《けげん》な目をスルーしながら、プラスチック容器のうどんを良子のもとに持っていく。

「急いで食えよ。他の生徒がやってきたら白い眼で見られるぞ」

「エネルギー補充」

わけのわからないことをほざいて、そばをすすりだす。

「おまえ、箸《はし》の持ち方めちゃくちゃだなあ」

良子は箸を逆手に握り締めて使っている。いわゆる赤ちゃん箸だ。

「……この棒状工具は使用に熟練《じゅくれん》が必要だが、リサーチャーは現象界に来て日が浅い」

「は？　なんで工具？」

「食事とはエネルギー補充を意味する、炭素型活動体における整備の一工程だからだ」

「異世界だろうが人間はメシ食うだろ。その設定は強引すぎないか？　むしろ変だ」

「…………」

無視だった。設定へのツッコミは特にムカつくらしく、俺でもスルーされる。

「なあ、本気で箸使えないのか？　演技じゃなくて？」

「通常、我々の世界ではエネルギー補充は魔力ペーストで……」

「わかったわかった。ほら、こう持てよ」

「……いい。この持ち方でも問題ない」

「んなこといってたらいつまでも箸使えないだろ。調査が長引いたら使う機会も増えるんだから、ちゃんとマスターしておけよ」

どうして俺、こんなおかあさんみたいなことを同級生に対してしないといけないんでせう?

「こうか?」

「指が違う。こうで、こう……うん、それでいい。で、挟んでつまむ」

良子《りょうこ》の箸《はし》は、そばをうまくつかめない。口に運ぼうとして取り落とす。五度目になってとうとう良子が「うー」と唸《うな》った。ときおり見せる人間的感情だ。ひどく幼稚な。

「この棒状工具の長さは論理的ではない。指の力を適切に伝達するためには、より短くした方が理に適《かな》っている。欠陥品《けっかんひん》だ」

「それじゃ手が汚れてしまうだろ」

「万事《ばんじ》において手の汚れを忌避《きひ》する文化的特色がなければ、その説明は説得力に乏《とぼ》しい。現象界人は必要に応じて積極的に手を汚すこともある。価値観に一貫性がない」

「熱い料理とかあるだろ。短い箸で火傷《やけど》したら大変だぞ?」

「危険防止……ならばこの工具の形状も納得できるものとなる」

いちいち面倒なやつ。

「あーあー、猫背で犬食いはよせって。うわ、汁飛ばすなよ。こら、手は使うなって」

本気で子供の食事を面倒見てるみたいだ。そばなんて五分で完食できる食い物を、十五分かけてまだ食い終わらない。

やがて餓《う》えた生徒らが地響き立てつつ大挙して押し寄せてきたが、俺たちは机のはじっこから移動できないでいた。

白眼視《はくがんし》？　ハン、もちろんされたよ。しかも今度は全学年からだよ。

一部お姉様方からは「なにあれー！」「可愛《かわい》いー！」と好意的な意見もあったが、やっぱり全体としては「キモい」とか「うわ」とか「誰あいつら？」といった反応が圧倒的だ。ひとつだけ「男が可愛い」という野太いコメントがあって背筋が寒くなった。

いたたまれない空気に脂汗《あぶらあせ》が止まらない。そこで俺は良子の特異性を最小に緩和《かんわ》するための秘策を（早くも！）投じることにした。

「やあ君！　今度の演劇で使うんだから、衣裳は汚さないように注意してくれよ！　我《わ》が演劇部の沽券《こけん》に関わるからな！　昼休みも稽古《けいこ》、ドンマイでーす！」

役になりきることに生理的嫌悪《けんお》感を抱いているので、どうしても棒読みというか単調でわざとらしい語りになってしまった。

どうだ？　今の演技では厳しいか？　周囲の反応をうかがってみる。

「演劇部だったんだ」「気合いの入った衣裳じゃないか」「文化祭は演劇部でイエスだね」「十月まで半年もあるのにガッツのあるやつだ」「昼から稽古とか演劇部頑張りすぎだろ」「うちの部の一年どもに聞かせてやりてぇ」「実にいい男尻だ」

おおらかないい学校だ！

……ひとつ野太いコメントで気になるのがあったが。

　何はともあれ、この場は乗り越えた。学食の一画にいた、川合《かわい》と小林《こばやし》と中村《なかむら》の三羽ガラスだけがこっちを見てニヤニヤしていた。

「あ……」

　事情を把握《はあく》している三人の態度は冷笑的で、俺たちの立場がもはや上と下に分断されてしまったことをいやが上にも自覚させられた。

　親しい友達がいても、イジメのターゲットにされた途端に相手にされなくなるのは、よくあることなのだ。俺も経験があるからよくわかる。貴族と平民は対等のつきあいはできない。恋だってできない。

「……しゃーないよな」

　友達もなく、不思議ちゃんの世話係。人間関係の駆け引きからは解き放たれている。身軽なはずの立場が、ひどく心に重い。


　午後の授業には参加しなければならない。これは俺の学生としての最後の砦《とりで》です。

　なんとか良子《りようこ》を説得し、教室に戻る途中、事件は起きた。起こるべくして。

「こらあ！　なんとしたことじゃあ、そのいでたちは！」

　生徒指導の巨漢男性教師が、樽《たる》のようなボディを誇示《こじ》するように迫ってきた。太っているように見えるが筋肉の鎧《よろい》だ。

三國志系《さんごくし》アクションゲームによく出てくる、人知を超越した武将みたいな人だった。

「しょ、将軍！　じゃなくて先生！　これにはわけがございまして！」

「一般生徒はすっこんどれい！　そこな女子、学級姓名を名乗れい！」

「…………」

おなじみの無視。見えてない設定も教師は除外のはずだが、よほど嫌《いや》なタイプなんだな。

「ぬう！　この生徒指導の猪俣《いのまた》をネグレクトするかぁ～！　面妖《めんよう》な装《よそお》いをしていても、この学校の生徒であろうに！」

猪俣先生は見えない鉄槌《てっつい》とか矛《ほこ》とかを頭上で回転させる勢いで怒鳴る。今が昭和《しょうわ》初期だったら絶対に生徒折檻《せっかん》用超重量武具を携行していたことだろう。

「待ってください先生！　これにはどりせんという深い事情がありまして！」

「……どりせんとな？」態度が露骨《ろこつ》に変わった。「若造《わかぞう》めが……図に乗ってくれる。だがいかにどりせんの子飼いといえども、制服拒否は重罪《じゅうざい》よ！　見逃《みのが》せん！」

「ですよね」まったくもって同感だった。

「指導室送りにしてやるワイ！　来い！　くるぁ、来い！　小僧《こぞう》、貴様《きさま》は授業に行けい！」

「…………」

良子が俺を見る。ガン見というのはこいつのためにある言葉だ。

「……無理だよ。行ってくれ。どりせんが手回ししてくれるだろうから待ってろ。ついでにちょっと社会勉強してこいって」

「午後の探索《たんさく》は？」

「状況からして不可能だってわかろうや。さっきのそば、奢《おご》りにしといてやるから、ここは素直に権力に屈してくれ」

「………」

「娘、はよう来い！」

途端に猫背になり、面倒臭そうな足取りで猪俣《いのまた》のあとに続く。もろに反抗的な態度だ。

「………ッ！」

数歩進んで振り返り、窮状《きゅうじょう》を訴えかけるギラギラした視線を力一杯投げてきた。

「だから助けられないっての」


五限目の授業は陶酔《とうすい》するほどに平和だった。

心おきなく集中できたし、よく理解もできた。俺は勉強が好きというわけじゃないから、最小の労力で成績を維持するためにも、授業は無心で受けたいのだ。

頭痛の種である良子《りょうこ》は……帰ってきていない。指導室に連れて行かれたままだ。

一時間くらいは事情聴取と説教で潰《つぶ》れるとは思っていたが、六限目だ終わってHR《ホームルーム》が終わっても戻ることはなかった。天恵《てんにい》だ。放課後は俺のもの。

でもそのためには、HRを終えたばかりのどりせんをつかまえ、確認を済ませないとな。

「先生、良子が生徒指導室に連行されたんですけど、聞いてます？」

「おお佐藤《さとう》、その件なんだけど、猪俣先生とはまた大変な人に捕まったものだね」

実に楽しげに笑う。大丈夫そうだなこりゃ。

「どうなったんですか？」

「僕も一度顔を出して事情も説明したよ。じき釈放《しゃくほう》されると思うよ」

「そうですか。でも制服着てこなかったら、繰り返しですよこれ？」

「うーん、そうだなあ。でも本人が嫌《いや》がってるし、佐藤の方から説得してくれよ」

「服装については俺からでも無理ですよ」

「あの格好はまずいよなあ」

「普通停学とかでしょう、あれ」

「停学が彼女のためになると思う？」

……まあ、そうだ。

処分というのは本来、生徒に反省を促し改善をはかるための制度だろう。効果のない処分はただの罰則《ばっそく》にしかならない。良子がそんなもので考えを改めるはずがない。

「カウンセリングとかはどうです？」

「前にも一度受けてもらおうとしたけど……駄目だったんだよー、ははは。カウンセリングというのは生徒の側に話す気がないと無力だね」

楽しそうだなオイ。

「どりせんとしては、佐藤《さとう》が持つ突破力に期待してるんだけど」

「俺がどんな突破力を持っていると」

「僕の直感だと、佐藤はいい雰囲気《ふんいき》を持ってるよ。普通とはちょっと違った深みというか……僕のガラスの十代センサーは錆《さ》びついているから、うまく説明できないけど」

「……わけわからんです。つまり俺、目をつけられたんですね」

「自主的に接触されてる佐藤だけが頼りだよ～」

どりせんには権力はある。融通《ゆうずう》も利《き》く。けど良子《りょうこ》みたいなタイプについては、あまり直接の頼りにはならない気がする。大人が意外と頑張ってくれないことに俺は戸惑う。

「とりあえず佐藤は迎えに行ってやってくれな。あと明日からも、また面倒見てやって」

「教科書くらいは見せますけどね……それ以上はちょっと」

「うーん、逸材《いつざい》だと思うんだけどなぁ」

冗談じゃない。変人の面倒を見る才能なんて、のしをつけて願い下げだ。

嫌な予感がする。呪《のろ》いのように意識に絡みついてくるその内容は、クラスからハブられてしまった今、もう妄想戦士《ドリームソルジャー》グループに活路を見いだすしかないというものだ。

都落《みやこお》ちという言葉を素通りして、ほとんど転落人生じゃないか。

佐藤良子は俺にとって転落の化身《けしん》。

転落の種を自《みずか》ら迎えに行く義理があるだろうか？　もちろんないに決まっていた。


教科書を鞄《かばん》に詰め、帰宅しようとしたその時、俺の進行方向を人影が遮《さえぎ》った。

「ウウッ」

そいつは、突然喉《のど》を押さえて苦しみだす。アアアアと獣《けもの》みたいな声をあげ、膝《ひざ》をつくようにして床に身を投げる。制服が汚れるのも構わず、ぐねぐね暴れる。尋常《じんじょう》じゃない悶《もだ》えようだ。スカートから白い脚がのぞき、ともすれば下着までという激しさだ。

『大丈夫か！　しっかりしろ！　今俺が保健室に連れて行ってやる！　大事な大事なクラスメイトを、断じて見捨てやしないぜ！』

……なんていうわけがない。

ここで声をかけたら、誘い受けの罠《わな》にかかってしまう。

殺虫剤を受けてなお命の限りを尽くすゴキブリの動きで、キヒイとかギアアだとか叫んでいる。黙って座っていれば育ちの良いお嬢さんだが、奇声はあらゆる良い印象を反対に覆《くつがえ》す。

「……〈信仰者〉……また私を灼《や》くのね……〈アンチクロス〉……アレさえあれば……」

この樋野《ひの》は、いつぞやどりせんに保健室に連れて行かれた女だ。

今まで、この足止めをクラスの何人かが食らっていた。だけど全員、スルーを決めてきた。

不思議なことに樋野は、妄想戦士《ドリームソルジャー》に対してはこれをやらないのだ。狙《ねら》いは一般人だけ。

その曰《いわ》くつきの儀式《ぎしき》を、とうとう俺も体験してしまった。

「〈暗黒聖遺物《せいいぶつ》〉……！」

またいで通り過ぎる。ベストの判断。相手しちゃいけない。

次に鈴木《すずき》おさむが俺の前に立った。

「ゼウスヘイムからの連絡が来た。どうやらまずいことになっているらしい」

鈴木を押しのける。

「退《ど》いてくれ。俺帰る。友達がいないからひとりで帰る」

「フハハハ！　盟友《めいゆう》と書いて友と呼ぶ。佐藤《さとう》、おまえはひとりではないぞ。世界を憂《うれ》う者同士ともに手を取りあって世界の選択に干渉《かんしょう》」

木下《きのした》を押しのける。

「ちょっとわかんないな。悪い、帰るから」

「佐藤、実はおまえに聞いてもらいたい話があるんだ。〈ガイゾニック帝國《ていこく》〉の〈デス時空〉を知っているか？　あの空間では〈空間人〉たちはその力を限界まで発揮できて」

「帰る。帰るんだ。俺は帰るんだ。懐かしくあたたかい、あの家に……」

遭難映画の気分で、安藤《あんどう》を押しのける。

変人たちの谷を乗り越え生還し、カンヌで映画の一等賞だ。

「おい、止まれ無礼者」

凛《りん》とした声だ。さすがに足も止まる。でもスルーすべきだった。無礼者なんて言葉、普通のやつは使わない。

「え？」

「そなた、佐藤《さとう》といったな」

「……誰？」

そいつはカーテンに（わざわざ）身を覆《おお》い隠していて、誰何《すいか》に応じてバババッと布地を払いのけ姿を見せた。派手なご登場。自然とそうなったのなら格好もつくが、仕込みなのが痛い。痛ましさについてまったく解さない人種は、妄想戦士《ドリームソルジャー》とオバチャンだけだと思います。

口を利《き》いたこともない女子生徒は、たしか織田《おだ》という。

織田のスタイルはひとことで説明できる。

眼帯《がんたい》剣士だ。

海賊みたいな黒の眼帯をしている。そして日本刀……は無理なので、木刀《ぼくとう》をギャルっぽくやたらデコレートしたものを持っている。理解不能。髪型はロングヘアを高い位置で縛って、馬の尾にしている。たまに信長《のぶなが》マント（俺はそう呼んでる）を羽織《はお》っていることもある。

女子妄想戦士《ドリームソルジャー》の中では、良子《りょうこ》をのぞけば痛さでベスト三に入ると俺は睨《にら》んでいる。

織田《おだ》はきつい目線で俺に向けた。

「苦しむ婦女子を見捨てるとは、呆《あき》れ果てた与太者《よたもの》よな、貴様《きさま》」

「オレカエル、イエカエル」

自分の声がマシンボイスになっていくのがわかる。

「樋野《ひの》が助けを求めているのが見えぬか？　それが男子の取るべき態度か？」

「ならおまえが助けろよ」我慢できず、ついに打ち返してしまった。

織田は眉をひそめる。痛いところを突けたはずだ。

「……大事なのは、貴様に男子の、侍《さむらい》の気概《きがい》がないということでござる」

「んなもん誰にだってねーよ！」

「拙者《せっしゃ》にはある」木刀《ぼくとう》を持ち上げた。「この〈小烏丸《こからすまる》〉にもな」

喉《のど》からかすれた悲鳴が溢《あふ》れそうになる。よりにもよって拙者はないだろう。

流浪《るろう》の吸血鬼設定（のはずだ）を持つ樋野まで、ゆらり立ち上がった。「吸血本能が……」

と演技臭く呻《うめ》いている。

鈴木《すずき》、木下《きのした》、安藤《あんどう》、織田、樋野。悪夢の五連星に囲まれる風前の灯火《ともしび》めいた俺。

「なんなんだおまえら……次から次へと……いったいなんで？」

今までおとなしかったのに、なぜ俺にだけ目をつける？

どりせんの言葉を思い出す。

「佐藤《さとう》は逸材《いつざい》」「佐藤はいい雰囲気《ふんいき》」「佐藤はいい男尻」

待て待て待て待て冗談じゃない。

「落ちぶれたからか？　俺がミスったから？　だからか？」

「ゼウスヘイム」「アカシャ断章《だんしょう》」「アンダークエイク」「小烏丸」「アンチクロス」

「わあ」俺は叫んで逃げ出してしまった。キモいキモいキモい。

無我夢中で廊下《ろうか》に出て、玄関目指して走った。

玄関に青の魔女が待ち伏せていた。

「探索《たんさく》」

「ひい」

今度は逃げられない。転んでしまって、力も抜けた。

運命の悪戯《いたずら》、というか運命のイジメ、今日は絶好調。

「教師の監視が厳しく、校内の探索は困難であると結論した」

「なぬ？　ついにそれを理解してくれたか？」

小さな希望が灯《とも》った。

「よって、今日は街を探索することが決定された」

さらなる地獄が襲いかかってきた。


駅前の混雑している通りを、良子《りようこ》は失笑や軽蔑《けいべつ》をものともせずに歩いた。人々の目線の痛さはもはや筆舌《ひつぜつ》に尽くし難く、同行している俺もぶしつけな詮索《せんさく》の対象とされた。

良子が教室を訪ねてきた時、死ぬ思いをした。

今日は学食で、数倍規模の死ぬ思いをした。

そして今、ステージはさらに拡大し、聴衆は一気に数百倍に膨張《ぼうちょう》した。

羞恥《しゅうち》という単語が物足りない。屈辱《くつじょく》という言葉では表現しきれない。恥辱《ちじょく》、汚辱《おじょく》、辱《はずかし》め、生き恥《はじ》、陵辱《りょうじょく》、拷問《ごうもん》、蔑視《べっし》。全部合わせたものが、俺をいたぶっている。

「人目！　ひ、人目につかない場所ぉ！　袋小路《ふくろこうじ》っ、袋小路がイイッ！」

「まず駅とデパートから調査を行う」

どっちも通行人が売るほどいる場所だった。

街の声に耳を傾けてみる。

「プッ、なんだありゃ」「撮影？」「コスプレじゃないの？」「マジかよ」「なんだあいつら超ウケる」「最近の若者ときたら……ぶつぶつ」「まあ、ひどい格好！」「おいちょっと来てみろおもろいモンが駅前にいんぞ」「すっげえオタク」「テレビじゃなくて？」「オエッ、キモッ」「高

校生か？」「誰か話しかけてみちゃえよ！　で、バカにしようぜ！」

世間《せけん》の皆さんから厳しい声が寄せられる。ダッシュで逃げたくなる。

良子《りょうこ》は人がいてもお構いなしだ。今もあたりをギョロギョロ見回している。

突然、路肩《ろかた》駐車《ちゅうしゃ》している車の下を、よつんばいになって覗《のぞ》きこんだりもする。通行人が
ぎょっとした顔で良子を見下ろしていく。

「よせえ！　立てえ！」

探索《たんさく》に夢中になって、もう俺の声など届いていない様子だ。

次に良子は街灯に着目した。

「まさか」ローブの裾《すそ》を引っ張る。「やめてくれ、それだけは」

良子は街灯をよじのぼりはじめた。

「ないから、そんなところには何も！」

もう限界だったので、良子を強制的に人気《ひとけ》のない小道に連れて行った。いくらか人は通るが、
大通りほどではない。

「一郎《いちろう》は探索を手伝う気がないばかりか、妨害《ぼうがい》までしている」

「その格好で人前に出てはいけないんだ！」

「誰もリサーチャーを見ることはできない」

この設定は実に厄介《やっかい》だ！　衆目《しゅうもく》が説得材料として機能しない。

「警察が来たらヤバいぞ。なあ、おまえに空気読めとはいわない。けど俺がマジで降参した時だけは従ってくれって。うるさいかもしんないけど、おまえの将来のために非常に有益な情報を提供しています」

詐欺《さぎ》商品の案内みたいな文言《もんごん》になってしまった。

感情の見えない瞳を満月みたいに開き、俺を凝視《ぎょうし》する。もしかしたらこいつは本当にロボット人間なんじゃないかと思わせる迫力がある。俺は良子に言葉を尽くして説《と》いた。「警察はまずい」「もし警察に嗅《か》ぎつけられたら」「警察の介入《かいにゅう》だけは」知れず声も大きくなっていたに違いなかった。

「おおい君、警察がどうした？　ん、なんだそっちの格好は？　本官に見せてみそ？」

リアル警察官が通りを覗きこんでいた。

この時の俺の混乱をとても表現することはできない。気が焦《あせ》り、正常な判断が消滅した。行動しなければならないという刹那《せつな》の衝動だけが渦巻《うずま》いた。結果、俺は良子の手を引いて逃げ出していたのだ。

「あっ、おい！　こら、逃げるな！」

心理的に一度逃げたら、もう止まることはできない。だから逃げ出したら、たとえ破滅が待っていようとも逃げ続けるしかない。幸運があるとすれば、この時は警察官をまくことができたことだ。いくつかの道を折れ曲がり、物陰に潜《ひそ》み、住宅の敷地を無断で横切り、気がつけば薄暗い路地《ろじ》にいた。

「……途中の記憶……微妙にないな」

こんな走ったのも、おそろしい思いをしたのも、どっちも生まれてはじめてだ。蚤《のみ》の心臓が文句をつける。「旦那《だんな》ぁ、こいつぁよくねぇなぁ、あっしら心臓にゃ休みはないんですぜ？ ここまで酷使《こくし》されちゃあ……場合によっちゃ止めるしかなくなっちまう」いっそ止めてくれ。殺して楽にしてくれ。

「大丈夫か良子《りようこ》？」

さすがの良子も、さっきから呼吸を整えるので精一杯のようだ。

「どうよ？ 警官に見つかったらこうなるのよ。つらいだろ？」

「……どうしろと」

「制服を着るんだ！」力説してやる。

「却下《きやつか》だ。防御力が下がる」

「防御力とかさあ……もうそういうのさあ……」

どうあっても制服を着るつもりはないらしいな、こりゃ。

……街を放浪《ほうろう》されるより、校内限定の方がまだ楽なのか？

同世代に見られるのも心を切り刻まれるほど怖いが、警官よりは……いやでもなあと懊悩《おうのう》は止まらない。

「一郎《いちろう》」

「なんだ？」

「日中の街を探索《たんさく》することは、効率的ではないことが判明した」

「……あっそ」

頭の頭痛が痛くなってきたよ、俺。


夜になって携帯が鳴った。

俺の携帯が鳴るのは珍しきことだ。だからまだ通話モードの操作にさえ戸惑う。表示されている相手の番号も誰のものかわからない。未登録なのだ。

「も、もしもし？」

『どりせんです』

どりせんだった。

「どうして俺の番号を？」教えたことはなかったはず。

『うん。どりせん先生のコネを使って調べたんだ。緊急連絡だったからね』

どりせんにさらに先生もつけちゃうんだ、へえ～勉強になるなあ。

「緊急？」

『警察から学校に連絡があったんだけどね。佐藤《さとう》と佐藤《さとう》が街で逃げたって聞いて』

「警察すげぇぇぇ！」

一日経たないうちに俺だって割り出された。

『そう？　マッポならたいてい地元の制服なんて見慣れてるし、変人を連れている一年男子なんて絞り込みができたら簡単に特定できると思うけどね』

マッポってあんた。

「あの、俺、犯罪《はんざい》とかやんないようにしますから」

『あ、うん、まあそれは卒業したあとだったら佐藤の自由だけどさ』

自由なのかよ。

『一応今回のことで処分はないから安心していいよ。ただレディス佐藤を街で行動させるのはなんとかしたいね』

それは俺になんとかしろってことなのか？

電話を切ったあとで熟考《じゅっこう》する。だけどいくら考えても妙案《みょうあん》は思いつかなかった。もともとないものをさがすのは、それはそれは難しいことなんだ。竜端子《りゅうたんし》とかな。

「佐藤ぉぉぉぉ！」「はいぃぃぃぃぃ……」

「メンズゥウゥ！」「はいぃぃぃぃ……」「クソがぁぁぁ！」「事情がぁぁぁ……」

一連の会話が何かというと、良子《りようこ》の立ち居振るまいというかキモ居振るまいに怒りくるう教師たちと、それをなだめる俺の尽力《じんりよく》する図なのである。ちなみにメンズは俺のあだ名だ。複数形だけど俺はひとりでも十人分くらいは活躍しているからおかしくはない。

良子はあれからも、休むことなく毎日学校に来てくださすった。

そしてありとあらゆる授業を荒しまくった。すると教師は次から次へと激昂《げつこう》し、ついには授業でも良子だけは無視されるようになっちまった。どうもどりせんと各教師の間で、そういう許可も出たらしい。

休み時間はといえば俺につきまとい、隙《すき》あらば街に連れ出そうとさえした。街での体験は、悪夢となり新たなトラウマとなって心に残留《ざんりゆう》している。シティは、ヘルさ。

じゃあ学校だったら白い眼ＯＫなのかというと、そんなことはまったくないけどな。

しかし時間というのは残酷《ざんこく》なものだ。

ほんの一週間良子とセット行動していただけで、俺には「キモ子のカレシ」というレッテルが貼られてしまった。キモ子というのは良子のことでピッタリだと思うが、問題はカレシという部分だ。不本意すぎて侮辱《ぶじよく》の域に達している。

そりゃ彼女は欲しい。けど妄想戦士《ドリームソルジャー》の彼女はいらない。強がりじゃないぞ？　妄想戦士《ドリームソルジャー》たちのオリジナル設定を聞かされるたびに、俺の腕には鳥肌が立つんだ。生理的嫌悪《けんお》感がある相手と恋はできないだろ？

もうひとつ心外なことはある。

良子《りょうこ》のやつ、年上にはわりと受けがいいようなのだ。信じ難いよな。

特に三年女子からの好かれようはただごとではなく、よく呼び止められて頭を撫《な》でられて衣装を触られてお菓子をもらっている。あいつはそんな時でも無言・無表情のキャラを崩すことはなく、礼もいわず、まるで可愛《かわい》げがないはずなのだが、逆にそこがイイらしい。

……わからんわ、お姉様方の世界は。

同世代女子の良子へのキモがり具合を考えると、その差がどこから出てくるのか気になってくる。年齢というより、下の世代だから痛くても他人事《ひとごと》ということがあるのかも。

ついでに俺も恩恵《おんけい》に与《あずか》っている。「彼氏守ってやれー」「まだエッチすんなよー」「かわりにあたしが胸くっつけてやるよほらほら」「困ったことがあったら相談しろよ、いいな？」巨乳の群れに囲まれてもみくちゃにされる時、俺の記憶は限りなく断片的になる。あまりの快楽に時間がすっ飛んでいるのだ。ペット扱いだというのは承知《しょうち》しているが、クラスのまともな女からキモ虫扱いされている身としては……どうしても、な。

俺たちをめぐる状況は複雑怪奇で、たとえばどりせんなんかも謎が多い。あの権力と手回しのよさは若い一教師としては異様だ。

教師たちは弱みでも握られているのかと考えたこともあるが、すべての教師がどりせんを嫌っているわけでもないようなのだ。熱烈な支持者もいる。良子のメンタル面ではデリカシーの欠如著《けつじょいちじる》しく無力だが、他のことは頼りになる。

教師と三年女子という後《うし》ろ盾《だて》は、ハブ全開の俺たちにとってはなかなかにありがたい。毎日学校に来る勇気がもらえるからな。

だがありがたくない味方ってのも時には存在する。人数だけでいえば十五名以上の、文句なしに一A最大勢力だ。おそろしいことに……そいつらは……良子ではなく――

俺が、好きらしい。

その日も、教室に入るとすぐにやつらが押し寄せてきた。

「おお飛霊《ヒューレイ》！　今ゼウスヘイムからの通達によるとやつらが」

「……どけ、鈴木《すずき》おさむ」

押しのけて自分の席に向かおうとすると、やつは憮然《ぶぜん》とした顔でいった。

「我《われ》は騎乱《きら》。鈴木に非《あら》ず」

出たよ騎乱。本人、これが真名《まな》（本名のこと）だと言い張る。

「忘れたか飛霊《ヒューレイ》！　我は〈多元異世界ゼウスヘイム〉で生まれしオッドアイの妖精族だけが

なれる〈邪聖剣士《じやせい》ツヴァイ・バンダー〉。〈天界院《てんかいいん》〉直属、世界で十二柱《ちゆう》しか存在できぬ誉《ほま》れ高き――」

「黙れよパーフェクト黄色人種」

ひとり斬り伏せても、鈴木《すずき》を皮切りにして同級生は次から次へと詰め寄ってくる。

「佐藤《さとう》！ 〈アカシャ断章《だんしよう》〉の大いなる秘密について話す時が来たようだ！」「佐藤が〈魔神騎士〉だったとは。だが〈闘装騎震《とうそうきしん》イグナイト〉はたとえ友でも敵《かたき》を討つ！」「たとえ貴様《きさま》が〈兜率《とそつ》一刀流〉の使い手であろうとも〈織田《おだ》流第六天魔剣《てんまけん》〉の継承者である拙者《せつしや》には勝てはせんさ」「佐藤くん、疼《うず》くの。血が足りないの。血を分けてほしいの」

「解散してくれ！」

ねじれた俗物どもを追い払う。すぐに次の女が前に立つ。

「ククク ッ」

妄想戦士《ドリームソルジヤー》の妄想炸裂《もうそうさくれつ》パターンの基本は誘い受けだ。まずキョドってみせ、誰かが絡んできたら猛然とオリジナル設定を垂《た》れ流す。だから無視が効果的だ。

ところが俺には、パターンを崩してでも己の世界を語りたいと思わせる負《ふ》の人徳《じんとく》があるらしい。無視されると作戦を切り替え、即座にゲロってくる。

「ああ佐藤くんごめんね、私多重人格だからごめんね。今のは一七二番目の人格キャシーなんだけど彼女は怒らせせない方がいいから……」

どうかしてる。

「OK、散ってくれるか」

このクラスはどいつもこいつもいかれてる！

「ぐぅっ！」横を通りかかっただけで、とある男子が片目を押さえて苦しみだした。「いったいなんだ、この闇《やみ》のプラーナはッ！　ま、まさか……佐藤……あいつが闇の皇子《おうじ》!?」

無視無視。

「佐藤くん」女子に声をかけられる。「クラスのみんなのことは大丈夫。私が……守るから。命に代えても……」

「散ろうぜ」

「フフフ佐藤、今日は良き天気じゃあないか」薔薇《ばら》をくわえたずんぐりむっくりした男が声をかけてきた。「どうだい？　放課後うちでフェンシングでも？」

「花と散るらむ」

女子がぶつかってきた。目を閉じたまま歩くことで有名な森《もり》だ。こいつもキツい。

「あっ、ごめんなさい……このにおいは佐藤君？　ごめんね、私、目が見えないから……けど嗅覚《きゅうかく》は発達してるから、話している人を識別はできるの、フフ」

森は両目視力二・〇ですからハイ。目が見えない女の子ってイケてると思いこんでなりきってるだけなんです。

無視して、ようやく自分の席にたどり着く。最近は毎朝、座るまでこうして何人もの相手を強《し》いられていた。おかげで最近は子鳩《こばと》さんと挨拶《あいさつ》する機会も減った。これが一番こたえた。

今日もようやく席に座ったが、なお猛攻は止まらない。

やつらはこぞって俺を救ったり倒したり共闘したり警告するために声をかけてくる。

「くっ、妖腕《ようわん》が！　誰だ、この巨大な妖力の持ち主は！（↑俺らしい）」

「我《わ》がマーヤー幻術を打ち破りし者がいるとは（↑俺らしい）」

「兇呪願《きょうじゅがん》発動まで三か月。それまでに俺は、やつ（↑俺らしい）をさがし出せるのか？」

囲まれて設定をぶちまけられる。

「散れ」

言葉だけではやつらはなかなかひるまない。そもそも人の話を聞く力がない。自分が妄言《もうげん》を排泄《はいせつ》するだけなのだ。排泄されたそいつを、よってたかって投げかけられているわけだ。意思とは無関係に鳥肌が立つのもうなずけるってもんだろう？

ちなみに良子《りょうこ》がやってくると連中は速《すみ》やかに撤退《てったい》していく。推測するに、妄想戦士《ドリームソルジャー》としての格は良子が上なんだ。絶世の美人の隣《となり》に立つのを女たちがためらうのと同様、妄想戦士《ドリームソルジャー》たちもよりハイエンドな相手と比べられることを避ける。クラスで一番イタいやつってことでもある。そしてクラスで一番頭の痛い思いをしているのは誰かというとこの俺だ。かわいそうだろ？　絶賛同情募集中。

「エフェソスメアはおそるべき敵だ。たとえ十二騎がそろったとしても」「アカシックレコードにすでに存在しない。砕け散ってしまったのだ。つまりだな」「アースは地底最高の天才科学者だった……俺の闘装騎《とうそうき》を設計したのも彼女で」「侍《さむらい》たるもの」「血が」「第一〇八五人格のエディは諜報《ちょうほう》活動のプロで」「秘密結社クリシュナという組織で」

怒濤《どとう》の猛攻を前に俺にできるのは、淡々《たんたん》と抵抗を続けることだけだ。

「散れ、ダウトども」

最終コマである六限目がＬＨＲ《ロングホームルーム》というのは、生徒にとってなかなかウキウキする時間割りといえる。だから議題が『席替え』でさえなければ、これほどピリピリすることはなかっただろうな。

席替え。一度決まったらそう簡単には変わらない、高校生活の節目《ふしめ》となるイベントだ。

教師は軽く考えがちだが、とんでもない。生徒にしてみれば、ここまで重要なイベントはそうはない。誰だっていい席を取りたいと思うし、逆に苦手《にがて》な相手からは離れて座りたい。

『いい席』というのは場所というより周囲に誰がいるかだ。自分をいじめてくる相手にそばに座られると、心休まる暇《ひま》もなくなるだろう？

誰だって気の合った者同士でつるみたい。誰だって。

故《ゆえ》に席決めの話し合いとは、生徒たちの情念渦巻《うずま》くおそろしい時間となる。

「さあどうしましょう。みんなの意思を尊重したいと思います！」

権力はあっても指導力のなき教師、どりせんが高らかに宣言する。

「提案ですけど」ロード高橋《たかはし》の提案だった。「みんな仲の良い人と座りたいと思うので、グループ単位で座ることだけは決定しときたいんですけど」

特に声があがったわけではないが、妄想戦士《ドリームソルジャー》をのぞく皆の反応はいいようだった。誰から見ても妥当《だとう》な提案なのだ。

「異論はないようだね。ならそれでいいよ。高橋君、じゃ議長やってくれますか？」

どりせんにかわり高橋が教壇に立つ。大人びているし堂々としているしで、背広さえ着れば新任教師としても通用しそうな男だ。

「じゃあまずグループ別のメンバーを書き出した方がいいな。書記欲しいけど。ユーミンやってみない？」

「やだ」ユーミンこと大島《おおしま》ユミナが短く拒絶した。高橋は苦笑するしかない。

身内でも女王様なんだな。

「コバ、あんたやんなよ」「うん、いいよ」「ならアキがやってみたいかも」

貴女三人でトークが一巡《いちじゅん》して、結局出てきたのは忌野《いまわの》アキというハーフの女子だった。これもとんでもなく美形なのだが、とらえどころのない性格が俺にはちょっと怖い。いかにも経験豊富なギャルって感じで、相対すると見透《みす》かされそうなタイプ。爪のヤスリがけを中断し、ルーズめにアップした髪束を揺らし教壇に昇った。

「チョーク手につくの嫌《いや》かも。裕太《ゆうた》ティッシュちょうだい」

「持ってないよ。新品開けるや」

「じゃいい。誰かからもらおうか？」

忌野は自前のピンク色のポケットティッシュをパリッと割り開く。

「あんじゃん」

「使いたくなかったのかも」

なんかのブランド物買った時のおまけだったんだろうな。

チョークをティッシュで巻いた忌野が「いいよ」と振り返る。

「じゃまず俺たちのグループから」

黒板に高橋・山本《やまもと》・伊藤《いとう》・大島・子鳩《こばと》・忌野の六人が書き出される。

「次に……川合《かわい》たちは？」

「俺らは――」

川合・小林《こばやし》・中村《なかむら》・斉藤《さいとう》・渡辺《わたなべ》の五人がひとくくりに書かれた。クラスの普通系男子を全部集めたようなグループ。結局、斉藤たちもここだ。ちょっと前まで俺も一員だった。

「太田《おおた》は小堺《こさかい》とペアでいいのかな？」高橋《たかはし》が声をかけたのは、いわゆる隠さない系のオタクのコンビだ。ふたりは声ではなく、首振りだけで首肯《しゅこう》した。

「吉沢《よしざわ》は希望とかある？」

「外周。後ろの方」

どこにも属さない寡黙《かもく》なアウトロー、吉沢が素《そ》っ気《け》なく答えた。うちのクラスで最初に誰かを蹴るか殴るかするのは、たぶんこいつか山本《やまもと》だろうな。高橋も吉沢には一目置いているし、吉沢は誰とも話さないから、外周配置というのは皆にとっても穏当《おんとう》だ。

さて、ここからが問題だ。触れにくいものに触れないといけないぞ、どうするんだ議長。とはいえなんとなく展開は予想できるんだが。

「で、残りは……佐藤《さとう》のグループ、でいいかな？」

予想通りか。運命には逆らえない。俺は一度だけうなずいた。

結果、このグループは俺を含む男子妄想戦士《ドリームソルジャー》七人という大所帯《おおじょたい》になった。

「次、女子グループだな」

こっちも非常に単純な結果になる。貴婦人三人をのぞいた普通系女子が全員まとまってしまっていた。件《くだん》の尾崎《おざき》さんもここに属した。

「ええと、あと残りの女子って……どうなの？」

さすがに高橋もおっかなびっくり問いかける。

「W佐藤グループなのかも」不本意だが正解だよ忌野《いまわの》。

「え、マジ？　全部？」

ということで俺のグループに、女子の名前も書き加えられた。

良子《りょうこ》を含む女子妄想戦士《ドリームソルジャー》九人全員だ。男子と足して十六人だ。

クラスの半分がひとつのグループになっていることが、板上で瞭然《りょうぜん》となる。キモ集団とくくられる層がクラス最大勢力。数のプレッシャーというのは、名簿にするとインパクト抜群だ。

高橋も小声で「うーわ」と呻《うめ》いていた。

「これどうするかな。佐藤グループ多すぎ」

「お好きに。どこでもいいよ」と俺。

もう席替えなどどうでもよかった。なるようにしかならない。

「そ、そうか？　なるべく一緒にまとめるようにするから……」

各グループから希望を取りながら、高橋や山本がノート上で座席表を作りはじめる。ときおり大島《おおしま》が口出しをした。子鳩《こばと》さんは会話に加わらなかった。ずっとうつむいていると思ったら膝《ひざ》の上でこっそり『マリみて』を読んでいる。巨星だと思った。

「アキちゃん、じゃこれ書いてくれる？」

ノート上の座席表が黒板に写される。

予想通り、俺たちは前方に固めて隔離《かくり》されていた。人数が多すぎて国境線が長くなるのは不《ふ》可避《かひ》なので、妄想戦士《ドリームソルジャー》と隣《となり》同士になる一般人も増える。たちまち教室からいくつかの悲鳴があがった。

「嘘《うそ》でしょ!?」

涙目になって叫んだのはお隣の尾崎《おざき》さん。彼女は良子《りょうこ》の隣にセッティングされていた。

「無理です、イヤって言ってたのに」

「でも尾崎さん後ろがいいんだろ？　他に選択肢《せんたくし》ないんだけど」

「隣になるくらいなら前でいいから！」

太田《おおた》が挙手して、どっしりした体格とは正反対のか細い声で訴える。

「……おれ、視力悪い。前でないと……」

「えっ？　そういうの先に言ってくれよ太田」

「俺後ろ外周って言ったべ？」吉沢《よしざわ》も口を開く。

揉《も》めに揉める、席替えのおそろしさだ。誰もが妄想戦士《ドリームソルジャー》と接するのを拒《こば》み、話し合いは難航した。書き直しが繰り返され、何人もが泣きわめき、幾人《いくにん》かがキレた。

結局、こうまとまった。

　　661
555666
55■■■佐
44■■■佐
44■■■■
22■■■■

　グループ名は人数で示している。『■』が妄想戦士《ドリームソルジャー》だ。

『佐』というのはW佐藤。俺と良子はどこに配置しても煙《けむ》たがられたため、座っている場所に変化はなかったわけだ。

　見ての通り、妄想戦士《ドリームソルジャー》団は通常権力者が座る地域、窓際《まどぎわ》後部エリアを独占していた。女王蜂《じょおうばち》が「日当たり強いから窓際はイヤ」と主張したことも大きい。吉沢の主張も無視できず、貴族グループは配置にズレができてしまった。貴族が損するのは珍しいパターン。

　もっと冷静に検討すれば俺たちを隔離《かくり》するベターな配置はあったはずだが、混乱や意見の錯《さく》綜《そう》というのは正常な判断をパラライズさせるという好例だ。領土を与えて、どう座るかは各グループに任された。机と椅子《いす》を持って移動開始。ガタゴト騒がしい時間にあって、移動の必要がない俺と良子だけが台風の目みたいだった。

「いちおう確認するけど、場所に不満とかないよな?」

「一郎《いちろう》と隣接しているなら場所は問わない」

「……そうかい」

色恋話なら素敵なセリフだったのだが、ストーキング宣言だからなこれ。

「あ、おまえ携帯なんて社会的なアイテム持ってるじゃん」

やたら機械杖《きかいじょう》をいじっていると思ったら、昨日までなかった携帯電話が先端部分に埋没《まいぼつ》していた。

「この世界の原始的な携帯電話とは異なる。〈ターミナルゾーン〉で使用されている万能デバイス」

「もうその設定でいいや」

「一郎の連絡先を提出すべし」

「え、携帯番号交換すんの?」すごくイヤだった。

「緊急連絡に必要であり、すでに番号交換は決定されている」

「誰に」

「〈全権保持者クレディター〉だ」

メダルを鎖《くさり》ごと持ち上げてみせた。

「やあ出ましたね。その魔女っ娘玩具《こがんぐ》がどうかしましたか?」

『全権保持者は佐藤《さとう》一郎に通告する。ホットライン敷設《ふせつ》に協力せよ』

「口がモゴモゴ動いてんぞ、良子《りょうこ》」

「…………」

「腹話術《ふくわじゅつ》うまいよな、おまえ。すっかり騙《だま》されたよ、最初のうちは」

「…………」

ちっ、正々堂々無視かよ。

「佐藤くーん、佐藤くーん」

呼ばれていたことに気づく。

気がつけば、右斜め前に子鳩《こばと》さんが座っていた。

「あれ？　そこなの？」

「そうなんですよ。自然と決まったんですよ。よろしく～」

「……よ、よろしく」声が上擦《うわず》ってしまった。運命のやつは巧《たく》みにアメと鞭《むち》を使いこなす。

子鳩さんは少し緊張した面持《おもも》ちで、俺の左隣《ひだりどなり》にいる怪人にも話しかけた。

「そっちの佐藤さんもよろしくね」

「…………」

子鳩《こばと》さんは唯一《ゆいいつ》、良子《りょうこ》に話しかけてくれる女子だ。良子が応じたことは一度もないけど。

「これは記念にみんなで遊びに行かないとだね～」

無邪気《むじゃき》に子鳩さんが笑う。社交辞令だとしても心地よい会話である。席替えで嬉《うれ》しいと思えたのは、生まれてはじめてかもしれない。だから次は鞭《むち》の番だろう。アメの甘さに見合う、どんな壮絶《そうぜつ》な悲劇が待ち受けているのやら。


鞭打ち刑は休日に執行《しっこう》された。

ここ最近、ずっと俺いじめに精を出しているデスティニー～運命～さんは本当に容赦《ようしゃ》なくていらっしゃって、残された最後の楽園である休日プライベートを実に見事な段取りで破壊してくだすったわけ。

惨劇《さんげき》は、一本の電話からはじまった。

『佐藤《さとう》かい。僕どりせんだよ。今から駅前に来てくれないかな?』

「……無茶振りっすねえ」

『今日のミーティングは、佐藤が今後心安らかに過ごすための一助となるはずだよ』

という甘言《かんげん》にホイホイ乗せられた俺は、ジーンズメイトとユニクロ様とコンバースで身を固め、駅前までチャリを飛ばしたのだった。

「先生？　どこですか？」

待ち合わせ場所の広場に来た途端、物陰から清水崇《しみずたかし》監督のホラー映画あたりに出てきそうな病的ギラ目の怨霊《おんりょう》が襲いかかってきたが、良子だった。

「ぎゃ――――！」

マジで心臓は数秒間止まっていた。技師逃げてた。

「おまえ――――！」

恐怖は怒りに転じる。良子の小さな頭部を右手でつかみ、前後左右に揺さぶる。

「がじり」

「いってー！」また噛《か》まれた。「驚かしたそっちが悪いんだろ！」

良子が姿を見せると、休日を楽しむ人々の視線は一斉《いっせい》に俺たちに突き刺さる。今回は俺も悲鳴をあげたのでことさらだ。

「ど、どりせんは？　電話もらったんだけど……どうして良子がここにいるんだ？」

「電話はリサーチャーがしたものであり」

「ハッ！　嘘《うそ》だね。リアルどりせんの声だったね！」

『愛だよ、メンズ。愛の探索だ』

良子がどりせんとそっくりの声を出した。

「あんたの声帯模写《せいたいもしゃ》って天才的っすねェ！」

「マルチパーパスデバイスの音声変換機能を用いれば容易《たやす》きこと」

「いやマシン関係ない。物真似《ものまね》だ。超うまいことは認めてやるが」

俺を連れ出すための罠《わな》だったわけだ。

「待て、携帯番号はどこで調べた？　教えてないぞ？」

「ハッキングした」

「嘘《うそ》つけ」

「ソーシャルハッキング。どりせんに電話。回答を得た」

マジでクラッキングの基本テクじゃないか。

難しいご時世でもあっさり個人情報をバラす素敵な担任。

「卑怯《ひきょう》だぞ良子《りょうこ》。俺は傷ついた。街での探索《たんさく》は拒否するからな」

「一郎《いちろう》が怠業《たいぎょう》しているため、リサーチャーは単独で探索を続けている。効率極めて悪し。特一級勧告、一郎は速《すみ》やかに探索に加わりマスターユニットをバックアップすべし。アイハブコントロール、アイハブコントロール」

「……探索は学校内だけでいいだろ？　な？」

「竜端子《りゅうたんし》は学校にも存在するが、街中にも確認されているおり、駄目」

「あ、今駄目っつったの人間っぽかった。演技のほころび発見。やーいやーい」

「………………ッ」

良子が肩をぐいぐい押しつけてくる。抗議行動。

「ちょっと、押すなこいつ、あぶねっ、うおっ」

危《あや》うく噴水に落とされそうになった。

良子の体を引き離し、改めて説得する。

「じゃあ街のどこにあるんだよ。漫然と人の多いところばかり行こうとしやがって。そこまで作りこんだ設定なら、竜端子とかいうのも自作してどっかに置いてあんだろ？　まっすぐそこに向かえよ」

「一郎の誤解は著《いちじる》しい。竜端子はもともと存在していたものだ。自作などできない。あれらは千年以上を生きた竜がさらになんらかの環境変化によって耐性形態へと至った姿。故《ゆえ》にその希少価値は高く」

「そういう設定はもういいよ……ゼウスヘイムとかイグナイトとかさ。うんこなんだよ」

どうすればこの悪夢の連鎖《れんさ》から解放されるのか。

「とりあえずそのローブさ……まあぶかぶかのコートに見えなくもないから、しっかり前とじて一般人を装《よそお》ってくれよ」

『リサーチャーの用いる呪的隠蔽式《じゅてきいんぺいしき》は現象界人だけではなく各種情報体も対象とする。佐藤《さとう》一郎の発言にはなんら実効性がないと全権保持者は判定するものである』

「……その腹話術《ふくわじゅつ》も禁止な」

メダルも怪しいアイテムだ。体に触れないよう、ローブの内側に放りこむ。

「杖《つえ》も隠せ。秘密のローブがすべてを隠してくれるさ」

これで、なんとかぶかぶかな服を着ただけの人を装《よそお》うことが……できてない！

全然できていない！　無理だ！

怪しい、すごく怪しい。怪人だ！　無理だって最初からわかっていたけども！

「ブギーポップ先輩だって普段は衣装スポルディングに隠してるだろ！　見習えよ！」

そうこうする間も、通行人からの失笑は絶え間ない。一刻も早く逃げ出さなければならぬ。好奇の視線から、苦笑《にがわら》いから、上から目線から、冷笑から、二度と浴びたくない感情の数々から、そしてなにより忌《い》まわしき過去から。

ちょうど良子《りょうこ》の腹が鳴る。

こいつには多分に不摂生《ふせっせい》の傾向があるが、肉体は健康できちんと昼に空腹を訴える。

「良子、まずエネルギーを補充すべきだと思うが」

「その提案には同意しても良かろう」

偉そうに。けど人目につかない場所に移動するチャンスだ。

駅の東口はデパートなどもあってけっこうな賑《にぎ》わいだが、西口に出て駅からほんの五分離ればたちまち繁華街のメッキははがれる。所詮《しょせん》はおらが街。住宅が建つ予定の空き地ばかりの地区に入ると、見晴らしが一気に良くなる。人もほとんど通らない。

「コンビニか、なんかないかな」

コンテナみたいな小さな建物のそば屋だけが、道路に面して一軒だけ営業していた。駅構内にあるそば屋と同じ作り。

良子とともに突入した。

五十代くらいの夫婦は良子を見て不思議そうな顔をしたが、それだけ。世代差からくる意味不明なファッションとでも理解してくれたか。

「粛々《しゆくしゆく》と食おう」

どうせ良子はメニューなんて決められないはず。ふたり分注文しようと思っていると、メニュー裏側に掲載されている一品をやつは指さした。とてもとても珍しい行動。

「これは何か」

「ん？　これはただの上天もりじゃん。ああ、エビでかいわ。高いな、一二〇〇円か」

「竜の形に似ている」

似てるか？

エビは若干《じやつかん》モンスターっぽいのはわかるんだが。まさかこれが竜端子《りゆうたんし》とでも？

……ありえねぇ。こいつを二人分頼むと二四〇〇円だ。

サイフの中身に思いを馳《は》せ、そしてもはや使う予定などないことに気づく。娯楽《ごらく》の本もほとんど買わないだろうし趣味もないし交友関係にも金はかからない身だ。

「……上天もりそばふたつ」

やがて盆に載った天もりが二人前やってくる。反射的に炸裂《さくれつ》した良子《りようこ》の手づかみを阻止《そし》し、箸《はし》を持たせた。

「非論理的工具」

「うるさいなー。みんな頑張って慣れたんだよ」

悪戦苦闘しながらも、そばには目もくれずにエビ天にかぶりつく良子。上天もりには二尾のエビを中心にして、キスとかぼちゃとしその天ぷらが脇を固めている。たちまち二尾のエビは魔女の胃袋に消えた。満足そうに手の甲で口元をぬぐう。

「エビ天、食ったことなかったわけ？」

「現象界の食物は非論理的な——」

「そうね、そうね」

不人気アニメを打ち切るプロデューサーの厳しさで強引に会話を切断する。

「そんなことより食おうぜ。キ、」その単語を口にするには微量の勇気を要する。「キシュの天ぷらもうまい」そりゃ噛《か》みもするさ。

貧相な外観の店なのに、味は驚くほどだった。手打ちそばは自宅で茹《ゆ》でた乾麺《かんめん》では絶対に出ないコシを持っていて、細切りネギと擂《す》り胡麻《ごま》だけでいくらでもするすると入る。踊る歯ごたえが楽しい。合間に天ぷらを口に運べば、カラッと乾いた衣《ころも》は重みのない歯触りでくしゃりと砕けた。

　エビのほかには興味なさそうだった良子も、俺の愉悦《ゆえつ》に染まった顔を見て面倒そうにそばを口に運び、そして目を丸くした。手の動きが早回しになる。

　脇役のしそ天でさえ、どんぶり飯をたいらげることができそうなほど美味《うま》い。良子もリスみたいに小刻みな咀嚼《そしゃく》で天ぷらに齧《かじ》りついている。キモ可愛《かわい》い系。テレビの中で見てる分には笑えたかもしれない。

　おばちゃんが小さな朱塗《しゅぬ》りの容器をふたつ置いていく。良子は見逃さない。目を近づけて容器を上から下から舐《な》めるように調べる。

「今気づいたけど、おまえしばしばヒットエンドランの人と芸風かぶってるからな」

「この物質を調査する必要を認めた」

　妄想戦士《ドリームソルジャー》は高い精神防御値を持つため、攻撃力低いツッコミはノーダメージなのだ。

「……そば湯だ。そば茹でるのに使った湯」

「産業廃棄物」

「店叩き出されるぞおまえ」こいつひとりだけそうなるなら構わないが。「そば食ったあとつゆに好きなだけ混ぜて飲むんだよ。食後の茶みたいなもんだ」

　良子が不用意に容器を傾けて、中身をこぼした。

「……ッ！　……ッ！」

「ばか」ふきんで素早く湯の防波堤《ぼうはてい》を作る。「湯で遊ぶなばか！」

おばちゃんが迷惑そうに俺たちを見ていた。

この店のことは気に入ったのでまた食べたいが、次はひとりで来ることに決めた。

会計中、レジ横の『落とし物コーナー』にどこかで見たものがひとつ取り残されていた。金属の棒。細工の彫りが甘くなっていて、ボロボロだ。どこで見たんだっけ？

保健室だ、と頭上に電球が灯《とも》った。

「気に入ったら持っていっていいよ、それ」レジ操作をしながら店のオヤジがいう。

「え、でも俺が落としたわけじゃないですよ」

「それ、ずっとあるんだよ。玩具《おもちゃ》だと思うし。いいよ」

苦笑《にがわら》いを浮かべて笊《ざる》に戻そうとすると、良子《りょうこ》が飛びついてきた。乱闘になった。

「ちょっと！　お客さん！　ひいっ、人間？　霊？　呪怨《じゅおん》!?」

襲い方が完全に怨霊《おんりょう》系だったので、オヤジの狼狽《ろうばい》はよく理解できる。ちなみに『呪怨』というのは呪《のろ》いが無制限コピーされていく幸《さち》薄い内容の映画だ。清水崇《しみずたかし》監督作品。

「ひいぃっ！　警察っ、警察呼ぶのよぉぉぉ！」「いかん！　呪いが拡散してしまう！　映画『スウィートホーム』の間宮《まみや》夫人の霊みたいに情で成仏《じょうぶつ》……〈情仏〉させるんだ！」

店主ホラー映画マニアか。

「てめーいったいなんなんだよー！」キレて俺も叫ぶ。

「ア・ア・ア・ア・ア！」

いつもクレイジーだが、今日はフルブーストだ。まるで〝覚醒《かくせい》〟。

謎めいた主人公やヒロインはたいてい苦境時に暴走し、覚醒する。そして敵を殲滅《せんめつ》する。物語を盛り上げる黄金パターンだ。三次元世界で発生するとこれほど痛い出来事もないが。

良子は俺の手から棒をもぎ取ると、ドアに肩をぶつけてはめこみガラスをシャンシャン鳴らしながら一目散《いちもくさん》に逃げ去った。

冷静になったオヤジが（怨霊疑惑《ぎわく》は晴れたようだ）釣り銭を渡しながらいう。

「……出入り禁止ね、君たち」

「……はーい」

猛ダッシュで良子に追いつき、襲いかかった。

「悪《あ》しき魔女め！　クエストされてーのか！」

手を出すほどではないが、棒を取り戻さねば気が済まない。熾烈《しれつ》な奪い合いになった。

「んううっ！」「んがががっ！」

互いのほっぺや髪を鷲《わし》づかみするだけの実にちんけな格闘戦が展開される。のどかな更地《さらち》を貫《つらぬ》く真新しい歩道で、俺たちのストリートファイトは百なんとか式・闇払《やみばら》いとかの必殺技が出るでもなくどこまでもちっぽけだ。

いやあ、ライトノベル風の格好良い戦闘シーンでなくてすいませんね。

ボン、ボン、ボン、ボンボンと重低音を響かせながら通り過ぎるスポーツカーの中で、派手なカップルが俺たちを指さして笑い転げていた。

窓から運転手の男が叫ぶ。

「がんばれオタクー！」

事故ってしまえばいい。

良子《りょうこ》と一緒にいると俺までオタクに見えるらしい。高校デビュー意味なし。

やがて互いに息切れして、争いは決着がつかないまま終わった。更地《さらち》を囲む杭《くい》に寄りかかり酸素を摂り入れるだけの生き物になる。棒は取り戻せなかった。

「もう、もうっ。イライラするなあっ。なんなんだよ、その棒」

「竜端子《りゅうたんし》」

「なにおう?」

その棒が？　それが？　必死にさがし求めていたアイテムだってのか？

「ちょっと見せてみろ」

「…………取るから断る」

「取らないから、返すから、見せてくれ。仲間だろ」

仲間、というのが効いたのか、良子は棒を俺に差し出した。

竜端子。といわれれば、竜の形をしているようにも見えた。西洋竜というより、東洋の蛇《へび》っぽい竜に近いのかな。ワームとかそっち系にも見える。翼などはないようだ。

校内にあり、街にもあるという良子の情報は正しかったわけだ。

「ほらよ」

竜端子は杖《つえ》の収納スペースに大事そうに納められた。

不可解だ。竜の死体というのは嘘《うそ》にしても実在したとは驚きだ。複数あるのはどういうことなんだ？　全部でいくつあるんだ？

鍵《かぎ》は保健室にあるはずだった。

あくる昼休み、保健室に出向いた。

ふんわりした金髪ショートパーマの養護教諭《きょうゆ》は座って爪先をぴーんと伸ばしたダイエット体勢で、こんにゃくゼリーを勤労女性愛用飲料水コントレックスで流しこみながら、『彩雲国《さいうんこく》物語』を読み耽《ふけ》っていた。ぐっと膨《ふく》れそうになる負《ふ》の感情をねじ伏せる。いい大人が……いや、彩雲国は年配女性にも読まれているとネットで見た記憶がある。無問題か。

「どこか調子悪いの？」

「いえ、今日は別件です」

室内を眺めて、例のブツをさがした。

机の上、乳白色《にゅうはくしょく》のペン皿にそれはまだあった。印鑑《いんかん》ケース。

「その金属棒についてなんですけど、詳しいことを教えてください」

「男の子には関係ないものだよ？」

「今は関係あるんです。できたら譲ってほしいとも思うんですが」

「それはできないなあ」

「えっと今、ちょっとそれをさがしている女の子の手伝いをしていて、ぶっちゃけください」

「犯罪、だと思う、それ」

「なんですって？」そのつもりはなかったが。「そんなことはないでしょう？」

養護教諭《きょうゆ》は印鑑ケースを手に取る。

「なんだってできるよ、これがあれば。どんな願いだって叶《かな》うかも」

「先生、マジっすか。先生ともあろう者が、信じちゃってるんですか」

「もちろんそう。あたしは信じてるよ。コレの持つ大いなる力……金色《こんじき》の力」

「金色の力」

また途方もない設定が出てきたな。

良子《りょうこ》だけではなく、第三者にまで知れ渡っている。おまじないといっていたからその関係なんだろうけど。俺が考えるよりずっと根の深い事件なのか。

「たとえば君が、お金が欲しいと思ったとするよね？　その願いは、叶うの」

「まさか」雲をつかむような話じゃないか。

「たとえば君が、あの人を破滅させたかったとするよね？　その願いも、叶うの」

「……呪《のろ》いっすね」

「そう、コレの持つ力を侮《あなど》ったらいけないのね。悪用すれば必ず誰かがひどい目に」

「先生がそれを手放さないのはなぜなんです？　危険ならしかるべき筋に渡さないと」

養護教諭の顔から一切の表情が消えた。

「……あたし、車が欲しいの。日産《にっさん》ブルーバード・シルフィが欲しいの」

「ええっ、先生はまさか……その竜端子《りゅうたんし》を使って？」

「そのまさかよ！　あたしは魔法のスティックを使うつもりよ。そしてシルフィちゃんを手に入れるつもりよ。だからあなたには渡せない」

保健室の先生とは思えない、険しい眼差《まなざ》しじゃないか。

そんなところに巨悪が潜《ひそ》んでいただなんて。

「見過ごせません。俺が預かります。渡してください」

「イヤかな。あげないよ」

子供っぽい仕草で後ろ手に隠してしまう。

「学校関係者が呪いを悪用なんてしたら、『ムー』や『ドラゴンマガジン』にスッパ抜かれますよ」

自分で口にしておいて「あるわけねー」と思ったけどさ。

「第一シルフィってなんかオバサン臭いっすよ……マークXとかの方がまだ」

養護教諭《きょうゆ》はにわかに鬼嫁《おによめ》ランクの顔つきになった。

「そんなことないもん！　シルフィちゃんは女の子に優しい車だもん！　名前が気に入ったんだもん！　ちなみにシルフィは風の精霊のことなんだよ。水のウンディーネとか森のドライアドとかもいて、上位精霊でイフリートとかもいてね？　助けてくれるのエルフを！」

「シ、シルフィとぞシル豆知識ですね」

絶対この人、『ロードス島戦記』とかも読んでるよな。

ちなみに俺は間違えて『ロードス島攻防記』（著・塩野七生《しおのななみ》）を買ってしまったことがある。目的の本ではなかったが、これは鼻水が出るほど面白かった。もちろん史実をもとにした小説なので精霊とかは出てこないけど。

「渡さなーい。渡せなーい」ケースを抱えて、ベッドの上に逃げた。

「そこまでゲロされたら、俺も日本国民としての義務を無視できません。没収《ぼっしゅう》します」

養護教諭に飛びかかる。じたばたするうち、胸元に顔が埋《うず》まってシャツの隙間《すきま》からお姉さんパフュームを鼻孔《びこう》いっぱいに吸ってしまう。脳内がピンク色の衝動で埋め尽くされたが、気合

いで目的を優先した。

「渡してください」「ぜったいだめぇ」

「先生、授業サボって昼寝したいんでベッド貸してくださぁいっす！」やってきたド派手な髪の二年女子はベッドの上でくんずほぐれつする俺たちを一目《いちもく》すると「うひー、ケータイ小説みたいっす――――！　号外ごうがーい！」と叫んで廊下《ろうか》を走り去った。

「隙《すき》アリ！」「あっ、取られた」

一瞬の隙を衝《つ》いてケースを奪取《だっしゅ》し、ベッドを離れる。

「あのねえ、キミ勘違いしてると思うんだけど」

「さて中身は……って、あれ？」

ケースに収まっていたのは本物の印鑑だった。

「ね？　勘違いでしょ？　それはあたしの本物の実印なの」

「前に見たやつは？」

「たまたま似たようなケースだっただけで、別物だよう。そういってたのに。ちなみに新車ちゃん買うの。シルフィ。契約《けいやく》に実印いるから持ってきてたの」

「呪《のろ》いとかの話は？　金色《こんじき》の力は？　悪用したら誰かがひどい目に遭うとかは？」

「呪い→実印の侮《あなど》れない証拠《しょうこ》能力。金色の力→金銭が絡む契約の法的拘束力《こうそくりょく》。悪用→実印なので犯罪に利用されたら大変」

「わっかりにくいなあ先生の話！　じゃあ前の棒はどこに⁉」

「女子生徒にあげたよ」

「なんで？　誰に？」

「そういう種類のおまじないなの。必要としてる子にあげただけだよ。一年生ちゃんだからまだ名前は憶《おぼ》えてないの」

一年生女子の誰かの手に渡った。暗澹《あんたん》たる気分になる。

「他にないんですか、あれと同じやつって」

「詳しいことはわからないの。ただあれを媒介《ばいかい》にしたおまじないが、この街には前からあるみたいね」

そうか、良子《りょうこ》のやつは流行のおまじないに自分の妄想《もうそう》を絡めていたのか。見えてきた。

「おまじない、したかったの？」

「そういうわけでもないんですけど、ワケアリで」

「どんな？」

マンガとか小説によく出てくる日常の背後で闘う人になりたいがあまり、自分を魔女だと信じ切ってしまった子が興味持ってるみたいなんですよーアハハハ。なんて説明できるはずもない。曖昧《あいまい》な笑みを浮かべながら保健室を退出した。

帰りのＨＲ《ホームルーム》。いつものようにどりせんは満面の笑顔でやってきた。

最近は、このスマイルが作り笑いかそれに近いものであることがわかってきた。ごくまれにどりせんから放出される強いオーラが、俺に真相を語る。

およそオーラ量は人間力に比例する。

人間力とは、人間の人間たる人間らしさを示す言葉である。

たとえば人間力が高いと、犯した殺人の証拠《しょうこ》を山と積まれても「いやー知りません。本当に知らないんです。うーんわからないなあ」といい続けることさえ可能だ。厳しい局面においても本心を隠し通す強靭《きょうじん》な意思であり、倫理《りんり》に束縛《そくばく》されることのない（ある意味）気高い精神性でもある。故《ゆえ》に高い人間力の持ち主は本心を決して人に明かさない。どりせんのように。

同じ言葉をプロサッカーの山本《やまもと》監督も使っていたが、ニュアンスを異《こと》にする。

権力を持つどりせんは案《あん》の定《じょう》、高い人間力を持っていたわけだ。政治的な活動には人間力が不可欠なのだ。

「ではこれで終わりです。皆さんさようなら」

起立・礼が終わったら、速攻で教室を脱出しなければならない。そうしないとまた妄想戦士《ドリームソルジャー》たちが世界危機を憂慮《ゆうりょ》しはじめる。お定まりのように俺の周辺に集《つど》って。

休み時間は教室を出る、昼休みは学食か図書室に逃げる、放課後は速攻で帰ることで、ここ最近は平和な日々を過ごすことに成功している。朝ばかりは処置なしだけど。

友達がいないため昼休みの時間潰《つぶ》しだけは難題だが、最近はやることができた。

今日も見事に帰ってやる。意気ごむ俺にどりせんは告げた。

「あ、W佐藤《さとう》は残ってください。じゃ当番さん、号令シク・ヨロ」

「……なんですか」

解散のあと、良子《りょうこ》とともに出頭《しゅっとう》した。

俺が残っているせいで、クラスの約半分も着席したまま待機している。俺待ちのやつら。人気者になったのにちっとも嬉《うれ》しくない。どりせんの話が終わったら、前のドアからダッシュで逃げないと捕まってしまう気配をビンビン感じる。

「最近、佐藤はどうもつきあいが悪いそうじゃないか」

「え？　誰と？」

「レディス佐藤や、他の友達とだよ」

「ホカノトモダチ？」リピート機能を作動させてやっとで理解する。「他の友達？　そんなのいましたっけ？　俺の携帯、登録してるのは先生と良子だけなんですけど」

「お、ちゃんとレディス佐藤も登録してあるな。けっこうけっこう。でも二件というのは寂しすぎるね。どうだいメンズ。その数、もう十四人ほど増やしてみないかい？」

「フイッヒ！」

薄気味悪い笑い声だったと思う。十四。今の俺にとって悪魔の数字666よりもずっと不吉な数だ。

「断固拒否します。むしろ減らしたい」

「同じ佐藤《さとう》グループの仲間じゃないか。いいだろう？」

「このグループはクラスのゴミ箱にされただけです」

「ハハハ、ゴミ箱とはひどいな」

「連中はクラスメイトとつきあう気なんてまったくないから自業自得《じごうじとく》だと思いますけどね」

やつらは理解ある相手に自慢の設定をぶちまけたいだけなのだ。

それがカッコイイと思いこんでる。異世界の戦士として振るまうことが、お洒落《しやれ》な服を着ることと同列だと思ってる。幼く歪《ゆが》んだ自己顕示欲《じこけんじよく》。

「仲良くする気はないと？」

「はい」後ろのやつらにも聞こえるよう、きっぱりと宣言した。

「そう」どりせんの眼鏡《めがね》が曇る。「メンズ佐藤、こんなことわざを知っているかい？　腐《くさ》ったみかんは取りのぞかねばならない」

「聞いたことはありますけど」

「実はうちのクラスには、保健室で淫行《いんこう》の疑いがある生徒がいるんだ」

ドキリとさせられた。

「まるでケータイ小説みたいな激しい濡れ場だったと伝え聞くよ」

「………………」

「もしそんな生徒がいたら、まあ停学は免《まぬか》れないだろうね。加えてほんの一押しすれば、退学だって難しくないかもしれないよ。おやどうしたんだい佐藤。顔色がバッドだけど」

「……あの、俺、脅迫《きょうはく》されてますのか？」口調が乱れる。

「いいや。ただのパワーハラスメントだよ。ハハハハ」

「なんだ、そうなんですか……はは……冗談きっついなあ、もう……ははは」

どりせんのオーラ量が増大しているのがわかる。イジメられまくったおかげで空気を読む力だけは鍛えられている。能力名〈空気読解者《エア・リーダー》〉。やろうと思えば数値化だってできる。今のどりせんのオーラ量はざっと一二〇Hu（単位Human）ってところだ。一般的成人男性の人間力が三〇～四〇Huなので、どりせんのそれは常人《じょうじん》に数倍する。

「逃げたりしないで、レディス佐藤や他のみんなとつきあってあげてくれるね？」

「…………………はーい」

途端、背後から無数の手が伸びてきて、俺を集団の中に引っ張った。ゾンビ映画を彷彿《ほうふつ》とさせるシーンを、どりせんだけが真ん前の特等席で微笑とともに鑑賞していた。

そして俺の放課後は――妄想《もうそう》にレイプされたのだった。

休み時間のチャイムが鳴ると、すぐに席を立って廊下《ろうか》に出る。

こればかりは脅迫《きょうはく》されたとしても譲れない。おまじないの調査は良子《りょうこ》の件とも絡むのだ。

幸《さいわ》い、今日はうまく脱出できた。単独調査に取りかかる。

一年生はAからE組までの五クラスある。俺はA組教室とは正反対の位置にあるE組方面まで足を伸ばしている。そのあたりでだべっている女子に話しかけるためだ。

「なあ、どうだいこれ？　イジメられっ子だった（今はぼっちです）俺が、女の子に話しかけてんだ。ナンパみたいだろ？　E組は遠いから、俺についての噂《うわさ》だってまだ伝わってない。うまくいけば普通に会話してくれる。たとえ断られても、めげずに別の女子に話しかける。こういう社交性は昔にはなかったものだ。人間、変わろうと思えば変われるもんだろ？　まあ俺は変わっても成功できるとは限らない悪例でもあるんだが。

「ねえ、おまじないについて調べてるんだけど、何か知らない？」

「……おまじないって？」

断られることもあるし、こうして応じてくれることもある。五人にひとりが応えてくれればラッキーぐらいに考えている。スキルが磨かれれば、そのうちナンパとかできるかもだ。学校外で心おきなく彼女をさがす。いいじゃないか。俺のやる気も増し増しってもんだ。

「なんか銀色の金属棒みたいの使うやつ、知らない？」

「棒？　わかんない」

「印鑑《いんかん》ケースに入ってるらしいよ」

「知らない」

せっかく会話が成立しても、たいていは収穫《しゅうかく》ゼロだ。

俺の悪名《あくみょう》が轟《とどろ》いてないのはD組とE組で、C組くらいからはだいぶ指さされるようになってくる。情報収集の効率からいえば、この二クラスがベストのはずなんだが。

「そか、ごめん。ありがと」

もうこれで何人目だろう。竜端子《りゅうたんし》が発見できなければ、俺はずっと良子《りょうこ》のオモチャ。まったく頭の頭痛が痛いったらない。

休み時間は十分と短い。数人に話を聞けたらもうタイムオーバーだ。今回もあとひとりくらいしか声はかけられないだろう。最後に誰と話すか、視線を走らせた。

壁の花となってケータイをいじる女子が目につく。何度か見た顔。いつもひとり。

「ちょっといい？」声をかけるところまでならほとんど勇気は必要じゃなくなった。

「……あたし？」

意外そうな顔をしたが、すぐにケータイを畳《たた》んで俺に向き直った。救われたような表情が浮かぶのは、空き時間にすることを欲していたからだろうか。

「おまじないについて調べてるんだけどさ、銀の棒みたいなの使うやつ」

「おまじない。銀の棒」

「女子で流行《はや》ってるらしいんだよね。姉貴《あねき》が大学のレポートでそういうの調べてて、高校でリサーチしてこいっていわれちゃって」

すらすらと嘘《うそ》をつく。俺の人間力も中学時代より高まっているみたい。

「それってぇ……」再びケータイをいじってこっちに見せた。「これじゃない？」

ネットに繋《つな》いだからおまじないサイトでも検索してくれたのかと思いきや、小さな画面に表示されているのは黒背景に文字列が並ぶ、いわゆるインターネット掲示板だ。

「うちの学校の裏サイト。できたばっかだよん」

「うちにもあったんだ……裏サイト」

「前にもあったけど、エロ画像載せて潰《つぶ》されちゃったから」

声が弾《はず》んでいる。失礼な予想だけど、久しぶりの会話でテンションが高くなってるんじゃないかと思う。利用しているみたいで心苦しくなってくる。

友達作るのって神経使うけど、失敗したらこの子みたいな思いをする。

ひとりでいることが恥ずかしいから、いけないのかな。俺には現在進行形で体験中の学校のこととはいえ、社会問題の解決策なんてまるでわからない。わかるのは、大人たちがすることがいつも「ちょっとずれてる」ってことだけだ。高橋《たかはし》みたいな力あるやつらが集まって解決してくれりゃいいのにな。無理か。

「見て。全然関係ない雑談中に出てきたでしょ？」

すぐにこんなカキコミを見つけた。


『ねえ、竜の釘《くぎ》伝説ってやったことある人いる？　呪《のろ》えるんだって』


「竜の釘？」

「そう。たまに出てくる」女の子はいくらでも話したいようだった。「えーと、この街限定バージョンのこっくりさんみたいなやつ。このあたりの学校ならだいたいどこでも同じ伝説があるみたいで、他校の裏サイトでも話出てた」

他の学校の裏サイトまでチェックしてるんだ。よっぽど暇《ひま》なんだな。

「我《わ》が街だけのおまじないか」

「で、使うのが竜の釘。必須《ひっす》アイテム。簡単に説明すると──」

竜の釘は複数あり、誰かが持っていたり街中のいろんな場所に隠されていたりする。

おまじないをしたい誰かが、頑張って釘を手に入れる。釘には願いを叶《かな》える力があるので持っているだけで効果がある。面倒な儀式《ぎしき》一切不要。入会金年会費無料。最近は呪いもユーザビリティがアップしている。

願いが叶ったり、叶う徴候《ちょうこう》が出てきたら、釘は手放さないといけない。そうしないと呪いを受けてしまうから。で、再び重要アイテムは街中にまぎれるわけ。

「ふーん。釘《くぎ》って、手放す時にルールとかないの？　捨てられちゃわない？」

「鋭《するど》いね。あるよ。捨てたら駄目で、絶対にいつか次の誰かに見つかるような場所でないといけないんだ。で、この街の範囲内じゃないといけない。外には出せないの」

「そうしないと呪《のろ》いが？」

「うん。かかる。手に入れれば自動だけど、リスクは大きいわけ」

流動的な性質を持ったおまじないだ。つまり竜の釘は、願いを叶《かな》えながら街中を循環《じゅんかん》していることになる。誰かの手に渡るか、どこかに隠されるかは固定していない。

「隠し場所ってのは主にどんなところ？」

「それはさすがに掲示板にはあまり出てこないね。一度使われた場所は二度と使われないし。でもたまにドコソコに隠したって書き込みはあるよ？」

「へーへー」情報が芋《いも》づる式に出てくる。ぼっち少女最高。萌え。

「釘もね、複数あるんだって」

「ほほう」二度も目撃できたのはそのせいか。

「調べてるんなら実物見たいだろうけど、呪いあるからうかつに手出さない方がいいかも」

「でもさ、仮に願いを叶えても、隠し場所が悪かったら何も知らない人に捨てられちゃったりしそうだよね」

「それも呪われるコース。だから最近は隠したらネットに書きこむ人が多いみたい」

「なる。リアルタイムでサイト見てないとわからないのか」

「あ、でもね。見るだけなら」女の子は会話を続けようとどんどん情報を出してくれる。「竜の釘ってもモノだから、すり減っちゃうことがあるんだって。そんな時は神社に奉納《ほうのう》するといいんだって」

「するとどうなるの？」

「さあ……そこまでは。けど竜なんだし、役目を終えて天に還るとかじゃない？　あとは神社だから神様が修理してくれるとか、パワーを入れ直してくれるとか？」

「ははあ。なるほどね」

この世界にはマジで不思議があるかもしれない。性懲《しょうこ》りもなく俺はそわそわした。

「ちなみに神社、わかる？」

「う――――ん」女の子の表情が暗くなる。「ごめん、今はわかんない」

「今ってことは、そのうちわかっちゃったりもする？」

女の子は考えこんだ。予鈴《よれい》が鳴る。うちは休み時間でも一分前には予鈴が鳴るんだ。

「……わかるかも。裏サイトはまめにチェックしてるから」

俺は手を合わせて頭を下げた。

「おねがい。それ、もしわかったら俺に教えて」

「いいよ。連絡どうしよ？」

「俺のケータイまで、でいい？」

「いいよ。じゃ交換しよ」

見ろ、これだ。これが携帯番号交換のピュアな流れだ。万歳《ばんざい》。

礼をいって教室に戻った。

調査は順調。だけど思いも寄らないところで、もうひとつの問題が発生しつつあった。ちょうど俺のいない隙《すき》に。


教室のドアに手をかけた時、室内から抜けてきた金切り声に身がすくんだ。

誰かが怒声を張りあげている。見知った恐怖だ。教室という空間は、たまにひどく残酷《ざんこく》になる。さまざまな悪意が、それまでの日常を一変させてしまうのだ。ある意味、人の心によって切り出される実在の異世界といえる。

ドアを開けたら関係者だ。逃げたい。教師が来るまでここで待って「佐藤《さとう》さっさと入れ」というお言葉を待とうか本気で検討する。考えられる限りベストの判断だからだ。

だが、おかしい――

扉《とびら》ごしにでも違和感が伝わってくる。

ただのいじめではない。ケンカとも違う。怒号が重なっていてよく聞き取れないのだ。荒れていることは間違いないが、俺にもビジョンが想像できない。入れば、知らぬ存ぜぬではいられなくなる。妄想戦士《ドリームソルジャー》絡みのトラブルなのは間違いない。スルーすべき。教師待ち推奨。

そう念じていたはずなのに、心と体が遊離したみたいに反対の行動を取る。ドアが開く。自動ドアかと訝《いぶか》しんだが、開けているのはなんと俺の手。びっくりの裏切り行為だ。

大勢の混然としたオーラが、突風《とっぷう》となって吹き寄せてきた。

感情の暴発がそこにあった。一Aの生徒たちはまっぷたつの陣営に割れ、見えない壁を挟んで向かいあっている。座っているやつはほとんどいない。いくつかの机が倒れていて、椅子《いす》も転がっていた。一番外側にいる人間が俺を見る。川合《かわい》だった。

「川合、何これ?」

「……しらねーよ」

川合の口からは、失った交友関係の残骸《ざんがい》だけが出てきた。今さら落胆なんてしないさ。自力で状況をはかる。

口論の中心には良子《りょうこ》が立っていた。周辺の人間が騒いでいるなか、ひとり超然と空中を眺めている。着衣が少し乱れているのを確認した時、得体の知れない感情が体内に膨満《ぼうまん》した。髪もほつれている、自慢の杖《つえ》も半ばで折れかかっている。

良子《りょうこ》を挟むようにして、妄想戦士《ドリームソルジャー》団と一般人たちが対峙《たいじ》していた。

「だから、キモいっていってんだよ！　わかるように話せよ！」

金切り声は、大島《おおしま》ユミナのものだ。普段どんと構えている姿からは想像もつかないほど半ギレになっている。大島の横には山本《やまもと》がいて、怒りもあらわに「ざけんなよ？　舐《な》めてんのか？　舐めてんだろ?」などと連呼《れんこ》している。

声を張りあげているのは、一般人の陣営ではこのふたりだけだ。高橋《たかはし》も中心部にいたが、ぶすっとした顔で黙っている。

貴族三人の対岸では、妄想戦士《ドリームソルジャー》たちが集まっていた。

ご存じの通り、やつらは一般人に立ち向かう力はない。無言で突っ立って、目線だけを彷徨《さまよ》わせている。異様な光景。唯一《ゆいいつ》、良子のかたわらに立っているのは眼帯《がんたい》剣士・織田《おだ》。それも抗《こう》弁《べん》しているとはいい難い。俺には厳しい態度を取った厳格な武人キャラの織田も、一般人相手のコミュケーション能力は皆無《かいむ》だ。涙目になって大島たちからの罵声《ばせい》を一身に浴びている。たまにか細い声で「拙者《せっしゃ》は」「悪くない」「そなたらが」といいかけるたびに大島の目尻が吊り上がっていく。

「だから普通に話せってんだよ！　拙者とかふざけてんなよマジで！」

そういうことか。仔細《しさい》はともかく、流れだけはうっすら見えてきた。

「佐藤《さとう》くん！」青ざめた顔で子鳩《こばと》さんが寄ってくる。「こじれちゃったっ」

「きっかけは？」

「最初ユーミンが制服着てないって注意したら、佐藤《さとう》さん無視したの。杖《つえ》に手を出したら、佐藤さんすごい嫌《いや》がりだして……」

杖には今、竜端子《りゅうたんし》が納まってる。俺が同じことをしても、良子《りょうこ》は過剰《かじょう》反応しただろう。

「で、大島《おおしま》が気を悪くしたと」

「うん。それで制服着てないこととか、まともに話そうとしないとか、そういうところをどんどんつきだして……佐藤さんだけじゃなくて、もう全員に対してで……そのうち織田《おだ》さんが間に入ってきて、そしたら山本《やまもと》くんが突然怒りだして……」

些細《ささい》なからかいだったんだろう。

貴人は自分の位置を知っているだけに、ほとんどの人間に上から目線で話す。平伏《へいふく》しない相手はそれだけで指弾の対象だ。ましてや良子たちの態度ときたら、これ以上はないってくらい人を食ったものだ。トラブルは必然、当然の帰結《きけつ》。せめて、俺がいれば。

「おめー目隠し取れよ」と大島がプレッシャー全開で告げる。

「……取れぬ」

「なんでだよ。見えてんだろ？」

「……これは……封印、だ……」

「ああ？　なに？　馬鹿だからそういうことというの？　それともこっち馬鹿にしてんの？」

織田は言葉をなくし、顔を伏せるしかない。

「おい織田、こっち見ろよ。なに目逸《そ》らしてんだよテメエ。目隠し取れって命令したろ」

山本が追撃を仕掛ける。女の身にあの威圧はきついだろう。うなだれた織田の目元から無音で水滴が落ちていく。無論、眼帯《がんたい》の下からも。

「無視すんなよテメ！」

「…………」

「取れって！」

「…………」

「……取れよ」

山本の声が低く冷たくなる。拳《こぶし》は振り上げすぎると、振り下ろさないといけなくなる。気持ちの拳だってそうだ。山本は女でも殴るだろうか。でも、殴るとしてだからどうなんだ？

俺は妄想戦士《ドリームソルジャー》団のリーダーということになっている。どりせんにハメられて任命されてしまった不本意な役柄だ。学級委員よりつらい仕事だ。友達でもない良子の相手もしてやってる。十分なくらいプライベートも捧《ささ》げてる。

だから助ける義理なんて全然ないし、怒れる山本の前に飛び出すなんてぞっとしない。完スルーしたって許される局面だ。だって俺はもともと連中みたいなやつらが嫌いなんだから。

「ふたりとも、マジギレはやめようよ」

子鳩《こばと》さんが俺のそばを離れて、かすれ気味の声を出す。

「……子鳩関係ない。すっこんでて。あたしまだ納得してないし」

「でも」

「味方についてくれないんだコバ？　アキはひっこんでんじゃん？　あたしらに文句ないやつらだってひっこんでんじゃん？　そういうの、見えない？」

「ひっこんでまーす」と忌野《いまわの》アキは能天気に手を挙げた。というかひとり席に座ってるし。

子鳩さんはうまく言葉を見つけられない。大島《おおしま》は優しく声をかけ直した。

「別にイジメてるわけじゃないっしょ。制服着てないから注意しただけ。で、反省してないのこいつらなだけ。コバがおたつく必要なんてないの。アキんとこ行ってな。あたしの席座っていいから」

子鳩さんは、大島からそれなりに可愛《かわい》がられているらしい。友好的に言い含められ、反論もできずに肩を落とした。大島は対面に声を投げる。

「とりあえずさー、あんたらさー、校則違反の服装してるやつ、モノ持ちこんでるやつ、全部取んな。自分らだけ好きな格好して来てるなんて不公平だろ？」

戦士たちは黙りこくっている。戦えよ。

「まず織田《おだ》、おめーからだろ。眼帯《がんたい》取れや」

織田は停止したまま。織田流第六天魔剣《てんまけん》はどうした。

「……織田さんさ、俺も取った方がいいと思うけどな」

高橋《たかはし》も全方位でいい顔はできないと判断し、山本《やまもと》に味方しはじめた。

「それ俺が捨ててやるよ」山本が織田のポニーテールをつかんで、顔を持ち上げた。泣き顔を見た山本が笑う。「なに泣いてんの？　ばかくせ」

その手が眼帯にかかる。織田は耳をつんざく悲鳴をあげた。

「やめたまえ山本君！」ついに妄想戦士《ドリームソルジャー》のひとりが立ち上がった。白ランの木下《きのした》だ。「婦女子に力尽《ちからず》くなど男のすることではないぞ！　我が輩《わはい》の予言によると、この言い争いの原因は次元を超えた――」

次元を超えた、のあたりで俺の背筋も凍りついた。だからだ。だから同情できない。大島は嫌いだが、主張は妥当《だとう》だ。悪いのはコスプレをしてくる方だ。俺は不可能を可能にする辣腕《らつわん》弁護士じゃない。むしろ逆の立場。妄想戦士《ドリームソルジャー》の……敵だぞ？

こいつはツンデレの折り返し発言じゃない。本気のことだ。

俺は憎む。稚拙《ちせつ》な自己顕示欲《けんじよく》を、未熟な精神を、うかつな発言を。愚《おろ》かしい無防備さを。

みんな努力して〝普通〟になった。努力を放棄《ほうき》した者、安易《あんい》なヒロイズムに罹患《りかん》した者に、救いなんてありはしない。駆逐《くちく》されちまえばいい。

だから山本が木下の腹にパンチを埋《う》めた時も、これっぽっちも同情はなかった。いずれ世界議会を統《す》べる男は、みっともなく呻《うめ》いてうずくまった。戦士も暴力の前では平等なのは快感でさえある。脇腹《わきばら》をサッカー部の脚力が蹴ると、木下《きのした》は亀《かめ》みたいに真横にひっくり返った。

尾崎《おざき》さんが「やっちゃえ」と小声で同調したのが、やけに大きく聞こえてきた。

「はいひとりザコ屈服《くっぷく》」

再び織田《おだ》に手を伸ばす。やはり山本《やまもと》は予想通り、手を出すタイプだった。織田が怯《おび》えて身を縮《ちぢ》める。それでいい。どこかで安堵《あんど》している俺がいた。下手《へた》な抵抗はやめ、山本を刺激せず、さっさと終わらせればいい。経験則からいえばどんないじめも、無抵抗でいれば全裸にされる頃には終わる。戦士になりきりたかったら、自宅で集まってやればいいんだ。メールのやりとりでだってできるさ。

無力な織田に山本の手が伸びる。木下が一発で撃沈《げきちん》されたのを見て、妄想戦士《ドリームソルジャー》はもはや誰も立ち上がれない。誰も助ける気配はない。俺も助ける気はない。

「いってぇ!」

悲鳴は、山本のものだった。打たれた手を抱えて、数歩後ろに下がる。

織田を救った勇者、それは――良子《りょうこ》だ。

折れかけた杖《つえ》も、先端部分は金属パーツの塊《かたまり》で、立派な凶器となる。それが山本の手を撃《げき》墜《つい》したのだ。良子はいつもと同じ調子でこういった。

「……再起動に成功」

俺はまだ子供のせいか、たまに正体のわからない感情をもてあます。たとえば今、全身に走る鳥肌は、いつもの生理的嫌悪感《けんお》から来る悪寒《おかん》だろうか……それとも？

「テメ……ふざけんなよ？　マジ殺すぞ？」

山本がブチ切れた。良子は殴られるだろう。あんな小さな体格で男の暴力を受けることができるんだろうか？　無事では済まないだろうな。

近くに戻ってきていた子鳩《こばと》さんに、しなくともよかった最後の質問をしてみた。

「最初に良子がされてたのはどんな仕打ち？」

「服を、ローブを脱がそうとして……暴れたから……山本くんが怒って髪をつかんだり、杖を折ったりして……」

ああ、成立してしまった。弁護理由。完クロじゃねぇかバカ本。

「ツンデレとか好きじゃないんだけどな俺」

「え？」

人をかきわけて山本と良子の間に入る。タックル気味に体を当て、山本を不快にさせる。攻撃されることに慣れていないのか、山本はぽかんとした顔で俺を眺めた。

「……てめ佐藤《さとう》ぉ！　なんだ？　ああ？　やんのか？　二対一でやっか、ああ⁉」

山本はすぐ俺の胸ぐらをつかんできた。こうして間近で凄《すご》まれると、そいつのイジメ力がよくわかる。山本は体つきがやたら細い。パワーはさほどでもなさそうだ。俺的ランキングだとせいぜい歴代十位かそこらだろう。経験豊富で殴られ耐性だけは高いなんて、情けない話。

赤黒い山本《やまもと》の顔に俺は冷たく告げる。

「ザコはおまえだろ。身の程《ほど》わきまえろよ」

「…………?」

山本の脳内でどんな化学反応が起こったのか。やつの表情は、ぐんにゃりと歪《ゆが》んでいった。笑っているのか怒っているのかわからない、制御不能になった人間の顔つきだ。

俺は最高にいい気分。中学時代はいえないことをいってやった。もっといいたい。

「今、おまえ」

近寄ってくる顔に、さらにだめ押し。

「息が臭《くせ》えぞ山本」

こうして俺は、めでたく山本に腹を殴られた。鳩尾《みずおち》ではなかったし、気を張っていたので痛いが我慢できた。呼吸は止まったが、覚悟していれば苦しさも想像の域を出ない。ただ話すことはできなくなったので、山本に顔を向けて今年一番の笑顔（ただし失笑）を作ってやる。

「てっ、こぉ――――!」

もう何をいってるのかわからないほど声を張りあげ、顔に殴りつけてきた。久しぶりの感覚に頬がじんと痺《しび》れる。殴られる時、一番怖いのは実は殴られるまでの前フリだ。やられている最中は、痛いにしても心がスタンしてしまう分、楽なことも多い。

山本は思いっきり大振りのパンチを、立て続けに見舞ってきた。何発かは食らったが、そのうち慣れて、いくらかは避けたり防いだりできるようになった。ヒィヒィわめきながら殴る山本と、淡々《たんたん》と殴られる俺。なんだこいつ、全然殴り慣れてないじゃないか。顔面パンチで歯だって折れてないし、これじゃ十位だって怪しいもんだ。

さてどうするか。このまま教師待ちが鉄則だが、一発くらいやり返しても面白い。けど喧嘩《けんか》両成敗《りょうせいばい》になってはまずい。うまくいくかどうか、タイミングを取って一度だけ山本に仕掛けた。倒れるフリをして膝《ひざ》をたわませ、床を蹴って頭から突っこむ。つまりタックルだな。

果たして頭突《ずつ》きは予想より低い軌道《きどう》で、山本の腹にめりこんだ。首に相当な衝撃が加わるが、体幹《たいかん》をとらえた手応《てごた》えがあった。耳元でゲヒュウという肺腑《はいふ》の悲鳴を聞く。山本の体は後ろにぶっ倒れ、黒板下の壁に叩きつけられた。やつが前進するタイミングだったせいか、なかなかのクリーンヒットになってくれた。そのまま虫の息のフリをしてうずくまる。

山本が俺の体をまたいで、背中にパンチを落としはじめた。けどもう全然パワーが入ってない。へろへろのパンチなのだ。うずくまった内側でほくそ笑んだよ。

あとは殴られっぱなしでもいい。そろそろ教師も来るだろう。

「何をしている！　よさないか！」

はい教師登場。お疲れさまです。お手数おかけします。

「山、バカやめろ！」高橋《たかはし》が山本を羽交《はが》い締《じ》めにした。

「これはひどい……おい、意識あるか？　ええい、養護の先生を呼んできなさい。そっちのおまえは指導室だ。誰かどりせん君を呼んできてくれ！」

素晴らしい展開だ。今までの不幸分を回収した気分。

「なんなんだよ……これ」

大島《おおしま》ユミナのざらついた声が、今の俺には心地よい音楽のよう。

その日のうちに山本《やまもと》は停学処分となり、俺は保健室経由《けいゆ》で医者に連れて行かれた。打撲《だぼく》が多数とのことだったが、目立った怪我《けが》はないとのことだった。ただ迎えに来た両親が「おまえはもう罪《つみ》はないのに」と勝手に盛り上がって泣きだし、とにかく気まずかった。

大事を取って一日だけ、学校を休んだ。

家でネットを見まくって自堕落《じだらく》に過ごせて最高だった。

その翌日、食卓に顔を出すと家族会議が終わったところだった。両親と姉貴《あねき》。神妙《しんみょう》な顔みつが俺に作り笑いを向けてきた。代表して父親がいう。

「転校、してみないか？」

『君も少年野球で熱い汗を流してみないか？』みたいな口調だ。

「いや、いいよ。平気だし」

「我慢しなくてもいいのよ？」と母親。

「手続きだったら父さんすぐにしちゃうぞっ」

「特にストレスとかないし、平気だよ」

用意されている食事に手をつける。

「一郎《いちろう》」姉貴の目は据《す》わっていた。「誰にやられたのかだけ教えて。あと住所」

奥義《おうぎ》を繰り出す時の目つきだった。俺は震えあがる。

「無理ですよ……怖いですよ……」

姉貴はショックを受けた顔で黙りこんだ。

「一郎、つらかったらいつでも相談しなさい」「そうするけど……」

三者はずっと俺の挙動を監視していたので、朝食の味などまるでわからなかった。


一日休むと、他のみんなが学校に行ってたのに自分だけは楽してた、という不思議な心理が働いて、登校する時のストレスが増す。あの騒ぎのあととなればなおさらだ。

「俺の運命やいかに？」という気持ちで教室に入ってみた。

「おはようございます」なぜか真っ先に子鳩《こばと》さんが挨拶《あいさつ》してきた。敬語で。「お休み、お疲れさまでした」

「お、おはよう。お休みだから、お疲れじゃないけどさ……」

一昨日の件が効いているのか妄想戦士団《ドリームソルジャー》の猛チャージはなかった。定例イベントがないかわり、鞄《かばん》から教科書を机に移している最中も子鳩《こばと》さんが椅子《いす》ごと向き直って待機《たいき》していた。いつもは挨拶《あいさつ》のあとはふらっとどっか行ってしまうのだが。

「どうかした？」

「ううん、べつになんでもありません」

なんで敬語なんだ。新手《あらて》のイジメだったらどうしよう。

「もう山本《やまもと》くんのこと、聞いた？」

「停学だって？」

「うん」

同じグループの重鎮《じゅうちん》が停学になったこと、子鳩さんどう思ってるんだろう。実はものすごく恨《うら》んでいて、罪《つみ》のない笑顔で「佐藤《さとう》くんってコメツキバッタに匹敵《ひってき》するよね～」などといわれたらそこの窓からバッタジャンプもののショックだ。そうならぬよう、ひとまず詫《わ》びておくことにした。

「……ごめん。反省してる」

「え？　なんで？　あれは山本くんが悪いよ。反省しちゃだめデスヨ？」

俺の謝罪にぱちくりと目を瞬《しばた》かせているから、嘘《うそ》ではなさそうだ。

「いや、いろいろと政治的にさ。格差とか。上流下流とか。のび太のくせに生意気だとか。うまくいえないけど、俺もまずかったかなとは思うんだけど」

子鳩さんははかりかねるような顔で、ゆっくり首を一〇度ほど傾けた。

「ごめんは私。止めないといけなかったのにうまく行動できなくてすいませんでした」

「いや女の子はその方がいいって。割って入ってもこじれることが多いし、最悪新ターゲットにされるかも。その場は傍観《ぼうかん》して、あとでフォローした方が手としてはいいよ」

「そ、そうなの？　見てるだけって、罪悪感《ざいあくかん》でおろおろしちゃうんですけど」

「その場でかばわれても遺恨《いこん》はなくならないから。でも全部敵だと思ってた集団に味方がいるってだけで、かなり我慢できるんで」

「そうなんだ」

「経験者は語る」

子鳩さんは目が醒めたみたいな顔をしている。しまった。イジメ問題についてつい熱く語ってしまった。注意しないと。

「……佐藤《さとう》くんって、なにか特殊な組織の大物さんとかですか？」

俺は吹いた。

「は？　なんで？」

「人気者だし、ぶたれたのにけろっとしてるし」

「人気者？　え？　はい？　俺が？　どこが？　誰から？　どの架空のコミュニティで？」

「クラスの半分くらいの人たちは、佐藤《さとう》くんのことスキスキ〜って感じがしますね」

半分って時点でオチを理解した。

「……彼らは人間である前にひとりの戦士だからさ、数には含まないよ」

「あー、ウチのクラス、みんなごっこ遊び好きだよね〜」

ものすごく変な人なんじゃないかと思わされる発言だ。

「ごっこ遊びじゃ済まないレベルだと思うし、やっぱりちょっとイヤって人もいるんじゃないかな。そっちのグループの山本《やまもと》だってそうだったわけでしょ」

「山本くんは株《かぶ》を大きく下げたよね〜」

子鳩《こばと》さんが悪口をいうのをはじめて聞いてしまった。複雑な気分だけど、彼女もやっぱり人間だったと感慨《かんがい》深い。純粋無垢《むく》な相手に悪いことを教えたみたいな快楽。


今回のことで、また俺の周辺事情には変化が見られるようになった。

デビュー失敗時みたいな劇的なものとは異なる、目立たない、しかし確実な変化だった。

まず高橋《たかはし》と大島《おおしま》は露骨《ろこつ》に俺を避けるようになった。もともと話す方ではなかったにしろ、今や完全にゼロ、全スルーである。

簡単にいってこれはハブでありムシでありシカトだ。もしうちのクラスが戦士まみれでなければ、高橋たちの行動をきっかけとしてその他大勢が追従《ついじゅう》したんじゃないかと考えられる。とはいえうちも半数は一般人なので、彼らは高橋の方針に戸惑いながらも従った。つまりクラス半分からそっぽを向かれている状態だ。なに、スルーくらいならどうということはない。どのみち、無理して人づきあいしてる時だって本質的には孤独なんだから。

ただ中には、そういった空気も読まずに話しかけてくる強者《つわもの》もいた。子鳩さんだ。どうしたのかってくらい、話しかけてくるようになった。その流れで、すぐ隣《となり》にいる美少年伊藤《いとう》とも話す機会が増えた。貴族の中でもおとなしめの印象だったが、話してみるとなかなか気のいいやつだった。ゲームとマンガが好きな、あたりまえの高校生。ふたりは大島や高橋の強制力に影響を受けていない。ただあまり依存《いそん》しても今度はふたりの立場が悪くなるから、俺の方で始終話さないよう調整している。どうだよこの気遣い。なかなかのもんだろ？　なにしろ俺の念能力は〈空気読解者《エア・リーダー》〉だからな。

さて戦士たちだ。

結果的に、俺は彼らを守って矢面《やおもて》に立った、ということになった（らしい）。

俺のことをアカシック木下《きのした》はSP、ヒーロー安藤《あんどう》は長官と呼びはじめた。ゼウス鈴木《すずき》だけは変わらず飛霊《ヒューレイ》呼ばわりだ。呼び方が変わろうとも鬱陶《うっとう》しさの質的変化でしかない。

助けられて感動したのか、織田《おだ》は良子《りょうこ》の舎弟《しゃてい》みたいに振るまいだした。黒眼帯《がんたい》を医療用の眼帯にチェンジしたあたり、事件の影響が見受けられる。木刀《ぼくとう》も学校に預けてしまい、かわりに刃を防ぐとかいうアームガード（マンガの女忍者がよくつけてるやつ）を装備するようになった。刀を手放し武士度が低くなったのか、同性愛者という設定が追加された。対象は良子《りょう》。「我《わ》が君《きみ》」とかいっちゃって寒々しいったらない。織田《おだ》は俺にも感謝していたようだったが「追加設定、追加設定」と馬鹿にしてたら再び嫌われてしまった。つきまとわれている本人は意に介していない以上、勝手にやっていてくれという感じだ。

「一郎《いちろう》、探索《たんさく》」

良子だけが変わりない。俺を引っ張り回して、竜端子《りゅうたんし》を求めてふらつく毎日。徒労《とろう》と羞恥《しゅうち》の毎日で、俺は恥《はじ》というものを忘れつつある。人から指さされても何も感じないのだ。このまいくとオーラを感じ取れなくなるおそれもある。佐藤《さとう》一郎はデスティニー～運命～に対し事態の早期解決を熱烈要請《ようせい》。

右記の結果として、本日のランチはメンズ佐藤・レディス佐藤・子鳩《こばと》・伊藤《いとう》・織田の五人で食すことになった。発端《ほったん》は子鳩さんの「明日のお昼、ご近所同士の親睦《しんぼく》もかねてみんなで食べようか」発言。

五人は教室で机を寄せて並べた。

「……いいんだけどさ俺は。そっちはいいの？」

「なにが？」と子鳩さん。

「今まで大島《おおしま》とかと食べてたからさ」

大島はギャル忌野《いまわの》と机を並べて弁当をつついているが、ときたまこっちを忌々《いまいま》しげに一瞥《いちべつ》してくる。こわい。失う者のない俺はいいけど、子鳩さんたちが心配だ。

「うん、よく食べてるね。今日はこっちだけど」

「伊藤もさ、高橋《たかはし》とかと食べなくていいの？　山本《やまもと》いなくてひとりじゃん？」

「誘われたけど断ったんだ」

この人たちは貴重な天然です。誰か善意溢《あふ》れる人、保護してあげて。

「織田さんも机持ってきたら？　よっつだとちょっと狭くなっちゃうよ？」

「……拙者《せっしゃ》、これで」

織田は椅子《いす》だけを持ってきて、良子の隣《となり》に寄りそって縮《ちぢ》こまっている。こいつがまともに会話できるのは妄想戦士《ドリームソルジャー》の同類だけだ。

「うわー、佐藤くんのお弁当すーごーいー」

「お恥ずかしい」

弁当を頼めば、うちの母親は手間と金をかけて作る。コンセプトは「学校で馬鹿にされないお弁当」ないしは「学園生活の足を引っ張らないお弁当」だ。重いので、普段はパンか学食で済ませてきた。どう完食しろというのか、こんな三重の弁当なんて。

「佐藤さん、お弁当は？」

良子は無言でローブの内側より、複数のウイダーインゼリーを卓上に積んだ。なるほど、いかにもこいつが好みそうな未来食風の代物《しろもの》だ。

「そ、それが昼ご飯なの？」伊藤《いとう》もさっそく引いていた。

織田《おだ》だってまともな弁当を持参しているというのに、こいつはひとりで独自の道を。

「食事とはエネルギー補充を意味する、炭素型活動体における整備の一工程だ。よって摂食《せっしょく》はペースト状のものが望ましく、事実〈ターミナルゾーン〉ではエネルギー補充は」

「はいはいはいはいはい！　食べよう！」

お客さんがいるのにイタタ設定を開陳《かいちん》させるわけにはいかなかった。

「なんだったら、私のおかず食べない？　好きなのつまんで？」

子鳩《こばと》さんが楕円形《だえんけい》の小さな弁当箱を差し出す。良子《りょうこ》がじっと弁当を見つめた。

「…………」「…………」

しばしの静かなる対峙《たいじ》。ふたりの姿には、黒澤《くろさわ》映画『椿三十郎《つばきさんじゅうろう》』ラストの抜き討ちシーンみたいな緊迫感《きんぱく》があった。やがて良子が弁当箱に顔を近づける。口でじかに小さなハンバーグを奪っていった。そいつを噛《か》まずに飲みこむ良子。

「……美味《うま》いか」

「リサーチャーは生体アップグレードにより不要な味覚を除去しているため、旨味《うまみ》成分を感じることはできない」

「その設定今作ったろ？　絶対どこかで破綻《はたん》すると思う、そういうことしてると」

「…………」

はい無視。はい無視。

「いいものもらったんだからお礼してあげたら？　そのゼリーやるとか」

「エネルギー不足に陥《おちい》る」

「なら俺のお重《じゅう》一段やるから、その分お返しできるだろ？」

どうせ三重なんて食べきれない。一段を良子にやった。過保護弁当なだけあって一段だけで女子胃袋一袋分はゆうにある。

「…………」

良子はウイダーのワンパックを子鳩さんにぞんざいに放り投げた。舐《な》めてる。

「おぉい！　なんでいつもそんな態度なんだよもー！」

「いいよいいよ。佐藤《さとう》くんだいじょうぶ。ありがとね佐藤さん、もらうね？」

「すごいすごいと思ってたけど、本当にすごい人だな、佐藤さんって」

「ごめん……」

恥ずかしい思いをするのはいつも俺の役目なのだ。

「佐藤くん、佐藤さんのお母さんみたいだね」

似たようなことを以前考えたことがあった。俺の笑いは、引きつっていたはずだ。

「でも佐藤くんに佐藤さんだとわかりにくいから、良子ちゃんって呼んでいい？」

「いいよ」俺がかわりに許可する。

良子《りょうこ》は俺以外はほとんど無視してるし。

「それならいっそ佐藤《さとう》くんも名前教えてもらった方がよくないかな」

「あ、名案だね～」

「え、無価値な俺の下の名前を？」

「む、無価値じゃないよ……メンズとかレディスじゃトイレみたいだから。だめ？」

「いや、いいよ。一郎《いちろう》ってんだけど」

「お、イチロー選手ですな～。年俸《ねんぽう》百億イェイ」

「ハハハ……ダスト（ゴミ）の分際《ぶんざい》で国民的英雄と同じ名前ですみませんって感じ」

「そ、そんなことないって……とにかく一郎くんって呼ぶね」「じゃ僕も」

なんだこの希望に満ちあふれた瑞々《みずみず》しくも楽しい日常会話は。まともな人間がふたりいるだけでここまで違ってくるものか。それに子鳩《こばと》さんにファーストネームを口にしてもらえるなんて。俺の鼻の下も伸びに伸びるぞ。

「……色魔が」織田《おだ》がぼそっと呪詛《じゅそ》を吐いた。

「おい、聞こえたぞ織田」

「あ、でも佐藤くんが嫌《いや》だったらいいよ？」

「嫌じゃないよ。全然まったく。素敵なことだよ」

「素敵なんだ」伊藤《いとう》が小さく笑う。

「佐藤さんは中学時代とかのニックネームはないのかな？」

当然良子は喋《しゃべ》らないので、代理で回答した。

「おい、とか、なあ、とかの感動詞ってやつでいいんじゃないかな」

「ちょっと、だめでしょ」伊藤が肩を震わせた。

「ふん、一郎の呼び方など、助平《すけべえ》で十分だ」

「織田、俺と闘え。決闘を申しこむ」

俺たちの会話など聞くでもなしに良子がひとり、不満そうに重箱《じゅうばこ》に食らいついていた。ぎこちなく箸《はし》を使って。

それからも子鳩さんと伊藤とは、よく一緒に昼飯を食べるようになった。

グループ化してしまったのだ。

山本《やまもと》が復帰してもそれは変わりなく、貴族クラスは四人体制になった。高橋《たかはし》や大島《おおしま》との間に前にも増して壁を感じるようになってしまったが、この時はまるで気にならなかった。

安定すると人は危機意識を失う。そして報《むく》いを受ける。

異変は些細《ささい》なところから始まる。いつだってなんだってそうだ。

毎週健康と大病予防について特集しているかの番組だって「体の発する小さな信号を見逃《みのが》したことで、米谷《よねたに》さんの悲劇ははじまったのです」などと定型句みたいに連呼《れんこ》している。

クラスをよく観察していればよかったのだけど、戦士たちの奇行のツケが必ず俺のもとに回ってくる日々に、思索《しさく》の時間などは与えられなかった。

だから、気づくのが遅れた。

変化その一。

登校直後に机に入れたはずのものがなくなるという現象が発生。

「良子《りようこ》、教科書見せて」

いちいち返事を待つとこじれるので、一声かけてすぐ机を引き寄せた。

机の境目《さかいめ》に背表紙を合わせて、教科書が開き置かれる。

「装備を紛失《ふんしつ》するのは戦士として失格かと」

「装備じゃない、戦士でもない」

良子の教科書には予習の形跡が見られた。付箋《ふせん》、マーカーライン、余白《よはく》書き込み……教科書だけで判断すると優等生だと錯覚《さつかく》させることができそう。

「勉強してるじゃん……」

「このセカイについて熟知《じゆくち》することは有益であるため」

「あ、そ」なんだかショックだった。「自宅に忘却《ぼうきやく》してきたのか?」

「わからない。忘れた記憶はないんだけど」

　変化その二。

　体育の時間は、ここしばらくはバスケットボールが続いている。試合形式ではなく、コート内でめいめい基礎練習をしている。ある時、背中からボールを投げつけられたことがあった。最初は偶然だと思っていたが、その授業中だけで三度、同じことがあった。謝罪もなく、そもそも誰が投げたのかさえ不明だった。ただボールの来た方向には高橋《たかはし》・山本《やまもと》、川合《かわい》・小林《こばやし》・斉藤《さいとう》といった面々のいずれかがいた。

　変化その三。

　どんなに拒絶しても、週に一度は街へ連行される拷問《ごうもん》を受けさせられる。憂鬱《ゆううつ》な気分になりながらも靴に履き替え外で待っていたのだが、いつもは率先《そっせん》して飛び出す良子が、この日ばかりは下駄箱とにらめっこをしていてなかなか出てこない。

「おーい、さっさと済ませようや」

　下駄箱まで戻って覗《のぞ》きこむと、良子のコスプレ靴がなくなっていた。足下を確かめると上履きのままだ。

「靴、どうした？」

「不明」

「今日登校する時、靴履いてきたんだろ？」

「履いてきた」

良子《りょうこ》も学校では上履きが義務づけられているのだ。

「……これって、盗《ぬす》まれたんじゃないか？」

「断定はできないが、盗難《とうなん》に遭ったものと考えるのが妥当《だとう》」

「というか、完璧《かんぺき》に盗難だこれ」

小さな変化も三つ続けば確信になる。

薄々察知してはいたんだが、ここまで露骨《ろこつ》ということはどうやら隠す気もないらしい。

良子は動かなかった。

「……あまり気にするな。おまえは孤立してない。大丈夫だ」

そう、今や俺たちはクラス最大グループの頭目《とうもく》コンビなのだ。一応。

良子は首だけをめぐらせた。

「リサーチャーは単独で任務を遂行《すいこう》するための特殊な訓練と調整を受けている」

「わかってるって。けど無理しないでいいから」

「無理……いわゆる高負荷《ふか》環境における行動においても、」

わかったわかった、と両手を向けて制する。

「いいか。教えてやる。靴はな、持参するんだ。教室まで。モノは部活のロッカーに入れて休み時間ごとに取りに行くのがベストだけど、おまえ帰宅部だもんな。生徒会に入るか？　わりとオタクとかいて理解してくれるぞ？　無理か……落選かおまえじゃ……いや、でも庶務《しょむ》なら選挙関係なく入れるけど……駄目か……面接で落ちるな」

良子の足を引っ張るのは常に良子自身という構図だ。

「ううむ」

「一郎《いちろう》、問題ない」

いつも通りの態度を崩さずにいう。だけど今ばかりは、逆に不自然に思えた。

良子でも、心の底に本心を隠しているはずなのだ。

「まあ、どうしても困ったら相談してくれ」すぐに親切にしすぎたかと思いつけ足す。「下手《へた》に溜《た》めこんで、致命的なトラブル引き起こされるよりかはマシだしさ」

「…………」

「な、なんよ？」

「さっそく相談したいことが」

「ああ、あるのか。いいぞ」

「リサーチャーは呪式《じゅしき》の触媒《しょくばい》を必要としている。一郎に提供願いたい」

「なんだ、こんな時でもマイ設定のアピールか？　おまえがいいなら、いいけどさ」

鼻白《はなじろ》んだが、さすがにこんなやつでも靴隠しはかわいそうだ。今だけは俺にできることならなんだってしてやろう。

「で、どんなものが必要なんだ？」

「下半身の体毛」

「暴力以外の方法でなんとか頑張って殺すぞ」

生まれてはじめて殺意を口にしてしまった。

「今の殺人予告は全権保持者によって録音された。物的証拠《しょうこ》となる」

メダリオンを印籠《いんろう》みたいに突きつけてきた。

「ただのオモチャだろそれは！　録音機能なんてなぁい！」

『暴力以外の方法でなんとか頑張って殺すぞ、殺すぞ、殺すぞ（エコー）』

「声真似《まね》うまいなオイ！」

こいつには犯罪の高い素質がある。

「古来より由緒《ゆいしょ》正しい触媒《しょくばい》だが」

「そういう品がない下ネタ嫌いだ俺！」

「……了解《りょうかい》した。触媒はまた今度にしよう」

「一生ないから」

女の子に下ネタ振られると、なんだか敗北した気分になる。

「で、どうするんだ真面目《まじめ》なハナシ。そこらで買ってきてやろうか？　百円ショップに行けば三百円くらいの靴が……」

「必要ない」

良子《りょうこ》は上履きを下駄箱にほうりこむと、変なストッキングっぽい下履きのまま（ほとんどハダシに近い）外に出ようとした。

「やめ。見てて切なくなる。おまえ風にいうなら、見る者に対する心理的影響を考慮するなら靴の着用は不可欠」

「一郎《いちろう》もものの考え方がわかってきたと見受けられる。〈中央集積機関〉に属する活動体として、そろそろ茶帯の域と認めてもいいだろう」

「段位制なのかよ。おかしいぞその設定」

「…………」

「チッ！　チッ！」

こいつに無視されるのだけは本当に腹立つわ。同情してやってんのに。

「とにかく靴くらい買おうぜ。イジメられてる時は学校には安い靴で来るのがセオリーなんだ。予備も含めて何足かそろえておいても損はない。金、いくら持ってる？」

「ドルでか？」

「……円だよ。無茶ボケすんなよ」

「円ならこのくらいだ」

良子は懐《ふところ》から異世界風のサイフを取り出した。

「リモコンみたいなサイフだ」

「リモコンだ」

リモコンだった。

操作をすると、機械杖《きかいじょう》の一部がパッカンと開いたので、俺は小さく飛び上がる。

「……び、びっくりしたぜー」

小心者なんだからそういうのやめてほしいんだが。

「所持金はこのくらいだ」

開いた小空間を覗《のぞ》きこんでみる。目玉が飛び出た。

無造作に、数十万。

「無防備―――!」

「小銭《こぜに》はこちらに」

例のコインケースも変わらず内蔵されている。

「大金持ってくんな!　スチールされるぞ!」

「いろいろなことが金でカバー可能だ」

「そういう言い方やめ。そんだけあればダース単位で買える。千円出せ、買ってきてやる」

「同行する」

「なぜ」

「店内探索《たんさく》」

「ないない、絶対にない。それに足が汚れる。そういうの見たくないから俺」

正直、良子《りょうこ》を連れて行きつけの百円ショップには顔を出したくなかった。ドイトとダイソーと百円ショップは俺にとって最大の癒《いや》しスポットなのだ。リーズナブルなアイテムが好きで好きでたまらないのだ。なんでもそろう系の雰囲気《ふんいき》もイイ。

良子が後ろから飛びついてきた。腕を首に回し、両脚を腰に回す。抱きつかれている。なのに色気なしムードなし。嬉《うれ》しくなし。

「どわあああっ！」

「これなら汚れない」

「このまま歩けってのか！」徒歩で行ける範囲に百円ショップはあるが、さすがに背負って移動できるほど良子は軽くは……ある。「おまえすっごく早死にしそう……」

「問題ない。死の恐怖は克服《こくふく》してある」

「嘘《うそ》つけ」

どうせ俺は校内でも評判のイタイやつだ。おもいっきり恥をかいてやろうじゃないか。背負ったまま歩き出す。

「ところで犯人の予想ついてるけど興味あるか？」

「リサーチャーの観測によると、犯人は高橋《たかはし》・山本《やまもと》・伊藤《いとう》・大島《おおしま》・忌野《いまわの》・子鳩《こばと》のグループのいずれかである可能性が高い」

「へー、そういう認識できたんだ。周囲の人間なんて識別してないと思ったのに。だけど伊藤《いとう》と子鳩《こばと》さんは違うだろ。最近は俺たちと一緒に飯食ってるくらいだし」

「どのような可能性も検討すべきだ。こうした努力を怠《おこた》り自《みずか》らの機能を低下させたなら、たとえ魔眼保持者であったとしてもその存続は危《あや》ういものとなる」

「子鳩さんがねえ、ありえねーけど」

爛漫《らんまん》とした笑顔で「佐藤《さとう》くんのものって私のものでもあるから自由に捨ててもいいんだよね～」という子鳩さんを連想して、つらい気分になる。

「大島《おおしま》か高橋《たかはし》あたりだと思うぞ」

「その絞り込みは妥当《だとう》だとリサーチャーも考える」

「俺の教科書も同じかな。まあ靴もそうだけど、戻ってくるとは考えない方がいいな」

「その通り。戻ることはない」

良子《りようこ》はリモコンを出し、校舎に向けて操作をした。

「今、機密保持のため自爆信号を発信した」

「嘘《うそ》こけ」俺は笑った。

直後、どこかでパパパパパンというもろ爆竹《ばくちく》を思わせる破裂音《はれつおん》と「ぎえぇぇぇ」という女の悲鳴が重なった。

「…………マジ？」

「然《しか》り」

靴にまで仕掛けてやがったのか。

しかも今の悲鳴、大島っぽかったな。ちょうど盗《と》った靴を処分するところだったのかも。

「大島が哀《あわ》れに思えてきたよ俺。なあ、おまえってさ……」

「…………すう」

背中で寝息を立てていた。

「早っ。寝るのはやっ」

一瞬でサスペンドとは、ほんとに機械系のキャラなんだ。背負った妄想小娘の、寝息だけは年相応の少女のそれ。

揺らぎはする。薄手のインナーごしに感じる柔《やわ》らかさが、よからぬ妄想《もうそう》を脳神経上に発電させたりもする。だからといってどうだったんだ？　どこかの誰かがいっていたけど、男子高校生というのはこの世でもっともお馬鹿な生き物なのだという。

もちろん、ほだされはしない。善意で背負ってやったのに寝るやつは、映画館で熟睡するやつと同罪《どうざい》だ。当然の権利として振り落とそうとした時、すでにデルタ波を出していそうな熟眠具合の良子が、こんな寝言を口にした。

「ん…………いち…ろう……」

いつも作り声で口にする、マシンボイス風のイントネーションではなかった。

一文字ずつたぐる、切なくかすれる呼び声だった。

血の通った抑揚《よくよう》で、甘く囁《ささや》かれるファーストネーム。何かの間違いだと思いたい。

驚きが連なる。

普通に呼ばれただけで、じわりとした感情に胸を席巻《せっけん》されるだなんて。

子鳩《こばと》さんに呼ばれるより、強い衝撃を持っていただなんて。

なによりあれだけ堅牢《けんろう》な妄想《もうそう》の壁に、こんなあっさりと穴があいてしまうだなんて——

「……無防備すぎるんだよ……ったく」


小規模なイジメは、俺にも良子《りょうこ》に対しても続行された。

物隠し、ボールぶつけ、露骨《ろこつ》な失笑、悪い噂《うわさ》。どれも一度は通った道で、新鮮味がない。俺もさしてつらいとは感じなかったし、良子に至っては平然としていた。

大金もしばらく家に置いてこさせるようにしたし、安物で身を固めた今、多少の損害はどうということもないのだ。

ある時、こんなことがあった。

早めに登校してきたら、黒板にされていたらしい下品な落書きを、アカシック木下《きのした》が消していた。落書きが誰をネタにしたものかはすぐにピンと来たが、落書きよりも木下の行動に驚かされた。

「なあ、そういうのやんないでいいから。巻きこまれんぞ」

「何を言う佐藤《さとう》！　日頃命を守ってくれているのだ。このくらいの返礼、なんでもない」

「守ってない。これっぽっちも守ってないから」

「それに我《わ》が輩《はい》は世界を統《す》べる者であるから、不義《ふぎ》は見過ごせんのだ！」

「……そうかい」

親切はありがたいが、どうにも素直に喜べないものがある。

黒板の落書きは、攻撃がグレードアップしたことを意味していた。密やかなものではなくなり、誰の目にもあらわになる。一向に効果のあらわれない私物攻撃や軽度の暴力的接触だけでは飽《あ》き足らなくなった、主犯グループのご英断ってやつだ。

さらなる激化が予測できるだけに事前対処したかったが、なにぶん俺だってイジメ対策のプロじゃない。イジメされる方のプロなだけだ。

どりせんに頼るくらいしか思いつかない。

ひどいことにはならないだろう。俺は高をくくっていたのかもしれない。

そうやって手をこまねいているうちに、悪意は着実に包囲網《ほういもう》を狭《せば》めていたのだ。

良子《りょうこ》の机が、油性マジックによる落書きで耳なし芳一《ほういち》と化したのは、翌朝のことだった。

「ひどい」

人の悪意に鈍《にぶ》い子鳩《こばと》さんが、怒りをあらわにするのをはじめて見た。

そのくらい非道な落書きだったということでもあるが。

良子は呆然《ぼうぜん》と机を眺めて、なんの反応も見せない。いつもの態度かと思いきや、少し様子が違っていた。

「平気か？　俺のと交換してやろうか？　一時凌《いちじしの》ぎだけど」

「……問題ない。別に……」

いつもとわずかに異なる態度に、俺はひやりとした。こいつの人間的限度線がどこにあるのか、俺でさえわからない。良子はその弱さを段階的には見せてくれないのだ。

「問題だよ。これは学級会に出さないと」

「……うーん。そりゃどうかな」

自分のイジメが議題に出されることほど、尊厳を失ったと感じる瞬間もない。だいたい、場当たり的にしか解決しないしな。

「イチローくん冷たい。だって、こんなひどい落書きなのに、こんな」

良子が女ということで、性的な意味の落書きが多い。というかほとんどだ。中には相当えぐいものある。犯人は女だと直感的にわかった。なんというか、女の悪意なのだ。

「……ゆるせないよ」

子鳩さんは涙ぐむ。犯人グループは子鳩さんとも親交が深かった高橋《たかはし》グループだ。このあたり、元貴族組のふたりは気づいてもいないらしいが。ふたりを巻きこむのは避けたい。

「とりあえず水拭《みずぶ》きだけでもしようよ」

伊藤《いとう》が提案すると、俺も動かないわけにはいかなくなった。

「シンナーでないと消えないぞ、これ」経験者は語る。

「シンナー。どこかにあるかな？　美術室？」と子鳩さん。

「近くのドイトに行って――」

「模型用でよかったら貸してやんよ、シンナー」

声をかけてきたのは、伊藤の右に座るヤンキー吉沢《よしざわ》だった。吉沢はラッカーシンナーの容器を俺に投げてきた。

「……ありがたい」

吉沢とは入学以来、体育の時間に組になっている仲だ。

俺は体育教師の「適当にふたり組になれ」という命令を心底憎悪《ぞうお》している。教師公認の拷問《ごうもん》だと思う、あれは。高校最初の体育では、対策として（誰もが敬遠しそうな）吉沢と率先《そっせん》して組むようにしていた。こういうタイプは一対一でつきあうと、わりかしまともに対応してくれるという経験則があるのだ。実際、その通りだった。

「悪い、じゃ借りるわ」

まだ人も少ない今のうちにやってしまうべきだった。机を窓際《まどぎわ》に移動し、換気しながら大雑把《おおざっぱ》に落書きを消す。良子《りょうこ》は手伝いもせず、すぐそばで興味深そうに観察していた。

「シンナー臭いけど我慢しろよ」

「問題ない」

吉沢《よしざわ》に礼をいいシンナーを返す。体育以外でのやりとりが新鮮だった。しかしこのシンナー、何に使うためのものなんだ。俺の視線が気になったのか、吉沢は鞄《かばん》からプラモ（戦車の）の箱を半分ほど出して見せた。

「なんだ、模型部に入りてーのか？」「いや疑って悪かった」

模型部だったのか、意外だ。

「むう！　このにおいは……〈オルゴンエナジー〉の残り香！　まさか怪人が？」

ヒーロー安藤《あんどう》が教室に入ってくるなり、素早く教卓に身を投げ出した。放置。

続いて尾崎《おざき》とか荻野《おぎの》あたりの非友好的女子たちが「くさーい。なにこれ？」「頭痛しそう」などと文句をいいながら入ってきた。発端《ほったん》はおまえらが崇めている大島《おおしま》たちだからな、と教えたい気持ちを押さえこみ、放置。

「……そろそろ乾いただろうし、座れるぞ」

「では着席する」

「お姫様だな、おまえ」

魔女の威厳は、椅子《いす》に座った途端に乱れた。良子は短く悲鳴をあげて腰を跳ね上げた。

「どうした!?」

「……ううっ」

猛獣みたいに唸《うな》りながら、自《みずか》ら尻のあたりをまさぐると、ご丁寧《ていねい》に椅子の合板と同じ色に塗り潰《つぶ》された画鋲《がびょう》がひとつ握られていた。

「……こりゃあ」

悪質だ。いきなり悪意が倍増しになっている。

椅子にはなんの落書きもなかった。考えてみれば、ずいぶんとわざとらしい手抜きじゃないか。落書きは囮《おとり》だった。いや、囮と同時に攻撃でもあったわけだけど。

もう軽い嫌《いや》がらせじゃない。本気でイジメにかかっているとしか思えない。我《わ》が身が誰より可愛《かわい》い俺でさえ、画鋲にはムッとする以上の腹立ちを感じた。

でもすぐにブレーキがかかる。

心のシニカルな声が、良子がイジメられて、だからどうしたと囁《ささや》いた。

助ける？　本人に変わる気ひとつないのに？

良子《りようこ》が制服を着ていないことが、どりせんの許可があろうとも一部女子の神経を逆撫《さかな》でしていることは明らかだ。妥協《だきよう》すべきなのは良子の方なのも、考えるまでもなくそうだ。いじめのやり口は悪質だけど、徹底抗戦できるほどの大義名分《たいぎめいぶん》があるかといわれるときつい。

良子を見た。

大玉の瞳が、俺をじっと凝視《ぎようし》している。どきりとした。心まで見透《みす》かされた気がした。

やつの表情は絵に描いたみたいに涼しげだ。感情の温度が欠落している。このコスプレ魔女が根っこのところでどういう考えをしているのか、いまだに俺は覗《のぞ》かせてもらってない。双方向じゃない。良子からの、俺からの、絡みあわない一方通行。

「……損害は？」

「極めて、軽微《けいび》」

もしかしたら良子は、俺に守ってほしいのかもしれない。

無言で訴えかけてきているのかもしれない。

でも忘れてないか？

俺は異端《いたん》を許せない側の人間なんだぞ？

普通を装《よそお》って保身したい、弱者なんだぞ？

戦士じゃない。戦わない。逃げて逃《のが》れて免《まぬか》れる。全力を尽くして、やっとそれができるかどうかってだけだ。人間力だってないしな。たとえば尾崎《おざき》さんの態度が変わったこと、俺は腹を立ててない。同感だからだ。誰だってキモいやつの隣《となり》には座りたくない。

だから画鋲《がびょう》はやりすぎだと憤《いきどお》る一方、やむなしと見なす判断も同居する。

「どうしたの？」

子鳩《こばと》さんたちが布巾《ふきん》を水洗いして戻ってきた。

ふたりに告げるかどうか迷う。良子の顔から目線をはがし、誰の目線とも衝突しない空間に視点を逃がした。預かった画鋲をてのひらに包み隠す。

「いや、なんでもない」

そうだ、こいつは人間同士のいざこざなんて気にも留めない、異世界の魔女なんだろ？

「おはようございます。着席してくださいね」

ピンク色のカーディガンを着たマッドな存在、どりせんがやって来た。雑談していた生徒たちが一斉《いっせい》に席に戻る。

「座る」

誰にともなく声をかける。良子は椅子《いす》の表面をさすりながら、静かに着席した。

その顔を、なぜか確かめることができなかった。怒気も失意も宿さない、ポーカーフェイスだとわかりきっているのに。

淡々《たんたん》と授業が進む中、良子《りょうこ》がふらりと出て行ったのは三時間目後の休み時間だ。

戦士の中の戦士である良子であっても、生理現象に嘘《うそ》はつけない。この時ばかりは、俺を連れ出すことなく単独行動をするのだからわかりやすい。

だからまったく警戒していなかったし、心配もしていなかった。

四時限目がはじまってもなお、あいつは戻らなかった。

「レディス佐藤《さとう》！　……はまたいないのか。くそ、なんでこんな生徒がなんの処分も受けずにいられるんだ。おいメンズ、今日はおまえお目付役《めつけやく》してなくていいのか？」

最後のひとことは皮肉に近い。

「しかし欠席が多い……ん？　尾崎《おざき》と榎本《えのもと》、荻野《おぎの》は前の時間はいたのか？　おい、こいつらは今どうしてる？」

「トイレだと思います」

大島《おおしま》が淀《よど》みなく答えた。意識の片隅で警鐘《けいしょう》が鳴る。いっそ鈍《にぶ》ければよかった。中途半端《はんぱ》に気づく自分が恨《うら》めしい。行くべきか行かざるべきか。迷いはわずかな逡巡《しゅんじゅん》では解消されなかったが、チェックには行くべきだった。仕事だ、といい聞かせる。

「先生、すいません。突然さしこみが」

「いつの時代の人間だおまえ」

「失礼します」

教室を出た。「あ、おい」という声を後ろに受けながら、まっすぐ女子トイレに。

途中、キーキー笑いながら教室に戻る女子三人とすれ違った。ピタリ、と笑い声が止まる。尾崎ら三人が、エイリアンみたいな目で俺を睨《にら》んだ。やな感じ。

下手《へた》に睨み返したりはせず、素知らぬ顔で男子トイレに入った。

用は足さず、廊下《ろうか》から三人娘の気配がなくなってから女子トイレに再突入する。目撃されていないとはいえ緊張する一瞬だ。

無人の女子トイレに、男子便所とは異なる甘いにおいと、人の気配が残っている。

個室は三つ。手前ふたつは空っぽ。最後のひとつは開かないよう取っ手にモップ棒が嚙《か》ませてある。内側から開かないようになっていた。

棒を外して開けると、丸めた青い毛布が押しこめてあった。と思ったらそれは便座にうずくまってロープにくるまった良子なのだ。

ゴミ箱を上から投げつけられたようで、自慢のロープはゴミまみれになっていた。さらに水でもかけられたのか、ぐっしょり濡れている。

胃のあたりがぐるりと裏返る。悪い癖《くせ》だ。人はすぐに正義の味方になりたがる。でも良子に対して、そんな一般的価値観なんてなんの意味もない……はずなのに。

「良子」

ロープがはらりと垂れ、良子の顔がのぞいた。いつも通りの無表情。青ざめているようにも見えるが、きっと気のせいだ。

「とうとうヤラれちまったな」

思えば、こいつが直接攻撃を受けたのははじめてなんじゃなかろうか。

「閉じこめて、頭上からアイテム攻撃か。古典的だな。これなら顔も見えないし」

実行犯が尾崎《おざき》たちだったのは意表を衝《つ》かれた。やっぱり貴族の威光《いこう》はすごい。妄想戦士《ドリームソルジャー》を数に含まなければ定員割れしているようなクラスでも、最小単位のイジメの仕組みが動いた。

「そこまで汚れちゃ、授業に戻るって感じじゃないな」

便座の上で膝《ひざ》をかかえた格好で、俺を見ている。毛布にくるまる童女みたいに弱々しい。

「今日のところはこのままサボって、探索《たんさく》でもするか？　俺としてはおまえだけ直帰《ちょっき》してくれるのがありがたいけど」

良子《りょうこ》はパッと動いた。胸元に飛び込んでくる。俺を突き倒そうかというくらいの勢いで、頭をぐいぐい押しつけてきた。濡《ぬ》れ鼠《ねずみ》に密着されると、こっちのシャツまで水気に貫《つらぬ》かれる。だけどなにより驚いたのは、すがりついてくる行動そのもので。

「おい……」

なに普通に傷ついてんだよ。

そこはすまし顔で「問題は見受けられない」とかじゃないのか？

濡れた顔に涙が混じっているのかどうかはわからなかった。ただじっと顔を押し当て、停止

しているだけなのだ。なぜ戦士は苦痛を感じないなどと決めつけていたのか。

涙や泣き声がなくとも慟哭《どうこく》というのは成立すると、誰よりも知るこの俺が——


保健室に連れて行こうとしたが、良子《りょうこ》が学校を出たがった。

敷地外に出たはいいが、探索《たんさく》をしようという雰囲気《ふんいき》でもない。自宅に送り届けようと申し出ても、住所を教えてくれない。無言のままぼんやりだ。

で、濡れた人間をどうこうできる場所の心当たりは、ひとつしかなかった。

俺の家だ。

「なあ、シャワーの使い方くらいわかる設定だろ？　ちゃんと自分でやってくれよ。さすがにそこまで面倒見られないぞ」

と洗面所に押しこんでしばらくのち、浴室から水音が聞こえてきたので俺は安堵《あんど》した。

「洗濯物、水洗いだけして乾燥機に入れてとくから」

足拭《あしふ》きの上に脱ぎ捨てられた衣装を取り上げて、洗濯機に放りこむ。

その際、なにげにこの女が下着を着用していなかったという驚愕《きょうがく》の事実が発覚したが（レオタードを下着がわりにしていたようだ）、俺の心のキャパシティはもう満杯になっていたので、幸《さいわ》いなことに思考停止に陥《おちい》ることができた。

水洗いをタイマーで素早く済ませ、乾燥機に放りこむ。最短でも四十分はかかる。

「ここに何枚かタオル置いてあるから、シャワー終わって乾いてなかったら使ってくれ」

浴室に声だけかけて、さっさと洗面所を出た。

「で、どうするんだ」

どうしよう。どうしたらいいんだろう。やることがないことに狼狽《うろた》え、おろおろする。矮《わい》小《しょう》な生き物、俺。

「……何してるの？」

おろおろしていると姉貴《あねき》が立っていた。

「うわあっ」

「……ごめん」

「いいけど……じゃなくて、どうしてこんな時間に家にいるんですか？　美容院は？」

まだ昼前だ。

「……休憩《きゅうけい》だから、食事に」

そうか、客商売だからずらして休憩を取るんだった。背筋を貫《つらぬ》くチューブに氷水を注入された気分になる。際立《きわだ》った恐怖は一種の寒気なのだ。姉貴に良子を見られたらピンチになる。なるか？　なりそう。

「外で食べるんですよね？」

「……そんなお金もったいないから、家で食べたいんだけど」

そう、姉貴《あねき》は倹約《けんやく》家で吝嗇家《りんしょくか》、四つ離れた駅の専門学校にも自転車で通っていた。

「じゃあ五分で食べ終わるんですよね？」

「……終わるわけない。今から作るところだし」

シンクの前に立ち、きのこを調理しはじめた。きのこが好きなのだ。

なすすべもなく突っ立っていると、二人分の皿がキッチンテーブルに置かれた。メニューはきのこたっぷりのリゾットで、実にヘルシーそうだ。

「一郎《いちろう》の分」

「あ、うん」

ふたりできのこを食す。

「……どう？」

「あ、うん。きのこの味がする」

本当は味などわからない。今この家には裸の良子《りょうこ》が潜伏《せんぷく》している。見つかったらアウトだ。手を打たなければ危ないのに、できることが見つからない。シャワーを浴びはじめてもう三十分は経っている。なんとか見つからずに連れ出す方法はないのか。

食後、姉貴は廊下《ろうか》に向かった。即座にあとをつけた。

「……何？」

「えっと、でかけるんですか?」

「おしっこ」姉貴はトイレに入った。俺は出待ちをした。

「……トイレ使うの?　すぐ入られるの恥ずかしいんだけど」

「いや、トイレじゃないです」

姉貴は怪訝《けげん》な顔で、洗面所の引き戸に手をかけた。

「シャワー浴びるんですか!」

「……うん。浴びる」セカイ系イジメはきついぜ。姉貴はいたずらっぽく笑ってつけ足す。「一郎も一緒に浴びたい?」

それなりに凄《すご》いことをいわれた気がするが、脳には染《し》み渡らない。

姉貴の手が戸を開けた。ごんごん回る乾燥機の丸窓に、全裸の良子がへばりついていた。

こちらを向いた小振りの尻が、やたら白く輝いて見えた。

ここから十数分ほどの記憶がなくなる。

十数分後、俺はリビングで面接を受けていた。それも圧迫面接だ。

卓上に置かれた姉貴のケータイは、すぐ両親に連絡を飛ばせるようフリップを開いた状態でスタンバッている。まだ連絡はされていない。最後の砦《とりで》を攻められているところ。

「……まとめると」姉貴《あねき》の声は地の底から響いてくるみたいに聞こえた。「そのスケとはただのクラスメイトで、担任から命じられて世話を焼いているだけということ？」

説明した記憶はなかったが、その通りだったのでうなずいた。

「信じられないな。シャワーまで使ってて」

「でも本当ですから……」

「学校サボってヤッてたんじゃなくて？」

うわ、生々しい言い方。

「違います。絶対。……あいつのことは、異性とは見てないので」

「というか、アレなんのつもり？　あの格好」

「コスプレ……というより……アレ」

「アレか」

「アレです……」

姉貴は天を仰いだ。ケータイを手にする。俺は縮《ちぢ》こまる。

「一郎《いちろう》は、ああいうのがいいってこと？　やっぱりまだ引きずってるのかな？」

「違います、引きずってないです」

「ヤッてたじゃん。未練あったってことじゃん」

「ヤッてないですし！」

「呼んで、あいつ」

「はい……」

俺は廊下《ろうか》に出て、衣装に着替えた良子《りょうこ》を手招く。入れ替わりで出ようとしたが、姉貴が「一郎もいな」と呼び戻される。合同面接になってしまった。

「……おめーさ、弟のなんなの？」

「………」

不可視の呪術《じゅじゅつ》によって、良子は一般人には見えていない設定だ。

「またか。なんなんだよオメー。ケンカ売ってんの？　はたくぞコラ」

暴力で高校を退学したこともある姉貴の鬼は、もう目覚めている。

「………」

「舐《な》めてんな。うん、舐めてる」

立ち上がりかけた姉貴を、両手で押しとどめる。

「病気なんで、勘弁《かんべん》してやってください」

「一郎にこんなこといいたくないけど、家族を裏切る真似《まね》だけはしてほしくないんだけど」

「は、それはもう……俺自身、同じ思いをくすぶらせているので……」

「くすぶらせてるだけか？」

「いや、同じ……思いです。ただただ、同じ思いです」

「オメー今回だけ勘弁してやるよ。けど一郎《いちろう》とは別れろ。出てけ」

良子《りようこ》は言葉では応じなかったものの、俺に目線を移した。

「えっと……」口ごもっていると、良子はすたすたと出て行く。「あ、待って」

「ほっときな。彼女欲しいんなら紹介してやるから、ああいうのやめな。また巻きこまれてイジメられたらどうするんだ?」

「イジメって」俺は少しだけカチンと来た。「姉さんがいうかな、それ」

途端、姉貴《あねき》の眼光が揺らぐ。

「俺、あいつの件が片づいたら……ちゃんと挽回《ばんかい》するつもりです。だけどそれは、人にいわれるまでもないことなんで」

「……私は一郎がまた……」

姉貴の顔を見て、すぐにいたたまれない気分になった。

「追いかけるから、一応……仕事だし」

ぼうと立ち尽くしている姉貴を置いてリビングを出たが、止められはしなかった。

良子は門前の道路を、ひとり杖《つえ》をついて歩いていた。すぐに追いついた。

「……悪い」

「一郎は悪くない」

短い言葉からは、いつもに比べてほんの少しだけ、演技臭さが薄れていた。

「あれは親族か?」

「ああ……姉貴だけど……」

「疑問、なぜ敬語を?」

「え? ああ、姉貴に対してか……うん、なんか、敬語なんだよなあ」

話しにくい事情なのだが、悪いことをしてしまったという罪悪感《ざいあく》があって、俺の口はいつもより軽くなった。

「俺、中学の頃……イジメられてて……家族に心配かけてたから」

「………」

「姉貴には嫌われてて、よく殴られてた。というか、家でもイジメられてたんだよな。で、ある時に耳ぶっ叩かれて怪我《けが》して……そっからかね、敬語」

「怪我?」

ちょっとだけ考えた。

「鼓膜《こまく》が破れて……うまく塞《ふさ》がったけどな。怖かったなあん時は。耳、聞こえなくなっちゃったからな。奥の方、何事かってくらいツーンと痛かったし。鼓膜って塞がるんだよ。皮膚《ひふ》と一緒でさ。けど治ったあとも姉貴の前に出ると、もう言葉が前みたいに出なくてな」

怪我自慢はあまり好きじゃないからしたくなかったけど、こいつはさほど気にすることはないだろうと思っていた。

手を握られた。ひやりとした手だ。意表を衝《つ》かれて、俺の心までびっくりしてしまう。

「なら、行こう」

手を持ち上げられる。銀細工めいた指が、手首にブレスレットみたいに輝いている。

「行くって、どこに？」

「あちら側」

静寂《せいじゃく》が落ちてきた。

良子《りょうこ》のいう〝あちら側〟という言葉に当てはまるものは、ひとつしかない。

良子の心にある異世界だ。

そこに、還《かえ》る。

竜の釘《くぎ》を集めたあと、良子はそこに還るという設定だ。荒唐無稽《こうとうむけい》。どっと疲れてくる。

「はは……俺もそこに行けるって？」

「私と同じものは、連れて行ける。もうこの世界は価値がない。行こう」

〝私〟という自称をこいつが使うのを、たぶんはじめて聞いた。

「もしおまえが釘を見つけて……で、還ろうってなった時……もし」

もし、還れなかったら――

俺の足は、自然に止まってしまった。活力が抜けてしまったみたいに、全身が気怠《けだる》い。希望がないからだ。

こちらに行けばきっと出口があるという確信があれば、いくらだって突き進める。冷たい現実の壁にぶつかりさえしなければ。いやぶつかるのは百歩譲ってよしとしよう。乗り越えられるだけの隙間《すきま》があるのかどうかだ。壁が天井《てんじょう》まで埋《うず》めていたなら、そもそも努力のしようもないわけで。

良子は数歩先で振り返っていた。

もしあいつの望み通り、すべての竜端子《りゅうたんし》を見つけたとしても……何の解決にもならない。だってただのおまじないなんだから。

行きつく先は空振《からぶ》りだ。どういう結末を見届けることになるのやら。

「一郎《いちろう》」

こちらの懊悩《おうのう》を良子が気取《けど》ったとは思えないが、妙に鋭《するど》いタイミングでやつはいった。

「今日は、調子が万全ではないようなので帰る」

「そうか……じゃあ、な」

早足で通りの向こうに去っていく。寂しげな背中が、哀《あわ》れなほど小さい。

追いかけていって助けになってやりたいという気持ちと、救いのない物語には関わりたくないという気持ちがせめぎあっていた。

だから一歩も動くことができなかったのだと、自分に言い訳をした。

授業中にもか拘《かか》わらず、消しゴムのカスが目の前を横切っていた。右から左へ。誰がやっているのか最初はわからなかったが、度重《たびかさ》なるうちに大島《おおしま》が指先を弾《はじ》いている場面を目撃させられた。

ターゲットは良子《りようこ》のようだ。

大島のスローイングはなかなかの命中率を誇る。外れても、良子の周囲はどうせ同類のいずれかなので心おきなく投げている。

見て見ぬ振りができたら楽なんだが、そうもいかない。

ペンケースにもう使いそうにない古いちびた消しゴムがあったので、大島めがけて投げつけた。のび太くん属性がついてきたらしくて、大島の頭に見事に命中した。

自分がしていたことをされただけで、不安半分ブチギレ半分の顔で犯人をさがしている。女《じよ》王蜂《おうばち》だから強気一辺倒《いつぺんとう》かと思われるが、そうではないのが人間の脆《もろ》さだ。ふとしたことで人は転落もするし鬼にも変わる。何度も目にしてきたからわかる。

ほどなく大島は、俺にピタリと顔を向けた。表情が消えている。

授業中なので特にチャージされることはないが、憎しみの芽を育ててしまった。ため息。

「佐藤《さとう》さ、何したのかわきゃってんのっ？」

休み時間、ものすごい剣幕で大島が攻めてきた。ご自慢の美貌《びぼう》は怒りで赤黒く、こわい。

普段ならもっと冷たく締め上げてくるところを、ところどころで声が裏返ったり早口だったり噛《か》んだりと、即応性の高い殺意が垣間《かいま》見えて、やっぱりこわい。

「そっちが先にやったんだろ」それでも反撃はせにゃねえ。

「っさいよ！　関係ねーだろ！」

いくらなんでも幼稚すぎる物言いに、少し強気になる。

「関係なくねーし。俺、担任から命じられて良子の面倒見てんだけど？　俺の目につく範囲であんなことされたら対処すんの当然だろ。見過ごす方がむしろヤベェよ。つうかこのこと、担任に報告できるんだぞ？　するか停学？　楽しむか自宅？」

大島の顔が引きつる。

「……うざいんだけど？」

「こっちがうぜぇよ。シカトすんなら最後までそうしろ。これ以上なんかやってきたらぜってーやり返す」

大島はわなわなと震え、机の脚を軽く蹴ってきた。そのまま無言で睨《にら》みつけていると肩をいからせて廊下に出て行った。

「…………ったく」

目立たないよう普通に生きようとしたのにこれだ。完全目をつけられた上、もう引き返せないくらい対立しちまった。あーあ、やれやれ。

的《まと》にされていた良子《りようこ》の髪には、細かなゴムカスがフケのように埋《う》まっていた。

「抵抗できないのはともかく……払うなりしろよ、コレ」

「……？」

「どこの子供だよ……おまえ」

手櫛《てぐし》で髪を梳《す》くようにしてゴムを取りのぞく。吸着《きゆうちやく》するので手間取る。細かい作業をしていると、突然心に澱《おり》のような疲労が沈殿《ちんでん》していることを自覚してしまった。

「いつでもいつまでも助けてやれるとは限らないんだぞ……」

「………」

「良子？」

「……何か？」

「ぼんやりしてんなよ」

「現在、リサーチャーは低調……」

「調子悪いのか」

「疲労が蓄積《ちくせき》している。よって今日の探索《たんさく》は、中止」

「そりゃありがたい。慣れても恥ずかしいものは恥ずかしいしな」

自分でいう通り、良子にはどことなく元気がない。イジメがボディブローのように効き目を発揮しているとも考えられた。どんなに普通とは違っていても、やっぱりイジメは心を蝕《むしば》む圧力になる。妄想《もうそう》が激しすぎて自覚することができなくとも、着実に歪《ゆが》みは蓄積されていく。

「取れた」

「……一郎《いちろう》」

俺を見もしないで良子はいう。

「ん？」

「……感謝をする」

「感謝もいいけど、反省とか内省とか成長とか、そのあたり期待したいけどな」

自分の席に戻ると、子鳩《こばと》さんがマリア様のお祈りみたいなポーズで話しかけてきた。

「どうしたの？　良子ちゃんに何かあったりした？」

消しゴム合戦、気づいてなかったのか。いかに真面目《まじめ》に授業を受けているかという証《あかし》だ。心配をかける必要はなかった。

「いや、大丈夫」

「そう？」

「髪、汚れてたからちゃんとしろって話しただけ」

本当、ちゃんとしてほしいもんだ。

夕方、晩飯後の時間にベッドで休んでいると、清水《しみず》から電話があった。

『一郎《いちろう》クン、その後どうだ、順調か？』

「ああ、悪い。報告してなかったな。順調とはいえないけど、落ち着くところに落ち着いたって感じになったよ」

アドバイスの礼に、これまでの経過を清水に話す。

『はからずして戦士長になったんだな。しかし十六人って凄《すご》いな。最大グループだ』

「清水がいう通りになったけど、結束《けっそく》してるわけじゃないからな。第一、俺はああいうイタいの見てらんないからさ……」

清水が向こう側でげらげら笑った。

『やっぱ業《ごう》からは逃《のが》れられないんじゃないかね？』

「最悪だな、それ。生きる希望なくしそうだ」

清水にしてみれば所詮《しょせん》他人事《ひとごと》なので、面白半分、こっちが本気で落ちこむようなコメントも平気で口にする。

『ああ、それより今日は別件あるんだった』俺が唸《うな》っていると、察したのか天然なのか、清水が話題を切り替えた。『一郎クンのこと探《さぐ》ってるヤツがいるぞ』

「は？」真意をはかりかねる情報に、俺は困惑した。

『なんか突然連絡網《れんらくもう》回ってきてんだけど。N高校の佐藤《さとう》一郎について知りたがってるやつがどこかにいるらしい。佐藤のことだよね。女子中心に回ってるな、これ』

「誰って……誰？」

『出所はわからないけど、オレのところには三島《みしま》から来た。三島翔子《しょうこ》、憶《おぼ》えてるだろ？』

「できたら思い出したくもないけどな」

三島は中学時代のクラスメイトだ。中学時代のクラスメイトは清水をのぞけば友人と呼べる相手はひとりもいない。敵か潜在的敵のどちらかだ。

『こういう人づての探り方って交友関係広いやつの仕業《しわざ》だから、君の近くにその手の人間いるんじゃないかな』

「……交友関係、女子……」

そんなもん、ひとりしか該当《がいとう》しない。女王蜂《じょおうばち》、大島《おおしま》だ。

でも意表を衝《つ》くならやっぱり子鳩《こばと》さんあたりか。

でももし黒幕が子鳩さんで、動機が「佐藤くんの個人情報って脅迫《きょうはく》とか虐待《ぎゃくたい》くらいにしか利用価値ないよね～」とかだったら俺は自殺するかも。現代社会に対する絶望をインターネット掲示板かブログあたりに遺書の形式で書き残してから。

『まあ探られてるから対処できるもんでもないけど、警戒しといた方がいいな。いいよな、なんか生《なま》の学級政治って感じで。ちょっと面白かった』

清水《しみず》の声はとても楽しげに弾《はず》んでいたが、俺の気分は反対にぐんぐん下がっていく。

『なに、どうしてもつらいことになったらTAIGAKU～副題・自由への飛翔～っていう選《せん》択肢《たくし》もあるって。いけるいける』

「お洒落《しゃれ》風にいっても退学はゲームオーバーだろ！　やだよ！」

『でもいっぱい遊べるぞ？』

「学びたいんだ！」半分本気でキレた。「だいたい遊ぶような友達がすでにいない！」

『ははは。まあ気をつけるんだな。せっかくリークしてやったんだから』

「リークされたからって、どうしろってんだよ」

『そりゃそっちで考えろよ。ガード固めるとかさあ』

気楽にいってくれるが、わかっていても回避できないのがイジメや悪意ってものだ。清水は成績も運動神経もパッとしないが立ち回りだけはうまい。上級者から見れば俺の悩みなんて微笑《ほほえ》ましいものなんだろう。清水の情報を有効に活用できるはずもなく、来るべきものはその数日後に見事に着弾することになるわけだ。


「……佐藤《さとう》、ちょっと来て」

休み時間に普通女子の代表格、尾崎《おざき》さんに呼び出された。

もう会話することはないだろうと思っていた相手に話しかけられて、少したじろいでしまった。尾崎さんはいやいや話しかけてきたようだけど。

三階と四階ペントハウスの間にある踊り場に来るのは二度目だ。

屋上が閉鎖《へいさ》されているため、ここは袋小路《ふくろこうじ》になっている。目的がなければ誰も来ることがない場所だが、尾崎さんに連れて行かれたこの時には、大島《おおしま》らがいた。

風変わりなメンバーだな、と最初に感じた。

最近の大島は、忌野《いまわの》とペアになっていることが多く、大勢で群れて行動している様子はなかったからだ。それが今、壁を背にする女王蜂《じょおうばち》の周囲には、榎本《えのもと》・荻野《おぎの》・加納《かのう》の三人（尾崎を加え四人）がそろっている。大島以外は、女子四人班のメンツだ。

中途半端《はんぱ》にカンが働く俺はすぐ、大島が「対等に近い存在で性格的に気まま」な忌野より、「自分をリスペクトしてくれる扱いやすい」尾崎さんたちをこの場では選んだと気づいた。

女子に呼び出されるなんてのはちょっとしたドキドキ体験だが、早々に暗澹《あんたん》たる気持ちが全身に充満《じゅうまん》してくる。

大島が最初から勝ち誇った顔をしているのも、不安材料だった。

走って逃げ出したいところだが、そのまま高校をＴＡＩＧＡＫＵするくらいの勢いでなければ何の解決にもならないことはわかっている。絶望的正念場《しょうねんば》だ。

大島《おおしま》の手には、死んだ貝みたいに開いたままのケータイが収まっている。まずい、と察知した。コレはヤバいもんだ。オーラが器物から発散されているのは珍しい。

「佐藤《さとう》さー、なんで呼び出されたかわかってないと思うけど」

「わかるわけないだろ」

極度の緊張が、俺の言葉を早回し気味にする。面白イントネーションになっていたのか、女子どもはくすりと笑う。

「別に文句つけようってことじゃないから、それは安心していいよ」

妙に優しい声で大島がいう。なんだそうだったんだーと俺もほっと……するわけがなく、むしろ警戒の度合いは俄然《がぜん》強まった。

「ただあいつらはキモいよね？」

「はあ？」

「ウチのクラスのおかしな連中のこと。わかんだろ」

「……だから席替えの時だってひとまとめにしたんだろ」

「だって会話成立しないんだもん。気味悪い以前に、没交渉《ぼっこうしょう》じゃん。意見が合わないとかじゃないし、こっちが悪いわけでもないよ。向こうがイッちゃってるんだから」

本質的に俺も大島と同意見だからいい返せない。思わず「まったくだ」とうなずきそうになってしまった。こちらの腹を見透《みす》かしてか否《いな》か、大島はこう続けた。

「でもメンズだけは違うじゃん？　一応、頭の中身はまともだし」

「俺だってまともなつもりだ。だからイジメとかされると、まともに対処しないといけねーんだけど。逆恨《さかうら》みとか筋違いだから、ほっといてくんねーかな？」

大島はちがうちがうと手を振る。

「そのまともなはずの佐藤に、見ていただきたいものがあってさ」

ケータイをこちらに向けた。死んだ貝みたいなケータイからは、死臭《ししゅう》が漂《ただよ》う。逃げたいという衝動がマックスになったのはこの時だ。強烈なことが、起ころうとしていた。

液晶に写真が表示される。

俺は声にならない悲鳴をあげた。

大島はすぐにケータイを閉じた。

「見たね？　理解した？」

「……それ……！」

「友達に頼んで、佐藤と同じ中学の子さがしてもらったんだ」清水《しみず》の忠告《ちゅうこく》がリフレインするのと、足下が崩壊《ほうかい》していく幻聴を、同時に聞いた。「で、ぜーんぶ聞いちゃった。この画像も持ってる子さがしてもらった。すごいよねー、コレ」

体がまったく動かなかった。心を殴打《おうだ》されたショックは、あまりにも大きすぎて、からだまでショートさせてしまった。ずっとこのことを怯《おび》えていただけに。細心の注意を払っていただけに。叩けばいくらでもホコリが出る身と理解していただけに。

ついに、バレた。

うかつさには、不運には、悪意には、どんな呪《のろ》いの言葉を投げかけても足りない。

「これバレたら、佐藤《さとう》のそばから離れるやつもいるだろうね」上からどころか生殺与奪《せいさつよだつ》を握る暴君の目線。「子鳩《こばと》とか」

ぎくりとした。いろいろなものが見透《みす》かされていた。そうじゃないといい張れるほど、彼女の内面に触れたわけじゃない。というか、そもそも知られたくない。絶対に。

大島《おおしま》は悠然《ゆうぜん》と俺の後ろに回り、声量を落とす。悪魔の囁《ささや》きだった。

「……こっちのすること、邪魔《じゃま》しないで。いいね?」

出された条件は想像以上に軽く響く。もともと大島のことなんて興味はないのだ。

「……良子《りょうこ》のこと以外だったら、俺はどうでもいいから……」

「バッカじゃないのか」大島の声に鈍器《どんき》の破壊力が戻る。「そいつのこと一切フォローすんなっつってんだよ」

「あ……」

「そもそもW佐藤でつるむな。かばうな。担任にもいって解任してもらえ」

「できるわけない」

「ならこれはバラまかれるよ?」

大島のケータイを奪って破壊したらどうだろう？　もちろんNGだろう。ケータイは買い換えてくるだろうし、データだって友人とやらからいくらでも取り寄せられる。中にはPC《パソコン》に保存してるやつだっているだろう。

「そうだね。今後ふたりで一緒に行動するのやめな。ケンカでもなんでもして、分裂しろ」

「そんなに……良子のことが嫌いなのかよ……」

「佐藤良子は、やられて当然」

大島の声はぴしゃりとした鞭《むち》の響きをともなう。

「かばう方がおかしい。コスプレ……私服を許しているところがおかしい。ありえないし、誰も納得してない。おめーのポンチ仲間ども以外は。じゃあたしらタバコ吸ってもお咎《とが》めなしになるか？　ならないんだろ？　ふざけんなっての」

俺だって良子に何度も制服について提案した。けどあいつは、一度も耳を傾けてくることはなかった。外見だけでも変われば、中身は痛くてもひとまずは誤魔化《ごまか》せる。けど一番大切なところを良子は決して譲らなかった。

そしてあの探索《たんさく》行為だ。けっこうな時間を一緒に行動して、まったく相互理解が生まれなかった。嚙《か》みあわない歯車。

なあ、おまえ俺のことどう思ってんの？

俺と本当の意味で〝会話〟する気とか、ないの？

何度そう問いかけたかしれない。

だから俺も本当の意味で、あいつの側には立てない。共通語がないから。

「こっちの邪魔しないんなら、画像は流さない。どうする?」

「………………」

「バラされても平気なわけか?」

「いや」

「おめーにイジメろとはいってない。すっこんでろってだけの話だ」

俺の心にあるものを検索してみる。秘密をバラされてもなお良子《りょうこ》を守るための大義名分《たいぎめいぶん》があるかどうか。……ない。検索結果はゼロだ。そんなもの、欠片《かけら》ほどもアリはしない。同情もできず、譲歩《じょうほ》もなく、倫理《りんり》もない。良子は好き放題やって、対価を支払っていない。ずるい。

俺だって支払った。愚行《ぐこう》の報《むく》いを受けた。三年間続いた。

良子も、一度支払うべきなのでは?

この論法《ろんぽう》が成立してしまった時、俺の内部で瓦解《がかい》するものがあった。どりせんの命令でガチガチに固めていたものが倒壊し、喪失《そうしつ》感と解放感、罪悪《ざいあく》感とあきらめが噴出した。

だから大島《おおしま》に絶妙《ぜつみょう》のタイミングで、

「いいね、コーガ君?」

と念押しされた時、俺は情けないことに、

「……ああ」

救われたという思いさえ、抱いていた。


「一郎《いちろう》、今日は行きたい」

同日、放課後。良子が机の横に立つ。

俺はもうこいつの顔をまともに見ることはできない。

教科書を鞄《かばん》に詰めながら、努力して作った平坦《へいたん》な声で告げる。

「無理だわ。用事あるし」

「……規約違反が著《いちじる》しい」

「無理なんだよ」

机が空《から》になると、教科書を鞄の内部で何度もかき回す。位置がちょっと落ち着かない。これでは持ちにくいから。偽《いつわ》りの理由をつけて、行為に没頭《ぼっとう》している。

素《そ》っ気《け》ない態度にさっさと追い払われてほしかった。

けど良子は一度食いついたらそう簡単には考えを変えない。ほかならないこの俺自身がよく知っている。なんとなれば強引に振り払うしかないのだ。

もし応じれば。

顔を上げて大島《おおしま》を視界に入れる。やはり見ていた。悪女ってのはたいがい有能だ。氷の微笑を浮かべながら、長い脚を組み、壁に背を預けて優雅に座している。シャロン・ストーンの人間力を一〇〇Huとするなら、大島は七〇Huくらいはありそうだ。強すぎる。

「しかし竜端子《りゅうたんし》を発見・確保できなければ、世界は未曾有《みぞう》の危機に陥《おちい》ることになる。あれは現象界には危険すぎる代物《しろもの》であり、なんとしても我々ふたりっきりで押さえる必要がある」

「悪い」

会話で突き放すことは無理だ。席を立ち、足早にその場を離れるしかなかった。

取り残された良子《りょうこ》は、ひとり異世界にまぎれこんだ魔女さながらに、寂しげだった。

卑劣《ひれつ》な保身。情けない人間なのはよくわかってる。自分を犠牲《ぎせい》にしても人を助けないことを責めたければ責めればいい。俺はこの世界に、そんな正義なんてこれっぽっちも期待しちゃいないんだ。

自分を助けるのは、偶然か、知恵だけだ。

自宅で、味もわからない夕食をとったあと、電話をかけた。コール三回ののち、通話状態になる。幼い息遣いが、向こうに良子がいることを伝えてきた。

『…………』

「良子か?　悪いけど、ちょっと話したいことがある。聞いてくれるか」

良子はいじめられていること。俺も狙《ねら》われていること。つるむのをやめないと俺まで巻きこまれること。大島の名前だけは伏せて話した。

「悪いけど、俺は保身を優先するから。だから教室でも学校でも、もうおまえとは行動できない。話しかけないようにしてくれ。話しかけられても、学校じゃまともに対応できない」

『……探索《たんさく》の約束をした』

「した。いった以上、それは手伝う。ただし」罪悪《ざいあく》感に急《せ》き立てられ、自然と早口になってしまう。「別行動でだから」

『別行動とは？』

「聞いての通りの意味だよ。俺は俺でさがす。そっちはそっちでやってくれ」

　息が詰まる気配が伝わってきた。

『……一郎《いちろう》はいじわるをいっている』

「そうだな。けど意地悪は俺だけじゃないから、それは知っといた方がいいよ、おまえ」

　負け惜しみでも言い訳でもなくそう思う。良子は無防備すぎる。異端《いたん》で居続けるってのは、

「攻撃してもいいですよ」と喧伝《けんでん》するようなものだから。

「もしどうしても我慢できなくなったら」そして俺は助言をする。今できる最大の支援。「衣装を捨てて制服を着ろ」

『……防御力が低下する上、リサーチャーは隠蔽《いんぺい》式によって現象界人からは視認《しにん》されていないため、制服を着用する必要は――』

何度目かになる不毛な説明を聞いた時、俺は泣きそうになった。

「どうしてそうなんだよっ」

涙声で怒鳴っていた。

「自分を守る努力がなんでできないんだよ！　そんなに普通とは違う自分をアピールすることが大事なのか？　いい加減にしてくれよ！　俺はもうそういうのイヤなんだよ！　みっともないって自覚しちまったから、気づいちまったから、もう二度と戻れないんだよ！」

電波は気配は伝えても、本心までは信号に変換してはくれない。予想するしかないにしても結局のところ妄想戦士《ドリームソルジャー》というのは、幼稚な目立ちたがり屋だ。

本当は華々《はなばな》しく注目を浴びたいが、できないから、インスタントに自分を格好良くしようとする。オタク趣味があれば、その価値観も現実離れした側に傾きやすい。架空の諜報員《ちょうほういん》やバンドマンや多重人格や特殊能力者になる。

それらの設定をことあるごとに衆目《しゅうもく》に晒《さら》すのは、尊敬され、称賛されたいからだ。

良子《りょうこ》だってそうなのだ。

「……普通がそんなにイヤか。ただの一般人じゃそんな不満か。目立ちたいなら、人に見られるだけの努力をしろよ。時間かけろよ。本物になれよ。そういうのすっ飛ばして、いきなり結果だけ求めんな。俺はそういうの大嫌いだよ。イジメられて当然だよ。どうしてもっと素直に助けたいって、思わせてくれないんだよおまえらは……」

助かる気があるなら、いくらだって助けてやるよ。

だけどその気もないやつに、どうして？　どうやって？　それはただの甘やかしだ。

『一郎《いちろう》の抑圧《よくあつ》感は……』珍しく良子が言葉に詰まる。

「抑圧感がなんだよ。俺側の問題だってか？　ずっと、そういう論法《ろんぽう》だったよな。いや論法にさえなってないよこんなの。相手否定してるだけじゃん」

目眩《めまい》がすると同時に、泥のような疲労に襲われた。荒れくるう感情を言葉にすることさえ億劫《おっくう》になり、俺は心にフタをした。

「釘《くぎ》は見つけたら、そっちに届くようにする。学校では話しかけないでくれるか。別に恨《うら》んでもいいから」

返事を待たずガチャ切りした。すぐに電源も切る。

結局、態度だけで良子を遠ざける長い戦いさえ、今の俺にはできなかったのだ。切羽詰《せっぱつ》まった小心者。その証拠《しょうこ》に、高ストレス行動の結果として胃がぐるぐると回っていた。


中間試験が二週間後に迫った頃、滅多《めった》に鳴らないケータイに連絡が入った。

おまじないの情報を教えてくれた彼女だ。

用件は、竜の釘——あるいは竜端子《りゅうたんし》——の在処《ありか》がわかったという。

釘《くぎ》は女の子たちと街の隠し場所を行き来していて、滅多《めった》に流出することはない。隠し場所はその都度《つど》変わるし、一定のルールに基づいてはいるが場所を決めるのはおまじないをした本人らだ。事を終えた場合、釘を次の人間にバトンタッチしなければ呪《のろ》いがある（と囁《ささや》かれている）ということで、情報もそう簡単には拾えない。

そんなよくできたシステムにも、ひとつだけ穴があったわけだ。

「摩耗《まもう》した釘は奉納《ほうのう》されるってことなんだけど、知らない人が多いの。特に壊しちゃったり傷つけちゃったりすると不安になる子が多くて、そういう書き込みがたまにあるんだ」

送られたメールには、インターネット掲示板の魚拓《ぎょたく》が添付されていた。

とある質問者が「釘って壊しちゃったらどうするの？」という質問をしている。文面から考えてかなり深刻な様子だ。好奇心の質問ではなく本物だろうとわかった。

レスはすぐについた。「神社に奉納すればいいよ」神社の場所まで指定されている。質問者が本気だったら、翌日にでも神社に向かうはずだ、というのが彼女の推理だった。

それで放課後、こうして自転車を漕《こ》いで件《くだん》の神社に向かっているわけだ。同じ街とはいえそれなりに迷ったが、暗くなる前になんとか見つけることができた。

「え……これ？」

ケータイの地図と目の前の神社を見比べる。間違いないようだ。

神社は、おそろしく小さかった。

一般的イメージの神社を想い描いていただけに、拍子《ひょうし》抜けした感じだ。

敷地は四メートル四方くらいしかない。社務所《しゃむしょ》とかの建物もなく、いくつか連なる鳥居《とりい》も小さなものばかりだ。拝殿《はいでん》と本殿は一緒になっていて、二匹のジャパニーズ・ガーゴイルも猫くらいのサイズしかない。数えるほどしかない木立《こだち》が、本殿を屛風《びょうぶ》みたいに囲んでいた。

「で、隠し場所がここか」

本殿を支える土台の部分に、石材の組み合わせが格子《こうし》状になっている部分があり、死角には隙間《すきま》が確保されているのだという。おそるおそる手を差し入れてみると、指先に印鑑《いんかん》ケースのような感触があった。

「マジであった……」

引き出して中身も調べてみると、やはりあの保健室やそば屋で見た釘と同一のものが入っていた。間違いなく本物だ。これを良子《りょうこ》に渡せば、ひとまず義理は果たしたことになる。だけど良子、こいつを集めたところで、どんな希望があるってんだ？

良子はあの電話以来、ずっと学校を休んでいる。

俺の秘密も、今のところ公開されてはいない。でもだからといって安心できる状況でもないし、秘密を握られているうちは永続的にストレスは続く。

「……くそ、どのみち袋小路《ふくろこうじ》だぞ」

釘を見ながら、すっきりしない結末に俺はしばし意識を濁らせていた。

「ちょっと君！　待ってくれ！」

突然呼び止められて、思考は切断された。

声をかけてきた人物は、小なりとはいえ神社には不釣り合いな服装をしていた。カジュアルな柄のハンチング帽《ぼう》と七分丈《しちぶたけ》のTシャツ、細身のジーンズ。垢抜《あかぬ》けた印象があるのは、派手にならない程度に抑制《よくせい》された装飾品が首元や手首を埋《う》めているからだろう。参拝《さんぱい》よりも繁華街で遊んでいる方が似合いそうだが、違和感以上に強かったのは既視感《きしかん》だ。

「前に店に来てくれた人？」「アクセサリー屋さん、ですよね？」

俺たちの声はタイミングも意味も重なってしまった。

「そうか……君もおまじないを追っていたんだねぇ」

「はい」

春の陽気がそろそろ夜風の気配を漂《ただよ》わせはじめると、児童公園を利用する人影もなく、三人掛けのベンチは俺と久米《くめ》さんで占領してしまうことになった。奢《おご》ってもらえた缶コーヒーをちびりちびりと飲みながら、深い部分は伏せたまま事情を説明したのだった。

俺の事情を聞き終わると、久米さんはふぅむと唸《うな》ったっきり考えこんでしまった。

「……その欠席しているガールフレンドさんには悪いけど、これ回収分なんだよね」

釘《くぎ》は今、久米さんの手の中にある。俺が入手したそれを、彼は引き渡してほしいと要求してきたのだ。

「久米さんは、このおまじないとどう関係があるんですか？」

「話さないわけにはいかないよねぇ、それ……」

「複雑な事情でも？」

「いや、単におれが仕事の片手間におまじないのメンテを引き受けてるんだけどさ」

「おまじないのメンテってすごい言い方ですよね」

久米さんは笑うと少し幼い感じがした。

「そうだね。半分趣味みたいなもんなんだけどね。もともとは何年か前、偶然インターネットで釘を奉納《ほうのう》するって話を見たことがあって……ためしに調べたら本当にあってさ」

「で、修理を？」

「してね。で、あとは誰かにあげてもいいし、適当な場所に置いてネットに書きこんでもいいし」

本当に流動的なおまじないシステムだな。メンテ機能まであるなんて、不思議だ。

「これって、最初にはじめたのは誰なんですかね？」

「わからないよね。都市伝説ってそういうものじゃないかな」

「うーん、じゃ釘が全部で何本あるかなんてのは?」

「そりゃわからないよ。たぶん十本以上はあると思う。たまに、これは前に直したやつだなってのが奉納されるけど……たまにだからね」

全部集めるのは気が遠くなる作業だな。良子《りょうこ》が何本必要としているのかはわからないが。

久米《くめ》さんは俺の手首をちらりと眺める。

「つけてくれてるね、おれの作った時計」

「はい、気に入ってます。前は九百円の安物だったんで、出世できました」

久米さんは相好《そうごう》を崩した。誉《ほ》められると素直に笑う人だ。

「ありがとう。自分の作ったものが実際に使われてるの見ると嬉《うれ》しくってさ」

「クリエイター系ですね」

「違うよぉ」久米さんは手をぱたぱた振る。照れ。「そこまで偉くないよ。せいぜい工芸の人くらいだよ」

反応が面白く、俺は吹き出してしまった。

「工芸家でさえないんですか」

「まだまだだってぇ。そのうち大きな仕事もしてみたいけどさ」

「応援してますよ」

「あ、うん。ありがとう」久米さんは頭をかいた。

「じゃあ俺、そろそろ行きます。別の釘をさがしてみますよ」

久米さんは一転して、真剣な顔になった。顎《あご》をさすりながら沈思黙考《ちんしもっこう》することしばし。

「……なんだか悪いな。君の方が早く行動してたのに、見返りがないだなんて」

「いいですよ。メンテは必要でしょうし。そのおまじない、面白いです。途切れさせない方がいいですよ」

偽《いつわ》らざる本心を告げると、久米さんは俺の顔をじっと見た。

「……佐藤《さとう》くん、今から話すこと、女の子たちには内密に頼めるかな？」

「はい？」

釘のかわりにと久米さんがしてくれた話は、俺に『ムー』の特集を読んだ時のような高揚《こうよう》と驚きをもたらした。


久米さんに教わった場所は、駅から少し離れたマンションの多い地域だった。

表通りではないものの、ときおりふとん店やクリーニング店、居酒屋など地域客目当ての店が点々と営業していた。寂《さび》れ具合は日中の住宅街と大差ない。だから教わったマンションの前に立ち、一階部分のテナントに古書店を見つけた時、あらかじめ教わっていたにも拘《かか》わらず俺は困惑した。

こんな場所で、古書店がよく商売として成立するもんだ――

見れば実に乱雑な店構えである。

神田神保町《かんだじんぼうちょう》あたりでよく見る、軒先《のきさき》まで本がせり出しているタイプの店だ。店外までほこりっぽさが伝わってくるようで、入店に勇気を要した。ちなみに右隣《みぎどなり》はシャッターが閉まったラーメン店、左隣は老婆《ろうば》向け（印象）洋品店になっていた。

「ここが……伝説発祥《はっしょう》の地かよ」

狭い店である。しかも本棚を限界ギリギリまで押しこめてあるから、ことさら狭苦しい。棚と棚の間は、人がすれ違うこともできないほどだ。床上にも容赦《ようしゃ》なくビニール紐《ひも》で縛った本の束がグダグダなテトリスみたいにロス多めに縦積《たてづ》みされている。

商品を小ぎれいに並べようという意識は毛頭《もうとう》ないらしい。店を衛生的に保《たも》とうという気もないらしい。入り口の引き戸になったガラスに『万引き！』とだけ赤字で書かれた張り紙がしてあるのはとても意味不明に思える。万引き禁止、とか万引きは通報します、とかだろう普通。

つまりこの店はとうてい普通の店ではなく、その怪しさはまた伝説誕生の地に似つかわしい。

古本で埋《う》もれた細長い店を奥に奥に進むと、幅五十センチほどの狭苦しいカウンターに赤い和服姿の美人が座っていたので「うおっ」とのけぞりそうになった。

問題の手稿《しゅこう》は――久米《くめ》さんの言葉を思い出す――古書店のもっとも奥まった場所、閲覧《えつらん》のみの非売品コーナーに隠されているという。

もとはひとつの空間だったらしい店内を、無数の棚が複雑怪奇な迷路に変えている。

カウンター前を経由《けいゆ》した奥の通路に、一本だけのれんがかけてある場所があった。その向こうに勝手に進んでいいものかどうか。店番を見て質問しようどうか迷っていると美女は顔を持ち上げ柔和《にゅうわ》な笑顔を向け「そこは成人コーナー」というので、俺はぴーんと背筋を伸ばしてしまったが、即座に「……ではありませんので、どうぞご遠慮なく」と来た。からかわれたのだということだけはうっすらと察した。最近、変人とよく会う。くそ。

気を取り直して奥に進む。

もろ成人コーナーだった。

だが成人コーナーの行き止まりに、本命の非売品コーナーがあった。

「嘘じゃん！」

「くっ……」

俺この店嫌いだ。

問題の手稿は——久米さんの秘密主義的な囁《ささや》き声——とある郷土史《きょうどし》本の間に挟まれている
そうだ。小さなコーナーだ。さがすとすぐに見つかる。

郷土史というものほど広く売れない本もなかろうと思う。同じものが商店街の小さな書店に置かれていたが、十年ほど売れた気配がない。

古本となった郷土史《きょうどし》はもっと不利だろう。

裏表紙に印刷された定価は金一千円と古めかしく書かれているが、タグには非売品とある。商店街で今でも定価で買えるものが、である。どういう理由で非売品なのかは不明。

それだけにカムフラージュには最適なんだ——久米《くめ》さんの宝物を自慢する目つきを思い出した。流し読みしてみる。古紙のすえたにおいがつんと漂《ただよ》った。ちょうど真ん中あたりから、カラフルな紙切れが押し花の鮮やかさで挟まっている。手稿《しゅこう》だった。

「こりゃあ……」

実在するヴォイニッチ手稿という怪文書が有名だが、それと似ていた。

手稿は古文とおぼしき文字で埋められている。それが日本語的な文字ではあるのだが、一文字も見たことのあるものがない。日本語的なタッチの異国語は、まるで暗号だ。

彩色された挿絵《さしえ》が多数入っていて、手稿は図鑑のように華やいで見える。カラフルな印象はそれによる。イラストは地図であったり妙な植物であったり岩石であったりおどろおどろしい風景であったり奇怪な動物であったりした。統一性はまるでなく、かわりに多岐《たき》にわたる。博物誌かと思いきや、久米さんがいうには「呪術《じゅじゅつ》に関する研究書」らしい。

手稿は劣化《れっか》によってかバラバラになっていて、郷土史本の合間に一頁《ページ》ずつ挟まれて保存されていた。もともと非売品の一冊だったものが、長い歴史の中で立ち寄った好事家《こうずか》たちに愛読されるうち（地元のその筋には有名な手稿らしい）解体され、さりとて持ち出すわけにもいかず、こうして保存されることになったようだ。いらぬ本に挟んでおけば、そのうち買い取るチャンスも（しかも安価《あんか》で）来るだろうという目論見《もくろみ》もあったのないだの。

「細かいな、手書きでよくここまで……」

びっしりと埋め尽くす暗号文字と図解だが、誰の手によるものかまったく不明なのだという。

こんなものは、パラノイアの気《け》でもなければとても完成させられないはずだ。

郷土史の合間に挟まれた手稿を拾い見ていくうち、竜の釘《くぎ》そのままの図画を発見。

「これか！」

釘はこれを見て再現されたものに違いない。昔の、誰かによって。

文字が読めないのが痛い。これを良子《りょうこ》に見せれば、妄想《もうそう》も晴れるだろうか？　それとも何かでっちあげてくるだろうか？

いずれにしても大発見だから、良子に報告する必要がある。店内だからケータイはまずそうだ。八分かけて連絡メールを打ち『りゅうのじょうほうげっとじゅうしょ○○の○○メゾンたかくらいっかいにあるこしょきくらげまで恋』送信した。スペースの入れ方と変換の方法がわからなかった。最後だけ来いが恋になっちまった。（なんで？）

返信は四十秒で来た。

『こちらリサーチャー。緊急信号を受信した。十秒後にそちらに転送予定』

十秒後？

「到着」

「どわあっ」

すぐ隣《となり》に良子《りょうこ》が立っていた。異世界コスチューム姿も相変わらず。

「い、いつ来た？」

「今しがた」

のれんがひらひら動いていたから、転送ってのは嘘《うそ》にしても、ちょうど同時期に近くにいたってことになる。

「おまえまさか……尾行《びこう》してた？」

「否《いな》。転送。本当」

俺はあっと小さく叫んだ。嘘をついている顔だ。尾行だ、ストーキングだ、犯罪《はんざい》だ。

「どうして尾行なんてするんだよ！」

「放課後に会うには転送するしかない」

ぐっと言葉に詰まる。

「じゃ学校来てないのって……？」

「一郎《いちろう》と話せないことで、行く意味が見いだせないため、通学を中断した」

「……そーかい」

「で、用事というのは？」

いろいろいいたいことはあるが、今は月事を済ませちまおう。

「こいつを見ろ。非売品だから興奮して持ち出すなよ？」

良子は本を受け取り、竜端子《りゅうたんし》が図解されたページをまじまじと注視する。銀盤の輝きを持つ頬に、みるみるうちに興奮の赤味がさした。

「い、一郎。この発見は、極めて有用かと、有益かと」

「そうだろ。でもそれ持ち出せないけど」

「……交渉《こうしょう》を試《こころ》みる」

「無理だと思うけどな。過去に何人もそれはやった人がいたはずだし」

つけ加えれば、引き取っても俺たちでは解読できない。

だから、ここまでだ。

「…………」

「おまえが竜端子と呼んでいるものの正体はこれだったんだ。それだけ教えたかった。現物は手に入らなかったけど、俺の提供できるベストの情報だと思う」

「…………」

良子はすでに手稿《しゅこう》に夢中。目線が古いタイプライターのように規則正しく左右に動いているのがわかる。他の頁《ページ》にも目を通しているようだ。一方的に声をかける。

「じゃ俺は行くけど、おまえは気の済むまで調べてけよ。学校は仕方ないのかもしんないけど、保健室登校って選択肢《せんたくし》もあるんだから行けたら行っといた方がいい。カウンセリング受けたっていいしさ。……俺はもういいや、こういうの。教室では保身させてもらうけど、電話相談くらいは乗る。できたら更生《こうせい》の相談であると嬉《うれ》しいけど」

「…………」

やはり聞いてない、か。

後ろ髪は引かれる。けど探索《たんさく》はもうここまでだ。

「じゃあな！」

「？」

怒ったような呼びかけに、一瞬だけ振り向くのだが、すぐにまた手元に注意を戻してしまう。こちらの苛立《いらだ》ちなどなにひとつ理解しようとしてはくれない。猫背で本に目を近づけて読みふける良子《りょうこ》の姿は、実年齢以上に幼い。

俺の心は冷えていく。妄想《もうそう》に自分を浸《ひた》すのは、壁を張る行為となにひとつ変わらない。また稚拙《ちせつ》な妄想というものは汚物《おぶつ》と変わりない。人になすりつけるものじゃない。誇らしげに掲《かか》げるものでも、ない。

変人グループのリーダーにされ、なし崩しに日々が過ぎようとも、打ち解けたいと思ったことなどなかった。

狭量《きょうりょう》でいい。冷たいやつだと罵《ののし》られたって構わない。普通の人間になりたい。

以前の自分と決別したい。


中学の頃。

妄想戦士《ドリームソルジャー》だった。

自分でいうのもなんだが戦士としては一流だったと思う。

発症は中一の頭。在任期間は三年近く。中学時代のほぼすべてだ。

ゲームとかライトノベルとかコミックとか、そういうものにハマったのは小五くらいからだったと記憶してる。それまでは普通にサッカー、ゲーム、マンガ、テレビだった。マンガとゲームは親があまり買ってくれなかったので過剰摂取《かじょうせっしゅ》は抑制《よくせい》されていたのだが、ライトノベルだけはなぜか親チェックをすり抜けた。きっと小説だからだ。小五の息子が読書に熱心となれば、どんな親でも財布の紐《ひも》は緩《ゆる》むのだ。ジュニア小説を経《へ》て夏目漱石《なつめそうせき》とか石川啄木《いしかわたくぼく》とか泉《いずみ》鏡花《きょうか》とかにシフトしていってほしかったのだと思うが、そうはならなかった。俺のライトノベル熱は供給《きょうきゅう》無制限という環境の支援を受けたことで、燎原《りょうげん》の火の如《ごと》く燃え広がったからだ。

ついでに『ムー』にもハマった。『ムー』は青少年の夢を応援するミステリアスなマガジンなのだ。学習誌と言い張って同様に親チェックをすり抜けたのだ。俺はモンゴリアンデスワームの実在を『ムー』とともに祈っていた。

読んで、爛《ただ》れて、憧《あこが》れて――

あまりに格好良い戦士たちの設定。

身長より長い刀を自由自在に操《あやつ》ったり、様々な破壊エネルギーを放出したり、超能力を秘めていたり、現代の魔術師だったり、戦いの中でいろいろな力に覚醒《かくせい》したり、裸にじかにコートを羽織《はお》ったりする。

そんな彼らが現代日本を舞台に転生したり変身したり迷走したり記憶喪失《そうしつ》になったり暴走したりした日には、憧《あこが》れるのも仕方がない。

こうして中一の春、異世界最強剣士という妄想《もうそう》は誕生した。

つらい過去を背負い、ひとりで一軍を壊滅《かいめつ》させる力を（このくだりには気が遠くなりそうだ）持つ。剣も魔法も超一流。病弱な妹を家族として深く愛している。

……といった設定を大量に作った。ノートにまとめた。全十冊。年表を作り、敵を定め、恋人に思いを馳《は》せた。妹からの禁断の愛に悩んだ。ボサ髪の中学生の分際《ぶんざい》で。

最初は思い描くだけだったはずだ。

が、妄想が現実に取ってかわるのに、そう長い時間は必要なかった。

魔竜《まりゆう》院光牙《いんこうが》――

当時自分につけた真なる名。

そう、異世界戦士はいつだって武者小路《むしやのこうじ》幻炎《ふれあ》だったり鳳《おおとり》雷戦《らいせん》だったり硲《はざま》騎乱《きら》だったりする。自分の生み出したキャラクターに最高の名をつけたいという心理が、凝《こ》ったネーミングへと人を駆り立てる。

名前だけならまだいい。

学校生活の様々な局面でも、俺は剣士として振るまいはじめた。

鈴木《すずき》おさむたちのように。

たとえば教室では、名門・魔竜院家の騎士に相応《ふさわ》しく報告の義務を欠かさなかった。規定の時間になると、たとえ授業中でも俺は右腕に埋《う》めこまれた（という設定の）魔石に、異世界通信のつもりで話しかけた。魔石は通訳《つうやく》装置にして通信機であり、また敵洗脳魔術ギルディエムを解除することもできた。

「本家か？　こちら〈ライトファング〉。今のところ〈聖竜気《せいりゅうき》〉は検出できず」

ライトファングというシベリアンブリザードよりも寒い響きはコードネームだ。もしタイムマシンを持っているやつがいたら、是非当時の俺を殺してほしい。楽にしてくれ。

教師には怒鳴られたし、クラスメイトにも引かれた。だけど俺は動じなかった。ヤバいとも思わなかった。妄想に酔っていた。今なら簡単に想像がつく反応が、当時は予測できなかった。むしろ迫真《はくしん》の戦士性を見せつけたのだから、周囲から尊敬されているのだとさえ思った。

オーラブレードで見えない敵に斬りつけたり、不可視の攻撃からクラスメイトをかばって重傷を負ったりもした。校庭に生えている樫《かし》の木の精神と対話した。朝礼中、クラス女子に「おまえは洗脳されている。安心しろ。今ギルディエムを解く」と手をかざしたこともあった。泣かれた。殴られた。呼ばれた（職員室に）。ちなみにその女子のことが好きだった。

こういうことを常に人目のあるところで繰り返していた俺は、完全に浮いた存在だった。

それでも仲良くしてくれる連中はいた。クラスのワルたちだ。

蹴り倒してくれたり、全裸にしてくれたり、裸のまま足首つかまれて廊下《ろうか》を引き回してくれたり、最後は便所に投げこんでくれたりした。いいぞもっとやれ。いっそ殺せ。俺はその最中も「生徒を相手に騎力を使うわけにはいかぬ！」などと悲鳴がわりにのべつ喋《しゃべ》り続けていたものだ。懐かしい思い出だ。郷愁《きょうしゅう》のあまりつい自殺スイッチが入りそうになる。

三年間続いた戦士生活だが、終わりは突然やってきた。

選ばれし俺は異世界出身、現代人に身をやつし、実の親を〈聖竜神《せいりゅうしん》アスタロイ〉に殺されたという悲しい設定を背負っていた。現世の親は偽《いつわ》りの親でしかない。彼らとは表面的な繋《つな》がりしかない。ある時、その話を異世界に残した愛《いと》しいエリナ姫に向け、深い悲しみに任せ書き綴《つづ》った。その手紙を。

ポストに投函《とうかん》した。

ノート七巻に記されし設定によると、異世界に手紙を出すには、現実にはない住所を書いて時限の狭間《はざま》に落としこめばよかった。魔竜紋《まりゅうもん》（勝手に開封できぬようにする魔除《まよ》け）で守護せし封筒を、俺はリアルポストにリアル投函した。

手紙は宛先《あてさき》不明で戻ってきた。これをすかさず両親に読まれた。父と母の両方から殴られ、泣かれた。しまいには脳波の検査まで受けるかという段になり、俺も泣きじゃくりながら自《みずか》らの自尊心《じそんしん》が生み出した汚物《おぶつ》の如《ごと》き妄想《もうそう》を赤裸々《せきらら》に告白する羽目になった。このショック療法《りょうほう》で妄想癖《へき》からは脱することができたわけだ（ギルディエムが解けたのだ）。

こうして俺は魔竜院光牙《まりゅういんこうが》から、佐藤一郎《さとういちろう》へと戻ることができた。

佐藤一郎、平凡な名前だ。「フェンリル」「ヴォーダン」というようなくどいミドルネームや「雷光《らいこう》の」「天戒執行者《てんかいしっこうしゃ》」といったイケてる二つ名もつかない。ただの佐藤、ノーマル一郎だ。万歳《ばんざい》。

戦士生活で、失ったものは多い。

たとえば家族との距離感だってそうだ。今や俺は、一家の腫《は》れ物。表面的には平和な関係だが、父親も母親も裏ではおっかなびっくりなのだ。

小学校時代は仲の良かった姉貴《あねき》との関係も、破壊された。

妄想戦士《ドリームソルジャー》中は徹底的に虐待《ぎゃくたい》されていた。蹴られ、殴られ、凄《すご》まれた。鼓膜《こまく》を破かれたのは手紙騒動の直後だ。憑《つ》きものが落ちた俺に対し、姉貴は距離を取るようになった。俺も敬語しか使えなくなってしまった。

妄想は現実を壊す。病《やまい》がすっかり快癒《かいゆ》したのだとしても、過去の愚行《ぐこう》は帳消しにはならない。クラスメイトの多くが俺を話のタネにするため、嘲《あざけ》るため、ケータイに画像を保存していた。

新しくケータイを持ったやつには、特典感覚で進呈された。そいつをちらつかせれば、どこだって笑い話に花が咲く。便利なアプリ。魔竜院光牙《まりゅういんこうが》写真集。

大島《おおしま》ユミナが手に入れたのは、それなのだ。


それから良子《りょうこ》は学校に来なくなった。

「良子ちゃん、どうしちゃったのかなあ」

さっきの授業で出されたばかりの課題に没頭《ぼっとう》するフリをして、子鳩《こばと》さんの声を流す。没しているにしてはシャープペンシルはまるで動こうとはしなかったが。

空気。目立たない存在だ。努めて教室の風景と融合する。

「一郎《いちろう》くんは何も聞いてないの？」伊藤《いとう》がそう尋《たず》ねてきた。

「……わからない」

「電話とかしてみた？」

「電源切れてるみたいで」

無関係を装《よそお》うための小さな嘘《うそ》を、今日もまたひとつついてしまった。電話なんてかけてもいないし、来もしない。

三行半《みくだりはん》を突きつけてまで得た、念願の静かな生活。

……だというのに気分は晴れない。良子の件がしこりとなって、子鳩さんや伊藤ともあまり会話をしなくなった。邪魔者《じゃまもの》をはぶいたのだから、三人で面白くおかしく過ごすこともできたはずだ。なのにできなかった。結局孤立するなら、大島《おおしま》の脅迫《きょうはく》に屈する必要もないはずだが、そうまでして良子と夢の世界に没入《ぼつにゅう》する権利を得てどうなるというのだろう。いまだに壊れた日常にすがりついているのは、我《われ》ながら情けない。

課題はまったく進まないうちに、休み時間が終わる。どりせんが来て起立礼。授業がはじまる。身、入らず。

「……くそ」

このままじゃ中間テストも壊滅《かいめつ》だ。

どうすりゃいい？　もっと別の冴《さ》えた抜け道があったんだろうか？

「佐藤《さとう》、レディスの件、どうなったか聞いてないか？」

休み時間には、どりせんに事情聴取された。

「わかりません……突然、休みだして」

「レディスはさがしものをしていたんだろう？　それで忙しいのかな？」

「すいません、わからなくて……あの、トイレ行きたいんで」

「あ、佐藤……」

どりせんを誤魔化《ごまか》すのは至難の業《わざ》だ。トイレに逃げ、用も足さずに教室に戻った。

どりせんは職員室に引き上げていたが、かわりに良子《りようこ》が待っていた。

「げ」

あいつが教室に来る理由は、ひとつしかない。

「一郎《いちろう》、例の文書を仔細《しさい》に検討した結果、竜端子《りゆうたんし》の生成法が判明した。全権保持者の予想では、この発見により〈中央集積機関〉が受ける利益は絶大ということだった。よってリサーチャーは一時全任務を凍結《とうけつ》し、即時帰還を果たすことを検討中」

「そ、そうか……」

「〈神殿《しんでん》〉の構築は、すでに秘密裏に進められている。完成まではもうさほどの時間も必要ないはず」

「神殿な……」

まずいぞ。あまり良子と会話してると命取りだ。

タイミングの悪いことに大島《おおしま》は教室内にいた。目ざとい女王蜂《じよおうばち》は俺たちの様子をまっすぐに監視している。俺が気にしているのが伝わったのか、わざと見えるようにケータイを開いて振ってみせたりした。

気持ちが引き締まる。地獄を体験したからこそ、恐怖に身がすくむ。

絶対にバラされたくない。理屈じゃなくて本能だ。

だから、きっぱりと告げた。

「手伝えないから」

まともな反応は期待できないから、俺も良子と同じ方法で我《が》を通した。

自分の話したいことだけを一方的にまくしたてたのだ。

「俺はもう手伝わないから。探索《たんさく》もそうだし、その神殿作りも手伝わない。義理は果たしたと思うし、悪いけどここまでだ。あとはひとりでやってくれ」

おまえの妄想《もうそう》に巻きこむのは、おまえひとりだけにしてくれ。

返事を待たずに席につく。前の方で誰かが「おー痴話喧嘩《ちわげんか》かー」と囃《はや》し立てた。もちろん無視だ。緩慢《かんまん》な動作で、授業の準備をする。良子が隣《となり》に立った。

「神殿を建てる予定地はもう決まっているから、あとは作るだけだ。簡単便利だ。居住性は必要ないため手抜き工事でも問題ない。姉歯《あねは》級耐震偽装《たいしんぎそう》物件でも構わないのだ」

「…………」

いつもとは逆に、俺が良子を無視する形になった。

「神殿建立《こんりゅう》に必要なのは呪的《じゅてき》作用をもたらす固有震動音を適切に配することで、その算出はこの世界ではゲマトリアと呼ばれる数秘術《すうひじゅつ》を用いる。演算《えんざん》を実行するため第三者による相互監視型のダイレクトソーサルリンクを幾度《いくど》かに分けて実行するが、この時間だけは無防備になるため、高い走査能力を持った協力者が必要になる――」

諦《あきら》めてくれよ。のろのろと教科書を出しながら、プレッシャーが去るのを待つ。

「そして神殿が完成し、指定した空間座標を数秘的分解にかけることで、ふたつの世界間に極めて曖昧《あいまい》な領域〈門〉が生成されるのだ」

用意が終わってしまうと、背筋を伸ばして目を閉じた。無機的を装《よそお》いながら頻繁《ひんぱん》に弾《はず》む声がいつまでも耳元で踊り続ける。終わりのない悪夢。終わるはずだと念じる。思考を停止するとじわりと罪悪感《ざいあく》がにじんできて苦しくなる。

頼むよ。諦《あきら》めてくれよ。身を守らせてくれよ。

叫びたいほどにつらい。報《むく》いなのだろうか。中学三年を愚行《ぐこう》に費《つい》やした報いは、まだ終わってないんだろうか？　家族に亀裂《きれつ》を入れ、自分を見失い、画像を何百人とバラまかれて……まだ償《つぐな》わないといけないのだろうか。

声は途絶えていたようだ。去ったのだろうか。

うかつに首を回して、即後悔《こうかい》。良子《りょうこ》はまだそこに突っ立っていた。

「一郎《いちろう》、理解した」

「な、なんだよ？」

殊勝《しゅしょう》な態度になっていた。

「確かに配慮が足りなかった。詫《わ》びよう」

「今さらだな……別に怒ってないから、詫びはいい」

「リサーチャーも、現象界人の価値観を多少は理解する」

ローブの合間から、杖《つえ》の先端がヌッと出てきた。いくつかある蓋《ふた》のひとつを指先が弾《はじ》く。

雑に詰められた札束が、内圧の解放とともにぞろりと露出した。

「報酬《ほうしゅう》を支払っていなかった」

カネ――

現金、紙幣《しへい》、万券。大量の一万円札。以前目撃した通り、軽く数十万はあるそれを、ごっそり根こそぎむしって俺に差し出す。

「は？　は？」

「これはすべて一郎のものだ。だから」これで解決だといわんばかりに。「また手伝って」

その時、俺を襲った悪寒《おかん》は、今までのどれをも凌《しの》いだ。

「……本気か、それ？」

「通貨は調達できる。無制限とはいかないものの……このくらいであれば、まだ必要であれば……渡す。すぐには無理だと思うが、近いうちに」

「待てよ」それは誰が出している金だ？　「親の金だろ？」

「リサーチャーに親は存在しない」

「よせ。冗談でも口にすんな」

「事実だ。この世界に肉親などいない。かりそめの親ならいるが……所詮《しょせん》は擬態《ぎたい》に過ぎぬ」

どうしてそこまで同じなんだ、と叫びたかった。自分の欠点を拡大して見せつけられる気分を味わう。男だったら殴ってやったのに。

「バカなんじゃないのか？」

意識することなく立ち上がっていた。扉《とびら》を示し、心からの怒りをこめて声を張った。

「出てけよ。二度と俺に話しかけるな」

「……あ」

いつだって言葉は完全には伝わらない。

心の通りには、相手には決して届かない。理解しあった者同士でもそうだ。画像を送信するようにはいかない。

だけどこの時ばかりは、俺の怒りはあまさず届いた感触があった。同時に、刃物を肉に埋《う》めるような不快感もともなった。

良子《りようこ》は目線を爪先《つまさき》あたりに落とし「……つまり」とつぶやくと、ふいっと小走りに教室を出て行ってしまった。途端に全身から力が抜けて、椅子《いす》に沈みこんだ。

「な、なんで？　どうしちゃったの？」

斜め前の席から、子鳩《こばと》さんが不思議そうな顔を向けてくる。

なんでだろう。答えられるはずがないじゃないか。

同日昼休み、学食から戻ると、机に折りたたんだメモが置いてあった。

こういう隠密《おんみつ》性は女子特有のもので、ノートのはしを適当に破った心ないメッセージペーパーの差出人が、大島《おおしま》であることはすぐにわかった。

『コーガ君の健闘をたたえてプレゼント！　例の場所を今すぐクリック！　人に見つかる前に急げ！』

バカにしてる。けど確認せずにはいられない。

例の場所……踊り場のことだ。そこに何かを置いてあるというのだ。おそらくは過去に関する致命的な何かを。

すぐに向かった。階段を一段飛ばしに昇る。踊り場には何もなかった。さらに昇ってペントハウス部分に来ると、以前はなかった大きな紙袋が置いてあった。

おそるおそる、中身を見た。

「……！」

予想よりずっとひどいものがそこにあった。

俺をどん底に突き落とすなんて簡単だ。猫の死体や虫の群れを用意する必要もない。

ちょっと友人にメールを回して、佐藤一郎《さとういちろう》を笑う上で絶対に押さえるべきマストアイテムの在処《ありか》を聞き出せばいい。

俺はそいつを、いつも学校内に隠していたのだ。卒業を前にいつの間にかなくなっていたそれは、悪意ある何者かによって回収され、保存されていたに違いない。卒業休み中に、一度呼び出しをかけられたことがあった。スルーしたのだが、きっと参加していたらさぞや盛大な卒業イジリが実施されたことだろうな。

処分しなければならない。誰にも発見されぬうちに。教室には持っていけない。大島《おおしま》がそっとしておいてくれるとは思えないからだ。このまま学校をフケてしまうしかないだろう。自宅に持ち帰り、切り裂いて、焼くしかない。

紙袋を肩にかけた。教師に見つからないよう、抜け出さなければ。

果たして……脱出は成功した。

わざわざ靴を回収して、男子便所から脱獄《だつごく》したのだ。その方が目につかずに敷地を抜けられる。あの夜の侵入がこんなところで役に立った。あとは補導《ほどう》にだけ注意すればいい。

自転車を引っ張って校舎を離れようとした時、俺は偶然それを目にしてしまった。

「な、なんだありゃ……！」

立入禁止のはずの屋上に、とんでもないものがそそり立っているのだ。

「机……か？」

生徒用の学習机を組みあわせた、巨大オブジェのようなものだ。

小さな人影がひとつだけ、活発に動いていた。青いローブを見間違えるはずもない。

屋上。神殿《しんでん》。建築。気になるワードを午前にいくつも耳にした。

最初から良子《りようこ》は屋上に目をつけていたのだ。

おそらく誰も気づいていない。生徒も教師も。俺だけがたまたま発見できたのだ。

よくない予感がした。良子を突き放したことが原因だろうか。

気づくべきだった。

あいつの偏執《へんしつ》的な傾向。ひとたびスイッチが入ってしまえばどこまでも自分の世界に埋没《まいぼつ》していける。望むだけ自分に沈める人間なのだ。そして仕事はどこまでも緻密《ちみつ》だ。

はじめてあの衣装を月明かりのもとで見て、どうなったか思い出してみればいい。

もう妄想《もうそう》なんて懲《こ》り懲《ご》りだった俺が、どうなったか。

神殿。異世界と現世を結びつけるもの。良子が心から取り出した、最大の異世界。

行かなければならない。見逃《みのが》してはならない。見届けねばならない。

自転車を横倒しにしたまま、校舎に戻る。

この事件は、きっともうじき終わる。

紙袋だけは便所の用具置き場に突っこんだ。これは呪《のろ》われしアイテムだ。

短時間なら、まず見つかることはないだろう。

ペントハウスに向かう途中、一年教室の並ぶ廊下《ろうか》を横切る。廊下には生徒が大勢出ている。

教師までもが廊下《ろうか》に立って、四階に続く階段側を呆然《ぼうぜん》と眺めていた。

「こら一年、教室に入ってろ！」

別の教師が叫ぶ。聞き入れる者などほとんどいない。

階段に近づくにつれ、騒然とした雰囲気《ふんいき》が増していく。A組にさしかかる。屋上への階段は
生徒が行かないよう、教師によって封鎖《ふうさ》されていた。

「一郎《いちろう》くん！」「子鳩《こばと》さん？」

A組の生徒は、ほとんど廊下に出ていた。

「大変なんだよ！　良子《りょうこ》ちゃんが……屋上に立てこもっちゃって！」

「外から見た。立てこもってるのあれ？」

「わかんない！　今、先生たちが見に行ってて！」

「もう見つかったのか」

「一郎くん、これって、まさかさっきの」

胸の前で絡められた子鳩さんの両手が、小刻みに震えていた。

「……まあ、そうだろうね」

あの口論にもなっていない言い合いが、最後の引き金になってしまった。

俺の責任？　そうなるんだろうか。

「良子ちゃん、ろう城とかするのかな？」

「もっと悪いかもしれない」

「助けてあげられない？」

答えられなかった。良子にとっての助けがどういうものか、俺にはわからないのだ。

「佐藤《さとう》！　戻ったか！」どりせんが階段から降りてくるなり、目ざとく俺を見つけた。「良かった、佐藤の気が校内になかったから焦《あせ》ってしまったよ。来てくれ」

生徒の気を読む教師に従い、ペントハウスへの階段に通してもらう。

「屋上にいるのは良子なんですよね？」

「そのようだね。学校側がつけていたカギを破壊して屋上に入ったようだ」

「警察とかは？」

「校長に連絡をつけてからになるが、まだつかない。ケータイの電源が切られているんだ。だけど、できれば警察沙汰《ざた》にはしたくなくてね」

「そんな体面なんて気にしてる場合じゃ」

どりせんはしごく真面目《まじめ》な顔でいう。

「……警察沙汰になったら、彼女はもう学校には来なくなる」

「俺になんとかしろっていうんですか？」

まいった。ホールドアップの時みたいに両手を挙げた。

「……どうするかは、状況を見て判断してほしいんだ。君は彼女の最大の理解者になれる」

どりせんが先立ってスチール扉《とびら》をわずかに開く。隙間《すきま》は三十センチほど。体を水平にすればギリギリ出られるくらいの幅だ。

「これだけしか開かないんだ。見てごらん」

頭だけ出してみる。一面の鉄格子《てつごうし》だった。

「なんだ?」

鉄格子と思えたものは、縦横《じゆうおう》に走る机の脚だ。無数の机をブロックみたいにいろんな方向から組み、ワイヤーで固定した格子状バリケードなのだ。高さは三メートルほどにもなる。

「猪俣《いのまた》先生が強引に突き押して、なんとかこれだけ隙間を作ったんだ。けど僕らの体格じゃこの隙間には入れなくてね。どうだい佐藤《さとう》、向こうの様子、見えないかな?」

扉から出て机をよじのぼれば、向こう側には行けそうだった。

「ちょっと見えないですね。天板《てんばん》が壁になっている箇所《かしよ》が多くて……」

行ってみなければわからない。そういうことだった。

「佐藤、頼めないかな」

「……命令、なんですよね」

どりせんは一瞬つらそうな顔をしたが、すぐにいつもの涼しげな笑顔を取り戻した。

「すまないね。その通りだよ。メンズは僕のベストチョイス。他の選択肢《せんたくし》は選びたくない」

逃げない大人は格好良い。けどそういうのも、きっと計算しているんだろうな。

「……やってみますけど」

「これを装着してくれるかな」どりせんは小さなピンを胸ポケにさした。

「これは？」

「ピンマイクだよ。会話を聞きたいからね」

「……先生はもっと人を騙《だま》す職業の方が向いてると思います」

「教師こそまさにそういうジョブじゃないか」

「えーっ!?」

扉の隙間に身を押し入れた。あまりに狭すぎて、体が前後から圧縮《あっしゅく》される。左肩だけ向こうに通して、つかまる場所を手探《てさぐ》りで決める。体を持ち上げる。ドアノブに引っかからないよう身をよじりながら、ペントハウスの壁とバリケードの隙間をクライミングした。

背中の摩擦《まさつ》が常に働いているから、うまく手足を運べばそうつらい作業ではない。天頂によじのぼれた。バリケードは机三個分の幅があり、上に立っても危なげはない。

高みから、屋上全体を眺めた。

「……マジかよ」

息を呑む。鮮烈な絵画を目《ま》の当《あ》たりにした時のように、心臓が一度だけどっくんと脈打つ。

良子《りようこ》は神殿《しんでん》といった。

人は神殿と聞いてどんなビジョンを抱くだろう。パルテノン神殿？　それともマヤ文明の神殿都市？

良子の神殿は、そのいずれとも様相を異《こと》にするものだ。

どことなくだが、シュヴァルの理想宮《りそうきゆう》と通じるものがある。理想宮というのは、シュヴァルという石工の知識さえない人が、郵便《ゆうびん》業務のかたわらに拾った石を庭に積み上げて作った宮殿のことだ。人の心から抽出《ちゆうしゆつ》した幻想に相応《ふさわ》しく、おどろおどろしい姿をしている。

シュヴァルが石でやったことを、良子は机と椅子《いす》でやった。

「こんなの、どうやって信じるんだ……」

屋上は今や矩形《くけい》に切り抜かれた異世界だ。ゴムっぽい緑色の床から菌類《きんるい》のようにびっしりと生《は》えた澱《よど》みの結晶。ありふれた机と椅子だけを組みあわせた、奇異極まりない風景だ。

見事な王宮だと思って目を凝《こ》らしてみたらレゴでした、という感覚と酷似《こくじ》している。精細だが不気味だ。良子は机という同形ブロックをひたすら積んで、尖塔《せんとう》を立て、橋をかけ、針山《はりやま》を盛り、台形建造物を中央に据《す》えた。目を逸《そ》らしたくなるほどの、それでいて凝視《ぎようし》を強《し》いられるような念をこめて。

数時間で用意できるとは思えない。

もっと長い時間をかけて準備が進められてきたに違いない。ずっと以前から。

乱立する尖塔《せんとう》に守られるようにして置かれた本殿《ほんでん》の上に、良子が立っていた。

「おい、良子！」

ローブをはためかせ、あいつは貫禄《かんろく》たっぷりにゆっくり振り向く。

「神殿は、完成した」

「俺があんなことといったから、これ作ったのか！」

「…………」

「下は大騒ぎになってるぞ！」

「関係ない。こちらの感知することではない」

「大ありなんだよ！」

良子のところに向かう道をさがす。屋上本来の床は、外縁《そとべり》にしか残されていない。

要所要所に道や橋が用意されていて、どことなく迷路めいているが、ゴチャゴチャしていて一見ではルートが見えなかった。バリケードの足下には、ひっくり返された机や椅子《いす》の脚が、針山《はりやま》の如《ごと》く敷き詰められている。壊れた机の脚は切れたりよじれたりしていて、落ちたら刺さりそうな場所も多い。移動経路は限定されていた。

「今、そっちに行くから！」

「来ないで。結界《けっかい》内に入らないで」

「そうはいかないだろ。ちょっと話そう」

バリケードの向こう側に降りる。そこだけ天板がそろった陸橋《りつきょう》めいた地形を踏む。

「来ないで」良子《りょうこ》は機械的に繰り返す。「来ないで」

「……さっきのことは悪かった。いいすぎたよ。だからって、こんな大事《おおごと》にすることはないだろ？　手伝うから。また手伝うから、ちょっといったん話しあおうぜ」

回廊《かいろう》は神殿《しんでん》に向かって、大きく蛇行《だこう》しながら敷かれている。

曲がり角ごとに段差がついて高くなる。

「なあ、どうしてこんなことをするんだ？」

高みに立つ魔女は、もはや俺など眼中にも入れようとしない。今や屋上でもっとも高い建築物となった神殿で、良子はひとり立っていた。

「なあ、何が気に食わないんだよ？　おまえは今までだって好きにやってきたじゃんか。どうしてここまで大事にする必要があるんだよ」

「何度も説明した。神殿は元の世界に帰還するために必要だって」

「聞く気があるなら事情は話す。おまえと絶交したわけじゃない。だけどこいつはマズいって。先生だってかばいきれないだろ？」

「かばってもらう必要がない」

「なぜ」

突然、下方への階段にぶち当たる。一本道だから進むしかない。左右を机格子《つくえごうし》の壁に挟まれた、深い深い闇《やみ》に降りていく。良子の姿も見えなくなる。

トンネルまで作ってある。この迷宮を作るのに、どれだけの熱意と集中を要するのか……考えただけで目眩《めまい》がする。妄想《もうそう》する者がときおり持つ無尽蔵《むじんぞう》のエネルギーがなければ、とうてい実現できはしないのだ。

「これが……おまえの理想の世界なのかよ……！」

トンネルはどんどん狭くなっていく。今上部の机が崩れたらただでは済まない。良子に建築の知識があるとも思えない。図面など引いてもいまい。不安になりながら、闇を進んだ。

縦穴《たてあな》に出る。椅子《いす》を嚙《か》みあわせたハシゴが用意されていた。

昇る。

陽光に注ぐ場所に、抜けた。神殿上部だ。

「一郎《いちろう》は、一緒に帰還してくれないのに、ここまで来た……」

俺のいるテラスみたいな場所の、さらに一段上の段に良子はいた。王手《おうて》だ。

段差は一メートルほど。もう両者を隔《へだ》てるものはない。体育館で壇上にアクセスする時みたいに、両手を置いて、勢いをつけて――

「来ないで一郎！」

感情が先走った悲鳴に四肢が硬直する。

不意に境界線を感じた。今まさに、手の下に、それはある。つまりは、段差に。

この一線を越えることは危険だとわかる。考えればわかる。神殿《しんでん》が良子《りょうこ》の心象《しんしょう》風景だとするなら、イコール心そのものでもあるのだから。

「来ないで」

良子が後ずさりする。

神殿最上段の面積は机十六個分。掃除中の教室を思い出す。後方に押しやられた机。三×三で足場を作り、残り七つを奥に一直線に繋《つな》げている。良子はその奥の通路に向かっていく。違和感だけがあったが、なぜなのかはわからない。

ひとまずは対話を試《こころ》みた。

「なんだよ、どうして逃げるんだよ?」

「……一郎《いちろう》は、そっち側の人間になってしまったから」

拗《す》ねたみたいな声はところどころで震えて、いかにも頼りない。良子も疲れ、限界に近づいている。

「そうだ。俺はこっち側だよ。最初からわかっていたはずだろ?」

「ちがう。一郎は違った。別の一郎を隠していた。それが私にはわかったから、だから」また一歩、後ろに下がる。「一緒に帰還したかった。見せてやりたかった」

「見せてやりたいって、何を?」

「私の世界」

これは妄言《もうげん》設定リサーチャーとしての発言ではない、と気づく。良子自身の言葉が今、降ってきている。脳で急速な化学反応がはじまる。喜び、怒り、驚き、幸せ、苛立《いらだ》ち。

「……神殿は帰還のための施設なんだったな」

「そう」

「確かにこいつは凄《すご》い。大作だ。おまえの衣装も手がこんでるが、こいつは別格だよ。まいった。誉《ほ》めてやる。認めてやる。けど……こいつでいったいどこに帰るつもりだ？」

「私のいた世界に」

「ないだろ。自分だってわかってるだろ？」

良子が無言で、また一歩下がる。

心で警戒信号が鳴りはじめた。このまま会話を続けているのは危険だと、本能がけたたましく叫んでいる。しかし、なぜよ？

「儀式《ぎしき》をやって帰還する……そこまでの設定はいいさ。けど、帰還できなかったら？　儀式後もつまらない現実が続いてしまったら、どうだよ？」

おまえはそれに耐えられるのか？

「儀式のあとに、現実はなくなる」

また良子は通路を机ひとつ分下がった。遠ざかっていく。

「ん？」

境界線を越えず、右手に横滑り移動する。完全には見えないだろうが、良子《りょうこ》の立っている位置が屋上のどのあたりにあるかを探《さぐ》る。そして、俺の余裕《よゆう》はいっぺんに消し飛んだ。

「バカじゃないのかっ!?」

屋上を囲む緑色をしたフェンスのてっぺんが、すぐ真下に走っていた。

理解した。神殿《しんでん》はフェンスに寄り添って建っている。

そして通路は——違和感の正体がこれだ——屋上フェンスの向こう側に突き出ていた。プールの飛び込み台のように。

あたりまえだが通路から落ちれば、落下地点は屋上ではなくなる。

校舎の高さに神殿の高さを足した約二十メートル。人体を破壊するに十分な高さだ。

唇がひどく震えた。腹立ちと困惑がないまぜになった感情に、腹が下りそうになる。

「なんだよそれ！　どうしてなんだよ！」

まさか、と思うのだ。

こいつに限って、死に逃げるなんてことがあるのかと。

「死にたかったのか、おまえ……？」

「死じゃない」くだらない妄想《もうそう》を説明するいつもの口調。「帰還するためには、こちら側との相差をコンバートする必要がある。その儀式《ぎしき》の起動には自由落下中がもっとも適している。地面に激突する前に、転移は完了する」

「信じているのか？　そんなタワゴトを本気で？」

どんな妄想を抱えていても、心底では嘘《うそ》っぱちだと理解している。

飛び降りなんて、本当に死を切望するのでなければありえない選択だ。

なら良子は、本気で異世界を信じているのか？

本当にここ. とは違う場所があるのだと、行けるのだと？

空想から生まれたに過ぎない場所が、心に巣食っている異郷《いきょう》の風景が、実在すると？

あるわけがない——と思いかけて、思い出す。


ある。


戦士症候群《せんししょうこうぐん》の自殺騒ぎ。死を死と認識できず、軽い気持ちで魂《たましい》の離脱《りだつ》を試《ため》そうとした者が実在したじゃないか。

振り返れば異世界の姫に手紙を出した時、どこかで「届かないだろう」と悟りながらも、「届くかもしれない」という愚《おろ》かしい希望に浸《ひた》っていたのではなかったか？

脆弱《ぜいじゃく》な心に強すぎる夢想が載った時、境界線は果てしなく曖昧《あいまい》になる。現世と前世、現実と異世界、生と死がゆるくなる。良子は焦《あせ》るあまり、わずかばかりあった理性さえも手放して、もっとも見失ってはいけない生と死の境界線を踏み越えた。

強敵だった。

佐藤良子《さとうりょうこ》……いや、異世界の炭素型活動体にして青の魔女リサーチャーは、今の俺では太刀《たち》打ちできない難敵だ。

「帰還なんてやめろよ！　ずっとこっちにいたっていいだろ！」

「一郎《いちろう》こそ、この世界が楽しいと本気で思っていると？」

「それは」嘘《うそ》のつけない質問を投げられた。「……そうさ。普通の高校生らしさになじめない人間だよ、俺は。けど、こうやって頑張ってんだろ！」

「私は頑張れない」

「なんで頑張れないんだよ！」

「狭量《きょうりょう》だから」

「誰が」

「世界が」

ああ、そりゃおまえ——

悔《くや》しいが、認めざるをえない。その通りなのである。

俺たちは皆、競って狭量であろうとしている。

狭量でなければ、怖くて怖くてたまらないのだ。型に押しこめられて安心したいのだ。目立ったらキモいというレッテルを貼られるから。

けど俺は、俺たちは、本当は。

神を、魔術を、怪物を、神秘を、奇跡を、伝承《でんしょう》を、終末を——生きる心添えにしたい。好きでもないカラオケに行ったり、お洒落《しゃれ》に大枚《たいまい》を投じたり、気の合わない人間に尻尾《しっぽ》を振ったりしたくない。

「一郎は結局、見せてくれなかった。私と同じものを持っていると思ったのに」

胸に手を差し入れ、心の湖《みずうみ》をすくってみる。錆《さ》びついたものが出てくるはずだった。てのひらが包み持つものは、しかし透明な輝きを放っていた。

「もう一郎の中には、戦士はいない。だったら……私は……私は……」

知らなかった。心の宝石は錆びつかない。それは呪《のろ》いのようでさえある。

そして良子は叫んだ。

「ひとりで——ひとりで——帰るしかないってわかったッ！」

良子は体の各部に触れながら、呪文《じゅもん》を唱《とな》えた。

「帰還する……帰還……あるべき世界へ……アテーマルクトヴェゲブラー……間違ってないのに……絶対間違ってないのに……一郎は、絶対こっち側なのに……どうして」

杖《つえ》を振り、ぶつぶつつぶやく。

またしても警戒信号が鳴り響く。今刺激するのはマズい。けど刺激しなくても良子は飛んでしまう。

力ずくで押さえるか?

無理だ。あいつが飛び込み台からダイブする方が早い。

それでもひとつだけ良子《りょうこ》の心に言葉を届ける方法が、ある。

だが、そいつを選択したが最後、俺はもう――

「……はっ」

今さらなことだった。人は業《ごう》からは逃げられない。

だったら最後まで――いや、そこまで流されるつもりはない。

一度だけ。

最後に、もう一度だけ。

〝闘って〟みてもいいだろう。

「良子、少しの時間、待っててくれ。すぐ戻る」

「帰還する……帰還……任務は終了……帰還して……リサーチャーは生体強化センターで記憶消去を受け、何も感じなくなる……そうすれば、痛くないから……」

「すぐ戻る! 五分だ! いいか、五分待ってろ!」

来た道を引き返す。机の脚にシャツが引っかかってボタンが飛んだ。突き出た脚に頬をかすり、広い擦過傷《さつかしょう》を作る。じわじわと血が流れ、肩口を染めた。

一分かけてペントハウスに戻る。

どりせんが俺を引っ張った。

「佐藤《さとう》、警察呼ぶか?」

「あと少しだけ時間をください。すぐ戻ります！　誰も入れないで！」

走る。全力疾走だ。

教室の前を駆け抜ける。泣きそうな子鳩《こばと》さんに声もかけず、あの男子便所に向かう。はじめて大島《おおしま》に感謝したい気持ちだ。アレを今日この日に調達してくれただなんて。あいつの強い悪意が、この小さな奇跡を成立させたんだ。

治療《ちりょう》には痛みもともなう。けど、知ったことじゃない。

どりせんも、俺も、良子《りょうこ》も、学校も、みんな痛い思いをすればいい。ざまあみろだ。

そうして俺は——準備を終えた。


E組側の男子便所からA組までの長い廊下《ろうか》を走る。

廊下に出ている生徒たちの視線が痛いほど突き刺さる。例のおまじないウォッチャーの女子が唖然《あぜん》とした顔をしていた。騙《だま》してスマン。実は俺こんなです。

誰もが道を開けてくれた。俺が近づくと皆、悲鳴をあげながら避《よ》けるのだ。

そうとも、この格好を見て、引かないやつはいないはずだ。

「なんじゃありゃ！」「ギザきもゆす！」「頭おかしい！」「おいおい！」

決して聞きたくなかった失笑の数々、負《ふ》の声援を聞きながらも、今の俺は無敵だ。

中学時代、誰に何をいわれようとも自分がカッコイイ剣士と信じて疑わなかった。決して傷つかなかった。それは鈍感《どんかん》ゆえの不見識《ふけんしき》であり、ＫＹでありイタさでもあったが、無敵には違いなかった。

間違ってる。ああ、間違っているとも。アホだとも。

だけどこれだけは断言できる。心の力は、中肉中背ボサ髪男子中学生に一度は無限のタフネスと自信を与えることができたのだ。見てみろ。恥《はじ》を知った上で、俺と同じことができるやつがいるか？　赤《あか》っ恥《ぱじ》をかこうが突き進むチャレンジャーをネット上で〝勇者〟と呼ぶ。まさに俺のことじゃないか。この佐藤一郎《いちろう》は今、奇跡体現者なのだ。

未熟ゆえ、今はこんなことにしか使えない。けれど、うまく使えば不可能のひとつくらいは可能にしそうなこのパワーを、俺は魔法と認める。

守ってくれ〈魔障壁《ましょうへき》〉！

弱い弱い俺を、今だけでもいいから支えてくれ！

臆病《おくびょう》な俺に勇気をくれ！

素直になる強さをエンチャントしてくれ！

左手には斬竜刀《ざんりゅうとう》〈独眼竜正宗《どくがんりゅうまさむね》〉、右手には〈タナトスの魔石〉。

身を包むは、胸元がV字に開いたタイトな漆黒《しっこく》ロングコート肩アーマーつき。

コスプレ用のウィッグはぬかりなく銀のロングヘアー。

〈鏡面界《きょうめんかい》〉最強剣士――それが俺、魔竜院光牙《まりゅういんこうが》なのだ。

二十代前半ではないし、腰まで伸びた艶《つや》やかな長髪でもないし、道を歩けばすれ違った誰もが振り返る精悍《せいかん》な美貌《びぼう》でもない、冴《さ》えない男子高校生。だけど、でも、俺は魔竜院光牙その人なのだ。そんな俺が、一度は捨てた剣を取り、今再び闘いに臨《のぞ》む。

魔竜院光牙、最後の闘いだ――――！

「うわあ、来たあ！」「写メ撮れえ！」「マジでー！」「きゃー！」「うげー！」「何が起こっているんだー！」

いいぞ撮れ。好きなだけ撮れえ！

我《われ》こそは〈鏡面界〉に比類なき、黒翼無双《こくよくむそう》の大剣士！　佐藤一郎《さとういちろう》とも、または魔竜院光牙ともいう若き志士《しし》！　間近く寄って、面相拝《めんそうおが》みたてまつれぇぇぇ！

休むことなく走り抜け、再び子鳩《こばと》さんの横を通過する。なぜか泣き笑いの表情で、ぐっと親指を立ててくる。

「かっこいいよっ！　がんばれーっ！」

かっこいい？　そんなわけあるかい。子鳩さんどうかしてるぜ。だけど……なぜか熱い厨《チュー》パワーがガロン単位でぶちこまれる。こちらもサムズアップで返礼だ。

「メンズかよあれ！」「おお、光牙殿《どの》が……」「魔竜院頼むぅ！」「なんと強大な波動！　これがやつの真の実力か！」「天帝のお導《みちび》きがありますように！」「なんと！　最終戦闘形態だというのか！」「そなたの血は我《わ》がもの、勝手に死ぬことは許さぬぞ！」

戦士たちの応援にも、今日ばかりはキモちよく励《はげ》まされておいてやろう。

「先生！　行きます！」

「おお来たか！　マイベストチョイス！」「メンズちゃん、ファイト～」

着替えている間に、どりせんとなぜか養護教諭《きょうゆ》がバリケードを押しのけてくれていた。ありがたい！

隙間《すきま》は五十センチほど。楽勝だぜ！

「すべての責任は僕が取る。佐藤、思い切り行ってくれ！」

「承知《しょうち》！」

全力疾走の余勢を駆り、宮崎《みやざき》アニメの疾走感そのままに（俺の主観でな）バリケードをよじのぼった。そして……十メートルほど向こうの空中祭壇《さいだん》に、良子《りょうこ》の生存を確認した。やつは失礼なことに、もう俺のことを見もしない。良子の心は、すでに俺から遠のきつつあるのだ。

〈独眼竜正宗〉を抜き放つ。

昔、近所のオタク大学生が卒業制作で作った模造刀をもらい受けたもの。残念ながら設定通りの身長より長い刀ではないが、邪魔《じゃま》な突起《とっき》をへし折るくらいはできるはずだ。

「おりゃあああ！　ひっさ――――つ！　魔剣七式《ななしき》―――ッ！」

秘剣七式だったかな？

……まあいいか。とにかく回廊《かいろう》から針山《はりやま》に飛び降りた。

パイプ脚ががっつんがっつん下半身に当たる。痛い。痛いが我慢。血が出ても平気。〈魔竜《まりゅう》紋《もん》〉の防御効果が守ってくれている。

模造刀をへっぴり腰でぶん回し、錆《さ》びついた机の脚を折っていく。

そして――最短距離で神殿《しんでん》に攻めのぼる。

「りょぉぉぉこぉぉぉぉぉぉぉっ！」

肺いっぱいの思いを怒声に乗せる。

「おまえ、寂しいんだろぉがよぉぉぉぉぉぉ！」

模造刀はすぐにひん曲がってしまった。でもまっすぐに突き進む。何度もつまずき、胸に、腹に、肩に、デコにパイプ脚の突きを受けた。くっ、全盛期であれば魔竜の極意《ごくい》でこんな攻撃完全迎撃《げいげき》してくれたものを！

「聞けよ良子《りょうこ》！」

ボロボロになりながら、無様《ぶざま》に神殿にすがりつく。どうだ、俺かっこいいだろ？（自虐《じぎゃく》）

「俺は……異世界〈鏡面界《きょうめんかい》〉出身の最強剣士、魔竜院光牙《まりゅういんこうが》だ！　魔の属性を持ちながら絶対善である聖竜神《せいりゅうしん》サイドに身を置く、最高にイカすダークヒーローだ！」

ここにきて疲労が出てきたが休む暇《ひま》はない。渾身《こんしん》の力で四肢を駆動させる。

意識が朦朧《もうろう》としていたが、体も魂《たましい》も上を目指した。

「〈聖竜神アスタロイ〉を崇《あが》め仕《つか》える〈二十四将騎〉が最強剣士！　だが……仕える主君でもあるアスタロイ自身によって裏切られ、仲間と家族を失った！」

「一時は自《みずか》らも瀕死《ひんし》の傷を負い、力の要《かなめ》たる〈竜魂《りゅうこん》〉さえも砕かれ、その魔力は一気にDランクまで下がってしまったが、なおひとりの復讐者《ふくしゅう》としてアスタロイ討伐《とうばつ》の旅に出た！」

「孤独な旅を続けた俺に、様々な不幸が襲いかかった。かつての友は敵になり、死んだと思っていた妹は魔力供給源《きょうきゅうげん》として利用され、そして故郷《こきょう》さえもがアスタロイによって滅《ほろ》ぼされてしまっていた……」

もはやどういう状態なのか、自分でもわからない。

ただ話すべきことが次々と噴出してきた。妄想《もうそう》話を続けて、それでどうなるものとも思えないのだが、俺の中の早期警戒システムはこれで良いのだと沈黙していた。

「亡国《ぼうこく》の王女となったエリナ姫と出会い、次第に惹《ひ》かれあっていった……だが長い復讐の旅は、俺の心をすっかりやつれさせてしまっていた」

あれ、こんな設定あったか？　記憶にないぞ？

今、追加で生まれているのか？

「いつしか俺は……争いのない平和のもとでの、心穏やかな生活を夢見るようになっていた。

エリナ姫や残された流浪《るろう》の民《たみ》が、無惨《むざん》に殺されることのない世界……そこは戦争もなく、人間が人間らしく生きる権利があり、すべての子供が学校に通うことができ、恋人たちが心おきなく愛を語れるそんな世界だ。エリナ姫の占術《せんじゅつ》によって、そんな世界が発見された」

「それが現世……この世界だったんだよ！」

片手が神殿《しんでん》の上端に触れた。けど、もう動けなかった。一センチも体を持ち上げることはできなくなった。魔力も尽きたか。神殿の飾りとなる。じきに力尽きて落ちるだろう。だから最後の言葉を投げつける。

「アスタロイの襲撃を受け、俺は命を落としちまったんだ。死んだのは俺だけじゃない。〈鏡《きょう》面界《めんかい》〉そのものが破壊され、滅亡してしまった。だけどエリナ姫は自《みずか》らの命と引き換えに、俺の魂《たましい》を現世に転生させてくれた。けど誤算がひとつあって、居合わせたアスタロイの軍勢もまた、同じ現世に転生してしまったんだ。俺はこの世界を守るため、やつらと戦った。中学時代のことだ。やつらはいじめっ子に転生をしていた。三年間戦い続け、俺は生き残った。戦いは終わり……今の俺は、一介《いっかい》の高校生として暮らしている」

なんだこの急展開ストーリーは……我《われ》ながら呆《あき》れちまうよ。

こんなのが、今の俺のベスト妄想《もうそう》なのかねえ。

さらに適当でそれっぽい説得を思いつく。

「あ、そうだ。なあ良子《りょうこ》……おまえの集めていた竜端子《りゅうたんし》……あれ、アスタロイの欠片《かけら》なんだよ。あれは決して他の世界に持ち出してはいけないものなんだ。だからおまえがあれを持ち帰るというのなら……良子聞いてるか？　おまえが、あれを持ち帰るつもりなら……」

　体動かず。声だけが出る。

「命に代えても、止めてやるぞッ!!」

　そして俺の体は、神様に首根っこを引っつかまれたみたいに、神殿《しんでん》に引き上げられた。

　自力ではない。無論《むろん》、奇跡でもない。面《おもて》を上げると、俺にしがみつくようにして引き上げた張本人がいる。

「なにそれ」

　泣いていた。

　大きな瞳からは、大粒の涙がこぼれ落ちるらしい。ボロボロと泣きながら、良子は俺の頭を膝《ひざ》の上に乗せている。顔に熱い水滴が落ちてきた。

「良子、おまえの行きたがってる場所な……俺も……昔、行こうとしたことがあるんだ」

「一郎《いちろう》も……？」

「ああ。三年間妄想戦士やって、その間ずっとイジメられて、それがつらくてさらに妄想して……最後には家族とも揉《も》めて自分の世界に逃げ出そうとした。だから知ってる」

　良子が愛《いと》おしげに俺の顔を撫《な》でた。

「袋小路《ふくろこうじ》なんだ。おまえの目指す道。どこにも行けないんだ」

「でも、私、世の中が、きらい」

「わかるよ。くっだらねーよなぁ。学校とかほんとくだらねーわ。いいこともあるけど……悪いことはその数倍もあるよ。けど考えてみろよ。この魔法も魔物もいない世界には、敵だけはいてくれる。闘い放題だろ。……まあ、見えない敵ばっかりだけどな」

「……無理だよ、そんなものとは闘えない……」

「やれるさ」この瞬間、良子《りようこ》を逃がすための道が見えた。「だっておまえ、今までだって見えない敵と闘ってきたじゃんか」

今までに倍する量の涙が、だばだばっと一気に落ちてきた。

「……この世界にだって……英雄や勇者や魔女は存在できる……だから、袋小路《ふくろこうじ》に行っちゃだめだ。三階踊り場の先に進んじゃいけない。そこに逃げ道があるなんてのは、錯覚《さっかく》でしかないんだから」

「じゃあ……どうしたらいいの?」

「わからない。俺は地道にやり直すしかなかった……けどおまえなら……何かできるかも気づいていないかもしれないけど、良子、おまえ凄《すご》いよ。

このオブジェの迷宮を見ればわかる。おまえには、きっと特別な専用の道がある。

「できないよ、ひとりじゃ、できない」

「できる。それはレベルアップすれば、できる」

「できない。その前に、押し潰《つぶ》される」

「ふたりなら、潰されない」

目がかすんできた。心と体の疲労が重い。バーサクの代償《だいしょう》か。

手を伸ばした。すかさず良子につかまれる。子供の手みたいに脆《もろ》そうでいて、驚くほどの力で握り締めてくる。握り返す。魔石の内蔵された右手で。

「そら、捕まえた。これで解けたぞ、おまえのギルディエム。夢から醒めて、もう帰れなくなった。おまえはこの世界で、苦しみながら生きていくしかない……俺みたいに」

「……ひどい。いじめ」

「ダークヒーローだからな。でもアフターケアくらいはしてやる。この世界でも冒険に連れて行ってやる」

「できない、この世界で冒険なんて……」

「できる」

「どこで？」

もう良子の顔も見えない。体温に熱せられた涙滴《るいてき》だけが、雨のように顔を打ち続ける。とても心地よい。感情のパイプが繋《つな》がっているんだ、今やっと、こいつと。

泣かせているのに楽しいだなんてヒドいやつ。俺はやっぱり魔属性さ。

「ドイトとか。あとダイソーとか」

「それ冒険じゃない」

「おまえはドイトを嘗《な》めてる。Do It Yourselfの精神を嘗めてる。ビスはVisだし食虫植物売ってるし、ドイトやダイソーは現代に甦《よみがえ》った迷宮なんだよ。行けばＤＩＹ魔王とかもゴロゴロいるしな。まあ見てくれはどこにでもいるオヤジばかりなんだけど。腕スゴイから。とにかくＤＩＹを見くびるとＤＩＥ（死ぬ）ってことだよ。そのあたり、教えてやるから」

これからのおまえには、きっと技術が必要になるだろうからな。

「なに、それ……ばかみたい、ばか」

良子《りょうこ》は感極まったのか、ひとかたまりの嗚咽《おえつ》をこらえた。そして……声をあげて笑いはじめる。涙声がまざった、それはもう、感情の失敗作みたいな出来映《できば》えだったが……俺がはじめて聞くこいつの笑い声なのだ。

圧倒的な、達成感。

俺も笑った。こちらは力なく、かすれるような声しか出なかったけど。

やがて優しい声音で良子が囁《ささや》いた。

「……儀式《ぎしき》、失敗した。一郎《いちろう》のせいだ」

最後の力でにっと笑うと、俺のスイッチは切れた。

それからはいろいろあったと聞いている。少しだけ時間を進めてみよう。

まず俺と良子は保健室に運ばれ、応急手当てを受けたあと、また病院に連れて行かれた。かすり傷があった程度で、大事はなかった。二度目だけに医者にはニヤニヤされた。夕方には解放、自宅に戻った。

屋上のオブジェは大きな反響を呼び起こした。

生徒の悪《あ》しき行い。許すまじ――

すぐに撤去しようという話が出たが、美術教師が猛烈に反対した。その抵抗運動はあまりにも激しく、良子にかわってバリケードの向こうにろう城してしまうというイベントまで発生してしまうに至り、問題はすっかり別の様相を呈してしまった。

美術教師はさる有名な美術団体に所属しており、その美術的交友関係は冴《さ》えない風貌《ふうぼう》からは想像もできないほど広範《こうはん》だった。大勢の美術関係者、ご大層な肩書きを持つ人々が学校を訪れ、屋上神殿《しんでん》の視察を希望した。緊急時にも拘《かか》わらずケータイの電源を切ってアニメのパチンコに興じていた校長は、そうした来客の対応に追われることになった。

美術教師の美への信仰、教師たちの感情、学校側の思惑、美術関係者らの打算《ださん》。各人各様《かくじんかくよう》の心算《しんさん》が密接に絡みあった結果、そういう流れになった時のお定まりで、騒ぎの中心にある空中神殿はマジで神聖不可侵《ふかしん》なる聖地となってしまった。（良子すげー）

教師は生徒の起こした型破りな行動を咎《とが》めたがるものだし、今回もそうだ。どんなに美術的価値があろうとも、うちの学校では認めない。撤去《てっきょ》すべき。実際それは、実現寸前まで漕《こ》ぎつけたそうだ。そうはならなかったのは、校長の鶴《つる》の一声《ひとこえ》的な決断による。

噂《うわさ》では〝なんらかの〟政治的な動きによってかろうじて免職《めんしょく》を免《まぬか》れた校長は、教師の大部分が属する撤去派を後押ししないようさる筋より圧力をかけられたという。結果、校内の教師たちはしばらくぎすぎすムサクサしていた。どりせんだけが毎日うきうきイキイキ生きてた。

そうした鬱屈《うっくつ》も、度重《たびかさ》なる視察によって神殿《しんでん》の芸術性が認められ、関係団体から相次いで保存の要請《ようせい》が来るようになると、いちどきに雲散霧消《うんさんむしょう》してしまった。教師たちはてのひらを返し、生徒の自主性の守護せしガーディアンへとクラスチェンジしやがった。なんだそりゃ。『何ぃ、教師たちの人間力が増大しているだとっ!?　馬鹿な!』状態。大人はすげーわ。えぐいわ。

今は屋上の神殿をそのままにしておくか、どこか空いた土地に移動してしまうかをくどくどしく論議しているのだという。

もともと立入禁止だった屋上でのこと。生徒の誰もが頭上の大騒ぎを、他人事《ひとごと》のように感じていたものだ。

良子《りょうこ》に対するアクセスも増えたが、その際にはいつも俺が引っ張られた。あいつは知らない大人と会話することはできなかったし、話しても支離滅裂《しりめつれつ》で、通訳《つうやく》者が必要とのことだった。どの質問をしてもいいか、この回答をどこまで編集してもいいか。判断は俺に任されることが多かった。まるで良子のマネージャーだ。

いずれにしても騒ぎが鎮静化《ちんせいか》したのは数か月も先のことだし、事件当日の話も続きがあるから本件はひとまずここまでにしたい。

さて夕方、自宅に戻った俺はどうなったかというと——


まず家族三人が全員、待機《たいき》していた。恐怖、家族会議！

俺がもっとも切ない存在になるイベントだ。しかもこの時はなぜか良子までもが一緒に、病院から養護教諭《きょうゆ》の新車〈シルフィリア〉（命名された）で直配《ちょくはい》されてしまった。

俺は学生服に着替えていたが、良子はコスプレのままだ。

当然、揉《も》めた。

家族は俺が妄想戦士《ドリームソルジャー》的なものと再び関わることに、病的なトラウマを抱えているのだ。

ここでも俺は、従順《じゅうじゅん》な更生《こうせい》息子の仮面を脱ぎ捨て、かばうコマンドを選択しなければならなかった。二時間揉めて、ようやく姉貴《あねき》が味方についた。そうなるともう、なし崩しだ。

当事者抜き、姉貴と両親の相談がはじまり、俺たちは食パンとジャム瓶《びん》を押しつけられて自室に追いやられた。ふたりで食パンを味気なく食べた。そのうち階下から「過《あやま》ちを犯した人間じゃなくて、更生に成功した人間だとは思ってやれねーのかよ！　実の親が！」という姉貴の弁護シャウトが聞こえてきて、俺は内心手を合わせた。

良子《りょうこ》とは何を話していいかわからなかった。

そこで任天堂《にんてんどう》Wiiのガンシューをふたりで遊んだ。無言で。

「トイレ」

用を足して戻ってくると、良子は我がトラウマが封印されし忌《い》まわしき地、押し入れを堂々と漁《あさ》っていたのだった。

「ぎょばー！」

背中から抱きすくめ、レスリングのリフトさながらに持ち上げる。途端、良子はくるったように足をばたつかせた。

「いてっ、いたたっ、カカト当たって……いててっ！」

打撲傷《だぼくしょう》に直撃してしまい、悶絶《もんぜつ》させられる。

「一郎《いちろう》、こんなものを」

「ん……ああ……それな……」

良子が手にしていたのは、ライトノベルの一冊だ。

「こういうの、嫌《いや》なんじゃ？」

「イヤというかさ……もともとは好きだったんだよ。でもふと気づいてみたら、もう全然読めなくなってた。正視できないんだよ。あんなに好きだったのに、おそろしく思えて。それで卒業休みの最終日に思い切って大部分を処分してさ」

あの日、空っぽになった本棚を見て、自分の心まで捨ててしまったかのように感じた。

「そこにあるやつはその残り。それっぽいのばっか残ってるのはご愛敬《あいきょう》」

「シリーズ物ばかりだ」

「んだな」

「……一郎。なぜこれらを捨てなかった？」

「え？　いや、自分でもわからんけど」

「けど？」

良子の疑問には真剣味がある。考えた。一冊をパラパラ開きながら言葉を組む。

「……強い人間になるつもりだったんだな、きっと。今はいろいろトラウマで正視できないけど、強くなったらそういうのも平気になるはずだ。昔は馬鹿なことしてたなって、すっきりした顔で笑い飛ばせるはずなんだよ。そしたらさ、続きを一気買いして読んでやろうって。いい大人になってるかな、その時の俺。へっちゃらな顔して、ライトノベル読んでやりてぇ」

いつの間にか良子はすぐ隣《となり》に座っていた。両目から光線でも放っているのか、頬のあたりがカッと熱くなる。

「こういうもののせいじゃない、きっとな。俺が弱いってだけだ。かっこつけるって以前に、普通になるのって努力がいると思う。みんな頑張って、普通やってんだと思う。異世界の剣士だって自慢したって、そんなのは格好良くなんかないんだ。俺、自分が嫌いなんだろうな、たぶん。それでも、ましになりたいんだろうな、いつか」

　思い切って良子《りょうこ》の目を見て、告げた。

「ましな自分になりたい。地道でも」

　反発があるだろうか？　良子は、嫌《いや》がるだろうか？　どちらでもなかった。

「……そのためには？」

「えっと、そのためには……現実と闘う、とかかな？」

「そういうのは」これみよがしなため息。「聞き飽《あ》きてる」

「他に何があるってんだい」

「……あの一郎《いちろう》の剣士服」

「あれな。セフィロスって古ゲーキャラのデッドコピーだけどな」

　しかも良子のコスに比べてディテールも格段に劣《おと》っている。羨《うらや》ましいわけじゃないが。

　ちなみにツヴァイ・バンダーとかいってたやつのネタ元も、たぶん同じだ。俺にはわかる。

　ネタかぶりの気まずさは特大なので、今後ともあいつだけは積極的にスルーしたい。

「あの剣士服で」

「うん」

「日々暮らす」

「死んじゃうよ俺」

「魔竜院光牙《まりゅういんこうが》～新たなる敵～」

「それは違う。魔竜院光牙最後の闘いだ。最後の闘いはサブタイトルじゃなくてメインタイトルの一部なんだ。こいつは読み切りさ」

「魔竜院光牙最後の闘い～新たなる闘い～」

「もろファイナルファンタジーシリーズみたいだな。X－2とか」

「話に絡まなかった清水《しみず》という存在も気になる」

「盗聴《とうちょう》してたのか、おまえ!?」

「……つまらない」

興味を失って、ゲーム機に戻る良子。

「あ、こら、またそういう態度を……こっちを向け。いいか話の続きを……」

肩に手をかけた。予想に反してこいつの上半身は軽やかに反転した。まるで最初からそうするつもりだったみたいに顔が近づいてきて、吐息《といき》の距離になった。ああ、これは――

接する寸前、俺は確かに聞いた。

「剣士、かっこよかった」

嘘《うそ》つけ、といおうとして失敗した。唇を塞《ふさ》がれてしまったのだからしょうがない。それは心地よくも甘い体験――などではなく、とても痛かった。歯が。

良子《りようこ》の処分は停学になった。無期停学。なかなかに重い。

さすがのどりせんも、下手《へた》にかばうよりはと判断した。俺も同感。

「お勤め立派に果たしてこいよな」

「うん。了解《りようかい》」

口元にガーゼを貼った（俺もだが）良子は、けろりとした顔で停学を受け入れた。

停学に入る前に、竜の釘《くぎ》を久米《くめ》さんに返しにも行った。なにしろ複数の釘が良子のもとでデッドストックになっていたのだ。詫《わ》びも兼ねて連れて行った。

「この子、佐藤《さとう》くんの彼女？　すごいねえ！　やったねえ！　最高！」

久米さんは俺たちを歓待してくれた。良子の格好にも動じない久米さんは、ちょっとした大物だった。十センチの距離からアクセサリーをガン見している挙動不審さには、少し引いていたみたいだけど。

事情を話すと久米さんは「そういう事情だったんだ。いいよいいよ。光栄だよ」とあっけなく許してくれた。で、こっからが驚きの話なのだが。

「光栄？　なんでまた？」

「だってこのおまじない。もともと作ったのおれだもん」

目が点になったさ。

「だって……たまたま偶然インターネットで見つけたっていってたですよ?」

「ごめん。嘘《うそ》ついてた。おれさ、ずっと思ってたんだけど。どうして妖怪とか悪魔とかいないのかなってずっと納得できなくてさ。だったらいっそ自分で作ってやろうって思ったんだよ。佐川急便《さがわきゆうびん》トラックの赤いふんどし見ててさ、思いついたの。子供の頃から描き続けてた秘密のノートがあってさ」

「ま、まさかそのノートって?」

「うん。あの古書店にある……あれ」

「うわ、あれ久米《くめ》さんが描いたんですか?」

「そうなんだ。思いついた呪《のろ》いとか、昔地球にいた悪魔族とか、魔力の宿った植物とか。絵も得意だったし。十年くらい描いてたからね。最後の方の巻は自分でいうのもなんだけど、それっぽいものになったと思うよ」

「うわあああぁ」みんな似たようなことやってんだなあ。

「街限定でネット使って、それらしい伝説をでっちあげてギミック用意して。そしたら」

「定着しちゃったんですか?」

「しちゃったんだよねぇ。嬉《うれ》しかったなぁ」

「一銭《いっせん》の得《とく》にもならないことをよくもまあ」

「だよねぇ。けど得はあるよ。この世界に自分の手で不思議を生み出したんだから。街限定だけどさ。このおまじないはおれの作品。ランドアートみたいなもんだよ」

「おまじないクリエイター？」

「いいねそれ。いただき。といっても名刺には書けないけど。佐藤《さとう》くん、あんな素敵な彼女連れてるんならわかるかな。この世界には〝不思議なことがあってもいい〟んだ」

「わかります」

「マジで」

　男ふたり、見つめあった。

「前は思いつかなかったですけど、今はわかります。だって俺、剣士っすから」

「ははあ、剣士かぁ。で、彼女が魔法使いで……あの杖《つえ》、いいセンスしてるなぁ……おれはどうしよう？」

「クラフトマンとか？」

「アイテム師」

「マーチャント」

「……商人要素をピックアップされるのはヤだなぁ」

　ひとしきり笑ったあと、久米さんは俺に手を差し出した。

「なんだか気に入っちゃったな。今度、一緒に廃墟《はいきょ》とか巨大工場とか見に行こうよ。パーティー組んでさ」

やっぱり俺、変人に好かれるタイプなんだな。


審判《しんぱん》の日が過ぎても、人生は続く。

決死の覚悟でラストバトルに臨《のぞ》んだ魔竜院光牙《まりゅういんこうが》こと佐藤一郎《さとういちろう》は、代わり映《ば》えのない教室という空間で今、心身あますところなく満たす気怠《けだる》さと闘っていた。

なんとなく左を眺める。良子《りょうこ》の机は、今日も空席だ。停学は昨日までのはずだが、通学してこなかった。一気に気持ちがしぼんだ気分だ。

今朝も、通学時に知らない人間に指さされた。笑われた。

覚悟をしていたとはいえ、やはりきついものがある。

歴史上でもいたはずだ。俺のように、二度と世間《せけん》様に顔向けできないスーパープレイを披《ひ》露《ろう》してしまった人間が。何万、いや、何億という暴走イベントがあったはずだ。彼らはその後、どうやって生きていったんだろう?

先駆者がいるはずだ。知りたい。教えてほしい。学校の授業より学びたい。

「悩んでいるようだね、メンズ。オーラでわかるよ」

授業中にぼんやりしていたせいか、いつの間にかどりせんが背後に回っていたことにも気づかなかった。まともな返事もできずに干物《ひもの》みたいに縮《ちぢ》こまる。

「メンズの悩み、先生よく理解できるからね」

なら全員に聞こえる場面で、重いトークをしたくない心理もわかってほしかった。

「若い頃には多くの挫折《ざせつ》がある。でもそんな苦しみさえ、良い思い出となっていくんだ」

「……なるといいんですけどね」

「なるさ。だって」どりせんが目をぐりっと見開く。「だからこそ僕も、こうして使命の炎を絶やさず抱いていられるんだから」

「…………は？」

「このどりせん、感動した。佐藤の秘められた過去と熱い叫びに頭が下がった。戦士とはかくあるべきものかと、封じていた魂《たましい》が甦《よみがえ》ったよ。雌伏《しふく》十年。教師というかりそめの職に就き、待っていた甲斐《かい》があったというものだ」

「はあ？　はい？」

どりせんの様子がおかしい。クラスの皆も異変に気づいて、振り返る。

「みんなも聞いてくれ。告白しよう。実はこのどりせん……〈光輝《こうき》の戦士〉だ！」

教室はシーンと静まり返った。

しばらくして「え、なに？」「どういうこと？」「今のギャグ？」などといった囁《ささや》きが聞こえてくる。

「僕はこのクラスのメンバーを決めるにあたり、戦士症候群《せんししょうこうぐん》の生徒ばかりを他クラスからすべて引き受けた！　今年は多かったからね！　他の先生方に恩《おん》が売れて一石二鳥」

またもシーンとなるクラス。直後、ひとりが半ギレで凄《すご》んだ。

「はあああああっ!?」はい、もち俺です。「あんたの差し金《さがね》だったのか！」

「いかにも！」

「なんでだよ！」

「僕なら戦士たちを他の生徒同様、立派に導《みちび》けると思っていたし……まあ、もしかすると本当の光輝《こうき》の仲間がいるかもしれなかったたし」

「ぎゃあああああ！」

悪夢、再び！

「あんた戦士症候群だったんすかっ！」

「僕のは事実だよ」

「治ってない！　先生病気治ってないよ！」

「光輝の仲間ではないけど、メンズのような本物がいてくれたこと、嬉《うれ》しく思う」

「勘弁《かんべん》してください！」

「そしてあたしも。〈光輝の戦士〉がひとり！」

突然スパシコーンと扉《とびら》を開けて乱入してきた白衣の養護教諭《きょうゆ》が叫ぶ。

「みどりさん！　いや……エスメラルダ！」

「瑠璃男《るりお》ちゃん！　ううん……サフィール！」

どりせんと養護教諭は抱擁《ほうよう》しあって厨《ちゅう》を……いやチュウをした。それはそれで引いたのだが、今突くべきはおしどり夫婦ネタではない。

「なんなんですか!?」

「結婚してるんだ、僕たち」「そう、ろべろべ（LOVE×LOVE）なの」

「そっちじゃなくて！　さっきの光とかなんとか、ありゃなんですか！」

「隠していたけど僕ら夫婦は中学の時インターネットの転生掲示板で知りあった……前世の戦友同士なんだ！　光輝の陣営《じんえい》は闇《やみ》の勢力の主ザラームとの戦いで――」

「ひ――――っ！」

悪夢だった。

「権威《けんい》の失墜《しっつい》だ！」俺は壁際《かべぎわ》まで逃げた。「教師の堕落《だらく》だ！　だいたいなんだよその用語の統一性のなさは！　エスメラルダはエメラルドのスペイン語呼び、でもサフィールはサファイアのフランス語で、ザラームってのは闇を意味するアラビア語じゃないか！　設定のつくりが甘すぎる！　作りこむならもっと統一した背景をベースにして作れよ！」

「……さすがは一流戦士、その手の豆知識はウザいくらいにたいしたものだね、メンズ。やはり僕の見る目に間違いはなかった」

「メンズちゃんならきっとみんなを導《みちび》いてくれるね、瑠璃男《るりお》ちゃん！」

「冗談じゃない、俺は大人の面倒なんて見られませんよ！」

「フフフ、メンズが導くのは僕らだけじゃない。彼らもさ」

どりせんが腕を広げる。するとそれを合図とするかのように、半分ほどの生徒がザザッとご起立くだすった。やつらだった。教師といういい大人の妄想《もうそう》に煽《あお》られたやつらは、もう爆発寸前の有様だった。

「そうだったのか佐藤《さとう》！　いや光牙《こうが》！」「むぅ、さすがは魔竜院《まりゅういん》きっての天才剣士ということか」「竜の一族の血を飲めば……私の渇きを抑えることができる」「知っていたぞ飛霊《ヒューレイ》、いや、もはや光牙と呼ぶべきだな。貴様《きさま》が異界転生を果たし、魔竜剣士となったことを」「宇宙意思が震えている？　まさか竜の力が星々を怯《おび》えさせていると？」「〈織田《おだ》流第六天魔剣〉をもってしても破れぬ魔竜の技、とくと見せてもらおう」「解けた！　〈アカシャ断章《だんしょう》〉からは失われていた運命崩壊のカギ！　それこそが佐藤、いや光牙！　おまえだったのだ！」

やつらは逆巻《さかま》く妄想《もうそう》の荒波と化し、怒濤《どとう》の勢いで俺めがけて打ち寄せてきた。今まで体験したことのない最大級の暴風雨。瞬時にもみくちゃにされる。心も体も溺《おぼ》れそうになる。

「やめろ！　俺をそっとしといてくれぇ！　俺は佐藤一郎《いちろう》だ、光牙じゃない！」

だがやつらは聞く耳など持たなかった。俺は人波をクロールでかきわけ、ゾンビどもを引きはがし、押しくらまんじゅう集団から逃《のが》れる。顎《あご》から床に落ちてしまった。

「イテテ……くそ……誰かっ！」

クラスの残り半分に助けを求めた。助けてくれるなら大島《おおしま》だっていい。

すぐ目前に、立ちはだかった者がいた。

女子だ。頭上にあるスカートの中から、ぬるい体熱とふんわりとした不思議なかぐわしさが放射されていた。そのくらい近い位置に立たれているわけで、見上げたら下着が見えてしまうことは確実だ。誰だろう。はつらつとした清らかさを秘めたか細い両足が、なぜか決意を秘めて雄々《おお》しく開かれている。誰だ、誰なんだ？

好奇心が倫理《りんり》をまたいだ。スケベ心ももちろんあったが。

見上げていく。目線はショートスカートを仰ぎ、淡いブルーの布地を寸刻《すんこく》かすめて、さらに上に向かう。そして天頂に子鳩《こばと》さんのご尊顔《そんがん》を拝《はい》したのだ。

「一郎《いちろう》くんっ」

子鳩さんは興奮していた。ハァハァと息が荒い。辛抱《しんぼう》たまらんという感じ。こんなえろい子鳩さんはじめて見た。

「な、なんですのんっ」

「わっ、私にも！　私にもいい前世とかないのかなっ！」

「ぎゃっ」俺は叫んだ。「伝染したのか！」

「あってもいいと思うんだよっ」

実に、クラスの半数以上が妄想界《もうそう》の住人であるという事実。その圧力は、現実界の住人たちにさえ無視できない影響を与えるのだ。妄想は横行《おうこう》する。

「ワクチンを！」もはや神仏《しんぶつ》に祈る気持ち。「誰か彼女にワクチンを！　俺のことはいい！　妄想に打《う》ち克《か》つすばらしきリアル免疫《めんえき》を、彼女にー！」

「一郎《いちろう》くん！」伊藤《いとう》が俺を助け起こしてくれた。「光牙《こうが》くんって呼んじゃだめかい？」

「ダメに決まってるでしょ！」

一般生徒らもすでに全員立っていた。唖然《あぜん》とした顔が、次第に生真面目《きまじめ》な面持《おもも》ちに切り替わっていく。うちひとりが、覚悟を決めた者の顔つきで俺に歩み寄った。

俺はあっと叫んで身を固くした。こ、この馴染み深いアウラは？

「佐藤《さとう》……実は俺」告白する。「霊感あるんだ。部屋にすげえ美少女の霊がいて……」

「はい？」

「佐藤、無視しててごめん……実はあたしもサイコメトラーなの」次々と。

「オレ、人の寿命《じゅみょう》見えるわ……」まともだったはずのやつらが。

「あたし、ヤマンバ系女子コーセーだけど、隠れてワイヤー使った戦闘術を子供の頃からずっと鍛えてる……けっこう実戦に使えるレベルだと思う……」無理だって。

「黙ってたけどおれんちって卑弥呼《ひみこ》の子孫《しそん》なんだと」親に騙《だま》されてるぞおまえ。

突然、クラスの連中は口々に告白をはじめた。俺に対する告白だったものが、すぐに周囲にアピールするための演説形式になっていった。

「なんなんだこりゃ？」

皆がいた。誰もが叫んでいた。飛び交う技名に秘密組織、特殊体質と極秘作戦、悲しき過去と流転《るてん》の運命、未来と過去と現世と前世、秘めた力にかけられた呪《のろ》い。

教室そのものが異世界と化していた。いったい誰がまともで、誰が妄想戦士《ドリームソルジャー》なのか、もう区別がつかない。知らないうちにみんな病《や》んでしまっている。子鳩《こばと》さんがいて、伊藤がいて、鈴木《すずき》たちがいて、川合《かわい》たちがいて、高橋《たかはし》や山本《やまもと》がいて。誰もが心の奥に封印した過去の記憶を、お祭り騒ぎの参加チケットよろしく振り回していた。

冷静な人間はもう俺以外には大島《おおしま》くらいしかいない。その大島にしても、引きつった笑みを浮かべて事態を傍観《ぼうかん》するだけだ。無力な女王蜂《じょおうばち》。許してもいいと思えた。

「はは」

笑ってしまう。なんだよ。なんだよ。みんなけっこうイタかったんじゃないか。

想像もしなかった。こんなイタさを——ごく一時の気の迷いとはいえ——楽しむことができている自分を。十分前まで授業をしていた教室で、タガの外れた大騒ぎ。信じられない。信じる力は妄想をワンタッチで実現してくれはしない。だけど大勢が信じるようになることで、価値観の方は無限に変化するんじゃないか？　呪いがある集団にとっては立派な文化として機能するように、妄想《もうそう》だってなんらかの未分化な可能性だったりするんじゃないかと。いつか自分の使い方がわかる日が来る。その時こそ、俺たちは本当の戦士になれるんだ。きっと。

宴《うたげ》はきっとすぐ終わる。

いつ隣《となり》の教室から、騒ぎを聞きつけた教師がやってこないとも限らない。だからこそ価値があるし、一瞬のきらめきだからこそ強くキモく美しく網膜《もうまく》に残る。なのに良子《りょうこ》はこの場にいない。あいつこそ、いるべき人間だっていうのに。

「こんな時に……バカだな。来りゃいいのに」

ケータイを取り出す。せめて声だけでも、空気だけでも伝えてやりたい。信仰心は歴史を紡《つむ》ぐ。信じる力は神秘の力。わずかな勇気を生むことくらい、朝飯前なのだ。

呼び出し音が数回、相手が出た。

「……良子？　聞こえるか？　今、どこにいる？」

『こちらリサーチャー。十秒後にそちらに転送予定』

変わらぬ良子の声が、変わらぬセリフを吐いた。

不思議と腹は立たなかった。が、笑いながら罵《ののし》ってやった。

「きめぇ」

ん、十秒後に転送？　そんなパターンが前にあった気がする。

思い出すより早く、またもやパシーンと扉《とびら》が開く。

まさか？

まさかこのタイミングで？　嘘《うそ》だろ？

扉に向かう。やってきたのがもし良子だったら——運命を信じてしまうことだろう。そうなったら俺はずっと振り回されるんだろうな。恥《はじ》をいっぱいかかされるんだろうな。

さあ運命さんよ、どっちを選ぶんだ？

「一郎《いちろう》？」見たことのある顔が、ぬっと突き出た。

「………ありゃ、姉さん？」

意表を衝《つ》く来訪者、姉貴《あねき》。

「……ああ、いたか。この騒ぎはいったい？　まあいいけど」

「ど、どうしたの？　なんで学校に。仕事は？」

「……仕事中だよ。届け物に来た」

姉貴は背後から、荷物をぐいと引っ張り、俺に向かって突き押す。

とん、と胸元にそいつは落ちてきた。とっさに抱き留める。人間よりパーツスケールが小さく、あまりにも重さを感じなかったので、最初は制服を着たマネキンかと思った。腕の中、小作りの頭部が上向く。

やたら美しいものがそこにいる。

「え？　おまえ……あれ？」

「……い、いちろう……っ」

「良子《りようこ》、だよな？」

小動物めいて怯《おび》えているのは、間違いなく良子だ。制服を着ているだけでも驚きなのに、顔の雰囲気《ふんいき》までいつもと全然違う。

「髪、か？　なんか整ってるような？」

「……そいつが」姉貴《あねき》が良子を指さす。「ちゃんとした格好したいっていうから手伝った」

「姉さんが？」

「……あと全体的にちょっと手入れしといた。校則とかわからないから、ファンデとかは使ってない。ま、若いしその子、肌超人だからいらないんだけど」

肌超人ってなんだよ。女だけにわかる価値基準なのかよ。

ああ、でも、眩《まぶ》しいな。

光源を直視しているわけでもないのに、眼球がむずがゆくなって、目を交互にすがめてしまう。見たいのに、見にくい。見たいのに、まばゆい。精神のもたらす眩しさだ。生まれてはじめての感覚に、まったく抵抗できない。

「そうか……おまえ、普通の格好……してくれるんだ……」

「……うん」

うわあ、素直！

延髄《えんずい》あたりに電撃が走る。いかんね。いかんいかん。でもすげー。良子すげー。

間近にある顔が、今までよりディテールアップしていることに気づいた。

「まさかメイクもしてるのか？」

「……してもらった」

ゆるくカールしたまつげ、若干《じゃっかん》すっきりした眉、淡く色づく唇。

「旦那《だんな》、瑪瑙《めのう》をはめこんで作りましたぜ」などといわれても信じられそうな色めく瞳は、大粒すぎて見る者をぎょっとさせる異相《いそう》の美なのだが、目元のディテールアップがそれらをうまく補って、より自然な印象を切り出していた。

「……制服、市販品じゃ一番小さいサイズでもオーバーサイズだったから、オーダーになってね。なんとか朝一番で仕上げてもらったけど。遅刻の理由はそんなわけだから、うまく説明して酌量《しやくりよう》してもらって。それ、私のすべてを注いだ傑作《けつさく》、せいぜい大事にしてやんな」

「え？　俺が？」

「他に誰がいるの？　というかいつまで抱いてんの。まだそんな関係じゃないだろ」

「どわっ」万歳《ばんざい》をするみたいにして両腕をほどく。それでも良子はぴったりとひっついたまま離れなかった。

「とりあえず普通の格好……してみたが……どうか？」

「あ、ああ。バッチリだそれ。ナンパされるぞ、おまえ」

「必要ない……」良子は不安そうに身をよじる。

「そうか、おまえもとうとう妄想《もうそう》卒業かよう」

「どうしよう、一郎《いちろう》、どうしよう」

「大丈夫だ。おかしいところなんてない。保証する。一緒に頑張ろうぜ！」

違う、と首を振る。

「じゃあ何が不安なんだ？」

瞳を潤《うる》ませながら、良子《りようこ》は訴えてきた。

「この格好だと防御力が０になってしまう上、隠蔽《いんぺい》式も行使《こうし》できないという……」

「全然治ってねーですわ！」

外見だけかよオイ。

「姉さん、中身もメイクを！　濃いめで！」

「……無茶いうね。っていうかそれ、あんたの役目……」

「危ねぇ！　今までのこと全部水に流してリスペクト直前だった！」

「リスペクトされるのは嫌いではない」

「しない。俺は常識人しか尊敬しない！」

いつの間にか騒ぎも収まり、注目を一身に集めていた。誰の目にも困惑《こんわく》や驚愕《きようがく》や羨望《せんぼう》が浮かんでいた。良子の変身にはそのくらいの威力はあったのだ。

「光牙《こうが》くん」

クラスを代表して、子鳩《こばと》さんが一歩前に出た。あれ今、俺なんて呼ばれてた？

「そのうるわしきお方は佐藤良子ちゃんですよな？」

「そ、そのようで」

「すごい……ドルフィーみたいだよ良子ちゃん！　私たち友達だよね」

子鳩さんは一瞬で良子に魂《たましい》を惹《ひ》かれていた。

「やるじゃんレディス」「化けたなーあいつ」「こういうの何デビューっつうの？」「メンズおいしいわ」「誰だよ無視しろなんていったやつ」「ふふ、魔女はひとりの少女へと戻るわけか。なに、あとのことは俺に任せておけ」「新たなる闘いはすぐそこまで迫っているぞ、気を抜くな光牙」「このこと〈冥獄界《めいごくかい》〉に報告せねば」「いいだろう魔竜院《まりゅういん》。今はその勝利に酔いしれておくがいい」「ここまでは予言通り。だが光牙の真価が問われるのはこれからだ」

アホどものコメントに、大島《おおしま》の震える声がまじる。

「……ひきょうだぁ」

牙城《がじょう》が崩れる音を聞いていたに違いない。

そしてついに、

「くらぁー！　なんじゃあこの騒ぎはぁぁぁ！　この生徒指導の猪俣《いのまた》がいるとわかっての狼《ろう》藉《ぜき》かぁぁぁぁ！」

宴《うたげ》の終わり。我先《われさき》に自分の席に戻ろうとする者たちが机を椅子《いす》を蹴倒《けたお》し、互いに衝突しながら冷えた秩序《ちつじょ》に向かって最後の混沌《こんとん》を炸裂《さくれつ》させた。

そんなビッグバンの中、俺と良子《りようこ》はどちらからともなく手を繋《つな》いだ。

「一郎《いちろう》」

「ん？」

混乱にまぎれて、あいつはそっと耳打ちする。

「〝普通〟のやり方、おしえて」

田中《たなか》ロミオ（人間力二Hu）です。

今回、学園ラブコメという、基本中の基本ともいうべきジャンルにチャレンジさせていただきました。お手に取っていただけたようで、まことにありがとうございます。ライターである以前にひとりのビジネスマンとして、厚く御礼申し上げます（生々しい……）。
内容の方、楽しんでいただけたなら嬉しいです。

この小説は、月刊誌『PC Angel neo』（高度に性的な内容のため十八歳未満の購読はお勧《すす》めできません）に掲載していただいた同名コラムを膨《ふく》らませる形で執筆いたしました。決してネタがなかったわけではなく、コラム再利用で楽が……皆様にピュアな夢をお届けできるのではと考え、許可を得て引きあげさせていただいた次第です。
快諾《かいだく》してくださったPC Angel neo編集部様には、心から感謝いたします。

結局のところあまり楽はできず、想定していた日程を超過してしまったこともありまして、封印していた特殊能力〈末路閃稿《ターミナル・フラッシュライティング》〉を発動させることになってしまいました。これは途中まで書いて執筆速度が落ちてきたなと思ったら、先に結末だけを書いてしまい、あとに真ん中を機械的に埋めるという愛なきテクニックです。これは普通の人が繰り出すと作品作りに対するモチベーションが低下してしまうのですが、私に限っては気力を失うことなく書き進めることが可能です。なぜなら私の愛は絶対だからです。愛に自信のある物書きの皆さん、是非一度お試しください。

さて。こういう小説を書いたのだから、筆者にも妄想にまみれた過去があったのではないかとお考えの方もいらっしゃるかと思いますが、残念ながらまったくございません。私は常識の奴隷《どれい》ですし、チョイ悪オヤジと聞いて「ちょいでもワルなのは感心しない」と言いだしかねない面白みのない堅物野郎です。いい大人になってから「私は歴史の傍観者《ぼうかんしゃ》たらんとしているので表舞台には立たん」みたいなことを実際に口にしたことはありますが……それだけ……です……（赤面）。しかもこの発言は某パプテマス様のモロパクリ……です……（超赤面）。

自分ではなく、今まで生きてきた中でということなら〈親戚無限〉〈忘却願呪〉の能力者と出会ったことがあります。前者は親戚らが無限の権力を持ち事実上国を支配しているという圧倒的アドバンテージがウリ、後者は奇声や呪詛《じゅそ》を突然口にしながらもその間の記憶はないという呪われし存在であり、小学生の私はどちらも信じておりました。この純真さがあったからこそ、今の自分があるんだと思っておくことにします。

今回のイラストはmebae《メバエ》さんに描いていただきました。ご覧になったとおり実に表情豊かな画風をお持ちの方です。ラフイラストにコメントされていたキャラクターのちょっとした仕草《しぐさ》や口調など、執筆する上で大変参考にさせていただきました。本当にありがとうございます。小説の挿絵ははじめてということですが、世の中にはすごい人がいるものですね。「この本、文章ページいらねぇ。芸風冗漫《じょうまん》だし」と言われたらびくんってなりながらも「ど、同意……」ってなっちゃいそうです。嗚呼《ああ》……。

頑張ります。

物書きのサガなのか、たまに無性にラブコメを書きたくなることがあります。需要があればまた機会をいただけると思いますので、ご希望の際には皆さんの特殊能力〈無銭走念《ワイヤレス・ラン》〉で私まで感想をお送りいただければと思います。念話の通話料は生涯《しょうがい》無料でお得ですよ。アンケートはがきでもOKです。

なお何か所か挿入されている不自然な文章パンチラは弊社小学館からのサービスです。

それではさようなら。

mebae

AGAGAGAGAGAGAGAGAG

ガガガ文庫７月刊

ブラック・ラグーン シェイターネ・バーディ

著／虚淵《うろぶち》 玄《げん》（ニトロプラス）

原作・イラスト／広江礼威《ひろえれい》

「月刊サンデーGX」好評連載作が奇跡のタッグで小説化!　ゲームメーカー、ニトロプラスの大人気シナリオライターが“ロアナプラ”にケンカを挑む!

ISBN978-4-09-451079-9（ガう1-1）　定価630円（税込）

AURA ～魔竜院光牙最後の闘い～

著／田中《たなか》ロミオ

イラスト／ mebae

妄想はやめた。無事に高校デビューした……はずだったのに。夜の学校で出会ったあの女が、俺の日常を粉砕していく……。田中ロミオ流学園ラブコメ!?

ISBN978-4-09-451080-5（ガた1-4）　定価660円（税込）

CODE―E 遙かなる囁き

著／榊《さかき》 一郎《いちろう》

イラスト／緒方剛志

接触テレパスである少女・澪は、幼なじみ・直弥と手をつなぐこともできない関係。そんな未成熟な高校生たちで切り取った、あたたかな青春の１ページ。

ISBN978-4-09-451081-2（ガさ3-1）　定価660円（税込）

学園カゲキ!④

著／山川《やまかわ》 進《すすむ》

イラスト／よし☆ヲ

筋肉バカ・力丸、一生小学生系・きらら、悪のハードボイルド・ジョー先生、幻少女・真白が挑む恋のドキドキチャレンジは、一触即発バトルロイヤル!?

ISBN978-4-09-451082-9（ガや1-4）　定価600円（税込）

武林クロスロード③

著／深見《ふかみ》 真《まこと》

イラスト／ Rebis

旅を続けるシュンライとリョウカたちは、海洋国家ジャン国へ。征西《せいさい》将軍の侵攻、そして最強の刺客が現れる!　死闘、大海戦!　ここが武林の分かれ道!

ISBN978-4-09-451083-6（ガふ1-3）　定価620円（税込）

GAGAGA
ガガガ文庫

AURA《アウラ》
～魔竜院光牙《まりゅういんこうが》 最後の闘い～

田中ロミオ

発行 2008年7月23日 初版第一刷発行

発行人 辻本吉昭

編集責任 野村敦司

編集 具志堅勲

発行所 株式会社小学館
〒101-8001 東京都千代田区一ツ橋2-3-1
[編集]03-3230-9166 [販売]03-5281-3556

カバー印刷 株式会社美松堂

印刷・製本 図書印刷株式会社

Printed in Japan ISBN978-4-09-451080-5

第3回小学館ライトノベル大賞
ガガガ文庫部門応募要項!!!!!!

第3回は応募要項も新しくなりました!!!!!!!!!!!!!!!!!!!!!!!!!!

ゲスト審査員に田中ロミオ先生!!!!!!!!!!!!!

ガガガ大賞：200万円&応募作品での文庫デビュー
ガガガ賞：100万円&デビュー確約
優秀賞：50万円&デビュー確約
審査員特別賞：30万円&応募作品での文庫デビュー

内容 ビジュアルが付くことを意識した、エンターテインメント小説であること。ファンタジー、ミステリー、恋愛、SFなどジャンルは不問。商業的に未発表作品であること。
（同人誌や営利目的でない個人のWEB上での作品掲載は可。その場合は同人誌名またはサイト名を明記のこと）

選考 ガガガ文庫編集部＋ガガガ文庫部門ゲスト審査員・田中ロミオ

資格 プロ・アマ・年齢不問

原稿枚数 ワープロ原稿の規定書式【1枚に41字×34行、縦書きで印刷のこと】は、70～150枚。手書き原稿の規定書式【400字詰め原稿用紙】の場合は、200～450枚程度。
※ワープロ規定書式と手書き原稿用紙の文字数に誤差がありますこと、ご了承ください。

応募方法 次の3点を番号順に重ね合わせ、右上をひも、クリップ等で綴じて送ってください。
①応募部門、作品タイトル、原稿枚数、郵便番号、住所、氏名（本名、ペンネーム使用の場合はペンネームも併記）、年齢、略歴、電話番号の順に明記した紙
②800字以内であらすじ
③応募作品（必ずページ順に番号をふること）

締め切り 2008年9月末日（当日消印有効）

発表 2009年4月発売のガガガ文庫、及びガガガ文庫公式WEBサイトGAGAGAWIREにて。

応募先 〒101-8001 東京都千代田区一ツ橋2-3-1
小学館コミック編集局 ライトノベル大賞【ガガガ文庫】係

注意 ○応募作品は返却致しません。○選考に関するお問い合わせには応じられません。○二重投稿作品はいっさい受け付けません。○受賞作品の出版権及び映像化、コミック化、ゲーム化などの二次使用権はすべて小学館に帰属します。別途、規定の印税をお支払いいたします。○応募された方の個人情報は、本大賞以外の目的に利用することはありません。○応募された方には、原則として受領はがきを送付させていただきます。なお、何らかの事情で受領はがきが不要な場合は応募原稿に添付した一枚目の紙に朱書で『返信不要』とご明記いただけますようお願いいたします。○作品を複数応募する場合は、一作品ごとに別々の封筒に入れてご応募ください。